Todos los libros de Linkgua Ediciones cuentan con modelos de Inteligencia Artificial entrenados por hispanistas. Pregúntale al chat de tu libro lo que desees acerca de la obra o su autor/a.

Para ebooks: Accede a nuestro modelo de IA a través de este enlace.

Para libros impresos: Escanea el código QR de la portada con tu dispositivo móvil.

Obtén análisis detallados de nuestros libros, resúmenes, respuestas a tus preguntas y accede a nuestras ediciones críticas generativas para una experiencia de lectura más enriquecedora.
La transparencia y el respeto hacia la autoría de las fuentes utilizadas son distintivos básicos de nuestro proyecto. Por ello, las respuestas ofrecen, mediante un sistema de citas, las fuentes con las que han sido elaboradas.

Ricardo Palma

Tradiciones peruanas

Tomo III

Barcelona **2024**
Linkgua-ediciones.com

Créditos

Título original: Tradiciones peruanas.

© 2024, Red ediciones S.L.

e-mail: info@Linkgua-ediciones.com

Diseño de cubierta: Mario Eskenazi.

ISBN rústica: 978-84-9816-555-5.
ISBN ebook: 978-84-9953-764-1.

Sumario

Créditos _____ 4

Brevísima presentación _____ 13
   La vida _____ 13
   Una extraña crónica romántica _____ 13

El divorcio de la condesita _____ 15
   I _____ 15
   II _____ 17

El que espera desespera _____ 20

La laguna del diablo _____ 22

¡Al rincón! ¡Quita calzón! (A Monseñor Manuel Tovar) _____ 25

Creo que hay infierno _____ 27

Una hostia sin consagrar (A Benjamín Vicuña Mackenna) ___ 30
   I _____ 30
   II _____ 32
   III. Mucho sabe la zorra; pero más sabe el que la toma ___ 33

El primer toro _____ 33

Juana la Marimacho _____ 36

Una sentencia primorosa (A don Manuel Ricardo Trelles) ___ 38

Un drama íntimo (A don Adolfo E. Dávila) _____ 40
   I _____ 40

II _____ 42
III _____ 43
IV _____ 44
V _____ 45
VI _____ 45

Una astucia de Abascal _____ **46**
I _____ 46
II _____ 48
III _____ 48

Un tenorio americano (A don Alberto Navarro Viola) _____ **49**
I _____ 49
II _____ 52
III _____ 53
IV _____ 54

La viudita _____ **56**
I _____ 56
II _____ 57

El gran mariscal don Antonio G. de La-Fuente _____ **58**

¡Que repiquen en Yauli! Origen histórico de esta frase _____ **58**
I _____ 60
II _____ 62

David y Goliat _____ **63**

Seis por seis son treinta y seis _____ **66**
I _____ 66
El gran Mariscal don Agustín Gamarra _____ 67
II _____ 69

El sombrero del padre Abregú _____ **69**

I _____ 69

II _____ 71

El canónigo del taco _____ **72**

II _____ 74

III _____ 75

Hilachas _____ **75**

I. Los caciques suicidas _____ 76

II. Granos de trigo _____ 77

III. Agustinos y franciscanos _____ 78

IV. Lapsus linguæ episcopal _____ 79

V. Las tres misas de finados _____ 80

VI. Entre santa y santo, pared de cal y canto _____ 81

VII. Un emplazamiento _____ 82

VIII. Brazo de plata _____ 83

IX. ¡Arre, borrico! Quien nació para pobre no ha de ser rico _____ 85

X. Las campanas de Eten _____ 86

XI. Los gobiernos del Perú _____ 87

XII. Apocalíptica _____ 88

XIII. Órdenes para el infierno _____ 89

XIV. Palabras sacan palabras _____ 91

XV. Un asesinato justificado _____ 92

XVI. La calle de la Manita _____ 93

XVII. La calle de las aldabas _____ 95

XVIII. Como San Jinojo _____ 96

XIX. Carencia de medias y abundancia de medios _____ 97

XX. ¡Mata! ¡Mata! ¡Mata! _____ 99

XXI. La casa de las penas _____ 100

XXII. Una lección en regla _____ 102

XXIII. Un marido feroz _____ 103

XXIV. Un tiburón _____ 104

XXV. El judío errante en el Cuzco _____ 106

XXVI. El primer buque de vapor _____ 107

XXVII. Un fanático _____ 110

XXVIII. Truenos en Lima _____ 111

Entrada de virrey _____ **112**

Los plañideros del siglo pasado _____ **119**

Sinfonía a toda orquesta _____ **143**

El Demonio de los Andes (A Ricardo Becerra) _____ **147**

I. Los tres motivos del oidor _____ 156

II. El que se ahogó en poca agua _____ 158

III. Si te dieren hogaza, no pidas torta _____ 160

IV. Comida acabada, amistad terminada _____ 164

V. El sueño de un santo varón _____ 166

VI. Los postres del festín _____ 169

VII. Las hechas y por hacer _____ 171

VIII. Maldición de mujer _____ 174

IX. Un hombre inmortal _____ 177

X. ¡Ay cuitada! Y iguay de lo que aquí andaba! _____ 181

XI. La bofetada póstuma _____ 183

XII. El robo de las calaveras _____ 186

Mírense en este espejo _____ **189**

La excomunión de los alcaldes de Lima _____ **192**

I _____ 192

II _____ 194

III _____ 195

IV _____ 196

El chocolate de los jesuitas _____ **197**

I _____ 197

II _____ 198

Las brujas de Ica _____ **200**
   I _____ 200
   II _____ 200
   III _____ 201
   IV _____ 203
   V _____ 204
   VI _____ 204

Un caballero de industria _____ **205**

De cómo a un intendente le pusieron la ceniza en la frente (A Manuel Aurelio
Fuentes) _____ **207**
   I _____ 207
   II _____ 208
   III _____ 210

De esta capa, nadie escapa _____ **210**
   I _____ 210
   II _____ 212

Los dos Sebastianes _____ **214**

La catedral del Cuzco _____ **217**

La Virgen del sombrerito y el chapín del Niño _____ **220**
   I _____ 220
   II _____ 221

El obispo Chicheñó _____ **222**

¡Ahí viene el Cuco! _____ **226**
   I. Ño veintemil _____ 226

II. Don Tadeo López, el condecorado _____228

Resurrecciones_____ **233**
   I _____233
   II_____235

Agua mansa _____ **237**
   I _____237
   II_____237
   III _____239
   IV _____239

Una chanza de inocentes _____ **240**

A muerto me huele el godo_____ **242**

Origen de una industria_____ **244**

Una aventura amorosa del padre Chuecas _____ **248**
   I _____248
   II_____252

Entre libertador y dictador (A Julio S. Hernández) _____ **254**
   I _____254
   II_____255
   III _____255
   IV _____256
   V_____258

Cosas tiene el rey cristiano que parecen de pagano_____ **259**
   I _____259
   II_____263
   III _____265
   IV _____267

V _____ 268

La venganza de un cura _____ **270**

   I _____ 270

   II _____ 271

   III _____ 272

   IV _____ 273

Los escrúpulos de Halicarnaso _____ **274**

   I _____ 274

   II _____ 276

Los veinte mil godos del obispo _____ **278**

La soga arrastra _____ **281**

   I _____ 281

   II _____ 282

   III _____ 283

   IV _____ 284

   V _____ 286

Las balas del Niño Dios (Al señor general don Juan Buendía) _____ **286**

   I _____ 286

   II _____ 288

Libros a la carta _____ **293**

Brevísima presentación

La vida
Ricardo Palma (1833-1919). Perú.

Nació el 7 de febrero de 1833 en Lima y murió el 6 de octubre de 1919 en esa ciudad. Fue la principal figura del romanticismo peruano y alcanzó un puesto en la Real Academia Española. Escribió periodismo, poemas, piezas teatrales, sátiras políticas, libros de recuerdos y de viaje, estudios lexicográficos y literarios.

Fue desterrado del Perú y vivió dos años en Chile, donde escribió *Anales de la inquisición de Lima*, su primera obra relevante.

Una extraña crónica romántica
Las *Tradiciones peruanas* son una crónica apasionante de la historia del Perú, llena de imágenes atrapadas entre el costumbrismo, la ironía y la reflexión cultural. Palma sorprende por la modernidad y agudeza de su prosa, por su voluntad de construir una memoria nacional de marcado valor estético.

El divorcio de la condesita

I

Si nuestros abuelos volvieran a la vida, a fe que se darían de calabazadas para convencerse de que el Lima de hoy es el mismo que habitaron los virreyes. Quizá no se sorprenderían de los progresos materiales tanto como del completo cambio en las costumbres.

El salón de más lujo ostentaba entonces larguísimos canapés forrados en vaqueta, sillones de cuero de Córdoba adornados con tachuelas de metal y, pendiente del techo, un farol de cinco luces con los vidrios empañados y las candilejas cubiertas de sebo. En las casi siempre desnudas paredes se veía un lienzo, representando a San Juan Bautista o a Nuestra Señora de las Angustias, y el retrato del jefe de la familia con peluca, gorguera y espadín. El verdadero lujo de las familias estaba en las alhajas y vajilla.

La educación que se daba a las niñas era por demás extravagante. Un poco de costura, un algo de lavado, un mucho de cocina y un nada de trato de gentes. Tal cual viejo, amigo íntimo de los padres, y el reverendo confesor de la familia, eran los únicos varones a quienes las chicas veían con frecuencia. A muchas no se las enseñaba a leer para que no aprendiesen en libros prohibidos cosas pecaminosas, y a la que alcanzaba a decorar el Año Cristiano no se lo permitía hacer sobre el papel patitas de mosca o garrapatos anárquicos por miedo de que, a la larga, se cartease con el percunchante.

Así cuando llegaba un joven a visitar al dueño de casa, las muchachas emigraban del salón como palomas a vista del gavilán. Esto no impedía que por el ojo do la llave, a hurtadillas de señora madre, hicieran minucioso examen del visitante. Las muchachas protestaban, in pecto, contra la tiranía paternal; que, al fin, Dios creó a ellas para ellos y al contrario. Así todas rabiaban por marido; que el apetito se los avivaba con la prohibición de atravesar palabra con los hombres, salvo con los primos, que para nuestros antepasados eran tenidos por seres del género neutro, y que de vez en cuando daban el escándalo de cobrar primicias o hacían otras primadas minúsculas. A las ocho de la noche la familia se reunía en la sala para rezar el rosario, que por lo menos duraba una hora, pues le adicionaban un trisagio, una novena y una larga lista de oraciones y plegarias por las ánimas benditas de toda la difunta parentela. Por supuesto, que el gato y el perro también asistían al rezo.

La señora y las niñas, después de cenar su respectiva taza de champuz de agrio o de mazamorra de la mazamorrería, pasaban a ocupar la cama, subiendo a ella por una escalerita. Tan alto era el lecho que, en caso de temblor, había peligro de descalabrarse al dar un brinco.

En los matrimonios no se había introducido la moda francesa de quo los cónyuges ocupasen lecho separado. Los matrimonios eran a la antigua española, a usanza patriarcal, y era preciso muy grave motivo de riña para que el marido fuese a cobijarse bajo otra colcha.

En esos tiempos era costumbre dejar las sábanas a la hora en que cacarean las gallinas, causa por la que entonces no había tanta muchacha tísica o clorótica como en nuestros días, De nervios no se hable. Todavía no se habían inventado las pataletas, quo hoy son la desesperación de padres y novios; y a lo sumo, si había alguna prójima atacada de gota coral, con impedirla comer chancaca o casarla con un pulpero catalán, se curaba como con la mano; pues parece que un marido robusto era santo remedio para femeniles dolamas.

No obstante la paternal vigilancia, a ninguna muchacha le faltaba su chichisbeo amoroso; que sin necesidad de maestro, toda mujer, aun la más encogida, sabe en esa materia más que un libro y que San Agustín y San Jerónimo y todos los santos padres de la Iglesia que, por mi cuenta, debieron ser en sus mocedades duchos en marrullerías. Toda limeña encontraba minuto propicio para pelar la pava tras la celosía de la ventana o del balcón.

Lima, con las construcciones modernas, ha perdido por completo su original fisonomía entre cristiana y morisca. Ya el viajero no sospecha una misteriosa beldad tras las rejillas, ni la fantasía encuentra campo para poetizar las citas y aventuras amorosas. Enamorarse hoy en Lima, es lo mismo que haberse enamorado en cualquiera de las ciudades de Europa.

Volviendo al pasado, era señor padre, y no el corazón de la hija, quien daba a ésta marido. Esos bártulos se arreglaban entonces autocráticamente. Toda familia tenía en el jefe de ella un ezar más despótico que el de las Rusias. ¡Y guay de la demagoga que protestara! Se la cortaba el pelo, se la encerraba en el cuarto oscuro o iba con títeres y petacas a un claustro, según la importancia de la rebeldía. El gobierno reprimía, la insurrección con brazo de hierro y sin andarse con paños tibios.

En cambio, la autoridad de un marido era menos temible, como van ustedes a convencerse por el siguiente relato histórico.

II

Marianita Belzunce contaba (según lo dice Mendiburu en su Diccionario Histórico) allá por los años de 1755 trece primaveras muy lozanas. Huérfana y bajo el amparo de su tía, madrina y tutora doña Margarita de Murga y Muñatones, empeñose ésta en casarla con el conde de Casa-Dávalos don Juan Dávalos y Ribera, que pasaba de sesenta octubres y que era más feo que una excomunión. La chica se desesperó; pero no hubo remedio. La tía se obstinó en casar a la sobrina con el millonario viejo, y vino el cura y laus tibi Christi.

Para nuestros abuelos eran frases sin sentido las de la copla popular:

> No te cases con viejo
> por la moneda:
> la moneda se gasta
> y el viejo queda.

Cuando la niña se encontró en el domicilio conyugal, a solas con el conde, lo dijo:

—Señor marido, aunque vuesa merced es mi dueño y mi señor, jurado tengo, en Dios y en mi ánima, no ser suya hasta que haya logrado hacerse lugar en mi corazón; que vuesa merced ha de querer compañera y no sierva. Haga méritos por un año, que tiempo es sobrado para que vea yo si es cierto lo que dice mi tía: que el amor se cría.

El conde gastó súplicas y amenazas, y hasta la echó de marido; pero no hubo forma de que Marianita apease de su ultimátum.

Y su señoría (¡Dios lo tenga entro santos!) pasó un año haciendo méritos, es decir, compitiendo con Job en cachaza y encolándose hasta del vuelo de las moscas, que en sus mocedades había oído el señor conde este cantarcillo:

El viejo que se casa
con mujer niña,
él mantiene la cepa
y otro vendimia.

La víspera de vencerse el plazo desapareció la esposa de la casa conyugal, y púsose bajo el patrocinio de su prima la abadesa de Santa Clara.

El de Casa-Dávalos tronó, y tronó gordo. Los poderes eclesiástico y civil tomaron parte en la jarana; gastose, y mucho, en papel sellado, y don Pedro Bravo de Castilla, que era el mejor abogado de Lima, se encargó de la defensa de la prófuga.

Solo la causa de divorcio que en tiempo de Abascal siguió la marquesa de Valdelirios (causa de cuyos principales alegatos poseo copia, y que no exploto porque toda ella se reduce a misterios de alcoba subiditos de color), puede hacer competencia a la de Marianita Belzunce. Sin embargo, apuntaré algo para satisfacer curiosidades exigentes.

Doña María Josefa Salazar, esposa de su primo hermano el marqués de Valdelirios don Gaspar Carrillo, del orden de San Carlos y coronel del regimiento de Huaura, se quejaba en 180 de que su marido andaba en relaciones subversivas con las criadas, refiere muy crudamente los pormenores de ciertas sorpresas, y termina pidiendo divorcio porque su libertino consorte hacía años que, ocupando el mismo lecho que ella, la volvía la espalda.

El señor marqués de Valdelirios niega el trapicheo con las domésticas; sostiene que su mujer, si bien antes de casarse rengueaba ligeramente, después de la bendición echó a un lado el disimulo y dio en cojear de un modo horripilante; manifiéstase celoso de un caballero de capa colorada, que siempre se aparecía con oportunidad para dar la mano a la marquesa al bajar o subir al carruaje; y concluye exponiendo que él, aunque la iglesia lo mande, no puede hacer vida común con mujer que chupa cigarro de Cartagena de Indias.

Por este apunte imagínense el resto los lectores maliciosos. En ese proceso hay mirabilia en declaraciones y careos.

Sigamos con la causa de la condesita de Casa-Dávalos.

Fue aquélla uno de los grandes sucesos de la época. Medio Lima patrocinaba a la rebelde, principalmente la gente moza que no podía ver de buen ojo que tan linda criatura fuera propiedad de un vejestorio. ¡Pura envidia! Estos pícaros hombres son a veces de la condición del perro del hortelano.

Constituyose un día el provisor en el locutorio del monasterio, y entró él, que aconsejaba a la rebelde volviese al domicilio conyugal, y la traviesa limeña se entabló este diálogo:

—Dígame con franqueza, señor provisor, ¿tengo yo cara de papilla?

—No, hijita, que tienes cara de ángel.

—Pues si no soy papilla, no soy plato para viejo, y si soy ángel, no puedo unirme al demonio.

El previsor cerró el pico. El argumento de la muchacha era de los de chaquetilla ajustada.

Y ello es que el tiempo corría, y alegatos iban y alegatos venían, y la validez o nulidad del matrimonio no tenía cuando declararse. Entretanto, el nombre del buen conde andaba en lenguas y dando alimento a coplas licenciosas, que costumbre era en Lima hacer versos a porrillo sobre todo tema que a escándalo se prestara. He aquí unas redondillas que figuran en el proceso, y de las que se hizo mérito para acusar de impotencia al pobre conde:

> Con una espada mohosa
> y ya sin punta ni filo
> estate, conde, tranquilo:
> no pienses en otra cosa.
> Toda tu arrogancia aborta
> cuando la pones a prueba:
> tu espada, como no es nueva,
> conde, ni pincha ni corta.
> Lo mejor que te aconsejo
> es que te hagas ermitaño;
> que el buen manjar hace daño
> al estómago de un viejo.
> Para que acate Mariana
> de tus privilegios parte,

> necesitabas armarte
> de una espada toledana.

Convengamos en que los poetas limeños, desde Juan de Caviedes hasta nuestros días, han tenido chispa para la sátira y la burla.

Cuando circularon manuscritos estos versos, amostazose tanto el agraviado, que fuese por desechar penas o para probar a su detractor que era aún hombre capaz de quemar incienso en los altares de Venus, echose a la vida airada y a hacer conquistas, por su dinero, se entiendo, ya que no por la gentileza de sus personales atractivos.

Tal desarreglo lo llevó pronto al sepulcro y puso fin al litigio.

Marianita Belzunce salió entonces del claustro, virgen y viuda. Joven, bella, rica e independiente, presumo que (esto no lo dicen mis papeles) encontraría prójimo que, muy a gusto de ella, entrase en el pleno ejercicio de las funciones maritales, felicidad que no logró el difunto.

El que espera desespera

Propietario de la Palma, valiosa hacienda del valle de Ica, era por los años de 1773 el señor de Apezteguía, marqués de Torrehermosa, hombre notable, así por su altivez de carácter y señorial riqueza, como por la gallardía de su persona, lo despejado de su ingenio y su envidiable fortuna para con las hijas de aquella buena señora que no hizo ascos a la serpiente del Paraíso.

Tenía el marqués por administrador de su fundo a un mancebo andaluz, enamoradizo como su señor, y acaso por este motivo muy querido de él. El curro era, como se dice, el ojito derecho del señor de Apezteguía.

Parece que el andaluz tuvo aviso cierto de que una muchacha que le traía sorbidos bolsillos y sesos, le daba coadjutor en sus ausencias; y una noche, jinete sobre el más brioso caballo de la hacienda, galopó hacia Ica, sorprendió a la hembra en callejón sin salida, la hizo en la cara un chirlo en forma de jabeque y, a corre que te pillan, se regresó a la Palma.

Era corregidor de Ica el brigadier don Antonio Arnao, soldado de la cáscara amarga y hombre bragado si los hubo. Fue este don Antonio padre de la célebre y varonil doña Agueda, mujer del intendente Urrutia, sobre la que aún se hacen lenguas los viejos cuando refieren sus genialidades, entre las que la menor era agarrar por los cabezones a su manso marido el intendente de Tarma y coram pópulo romperle el bautismo.

Al saber don Antonio el atentado del currito, despachó escribano y alguaciles a la hacienda, con orden precisa de no regresar sin el delincuente. El marqués se metió en sus calzones, dio un soplamocos al depositario de la fe pública, amenazó con paliza a los ministriles, y contestó que él era persona bastante para responder por el reo. Los comisionados regresaron a Ica corridos y maltrechos, y dieron cuenta de todo a la autoridad. ¡Bonito genio gastaba su merced el corregidor para andarse con blanduras en punto a administración de justicia!

—¡No que no! —pensó su señoría—. Haceos de miel y os paparán las moscas. «Con bueno la habedes, marquesito, y agora lo veredes», que dijo Agrajes.

Y poniéndose a la cabeza de una compañía de soldados, penetró en la hacienda. El marqués armó a sus esclavos, y hubo recia y sangrienta batalla durante una hora. Al fin la victoria se declaró por el gobierno, y el señor de Apezteguía cayó prisionero, mientras el mayordomo escapaba a uña de caballo, sin que después se volviera a tener noticia de su individuo y paradero.

A las volandas organizose el sumario, y el guapo don Antonio Arnao remitió a Lima con doble escolta, cargado de hierros y sobre mula aparejada, a todo un linajudo marqués...

La aristocracia echó ternos. «¡Un corregidor de mala muerte tratar con tan poco miramiento a un hombre de pergaminos!... ¡Ya todos somos unos, no hay privilegios ni cosa que merezca respeto!...»

Pero más que la nobleza se indignaron las limeñas contra la perversa autoridad que había tenido la desvergüenza de poner barra de grillos al varón más buen mozo y galanteador de estos reinos del Perú.

¡Dios de Dios! ¡Y qué falta nos hace en esta era republicana una docena de autoridades fundidas en el molde del corregidor de Ica!

Tan grande fue el trajín de faldas y veneras que, después de año y medio de juicio, la Audiencia estuvo a punto de declarar libre de culpa y pena al marqués, destituir a Arnao, que desempeñaba el cargo con nombramiento real, y pudrirlo en la cárcel.

Afortunadamente para éste, el mismo día en que iba a formularse el fallo llegó el cajón de España y con él un pliego, entre otros de su majestad, ordenando se enviase el proceso a la corona.

El astuto Arnao había tenido la previsión de mandar sigilosamente a Madrid uno de sus deudos con copia del sumario y cartas, en las que exhibía al marqués como rebelde a la justicia del rey.

—¿Causa de rebeldía? —dijo Carlos III—. ¡Oreja, y vengan acá los autos! Proceso enviado a España era la vida perdurable, era algo así como en nuestros asendereados tiempos un encierro precautorio (de que Dios nos libre, amén) en San Francisco de Paula.

Melancolizósele el ánimo al marqués, al saber que tenía que esperar como las ánimas del purgatorio el día de la redención y desesperó de esperar y murió en chirona. Hizo bien y requetebién; le alabo el gusto, porque yo en su caso habría también liado el petate.

La causa volvió sentenciada, siete años después de su muerte; y lo que es peor, con una de aquellas sentencias que son nada entre dos platos.

La laguna del diablo

Parece que el diablo tuvo en los tiempos del coloniaje gran predilección por el corregimiento de Puno, Pruébalo el que allí abundan las consejas en que interviene el rey de los abismos.

Esta predilección llegó al extremo de no conformarse su majestad cornuda con ser un cualquiera de esos pueblos, sino que aspiró a ejercer mando en ellos. Traslado al alcalde de Paucarcolla.

Y no solo hizo el diablo diabluras como suyas, sino que también trató de hacer cosas santas, queriendo tal vez ponerse bien con Dios; pues a propósito de la iglesia de Pusi, que se empezó a edificar a fines del siglo anterior, refieren que el ángel condenado contribuía todos los sábados con una barra de plata del peso de cien marcos, la que inmediatamente vendía el cura, que era el sobrestante de la obra y con quien el Patudo, bajo el disfraz de indio viejo, se entendía. Desgraciadamente el templo, que auguraba ser el más grande y majestuoso de cuantos tiene el departamento, quedó sin concluir; porque la autoridad, que siempre se mete en lo que no le importa, se empeñó en averiguar de dónde salían las barras, y el diablo, recelando que le armasen una zancadilla, no volvió a presentarse por los alrededores de Pusi.

Vamos con la tradición, poniendo aparte preámbulos.

Cuentan las crónicas que allá por los, años de 1778 presentose un indio en una pulpería de la por entonces villa de Lampa a comprar varias botijas de aguardiente; mas no alcanzándole el dinero para el pago, dejó en prenda y con plazo de dos meses tinos ídolos o figurillas de oro y plata. La pulpería enseñó estas curiosidades al cura Gamboa, y él, reconociendo que debían ser recientemente extraídas de alguna huaca la comprometió a que diera aviso tan luego como el indio se presentase a reclamar sus prendas.

Púsose el cura de acuerdo con el gobernador don Pablo de Aranibar, y cuando a los dos meses volvió el indio a la pulpería, cayeron sobre el algua-ciles y lo llevaron preso ante la autoridad.

Asustado el infeliz con las amenazas del cura y del gobernador, les ofreció conducirlos al siguiente día al sitio de donde había desenterrado los ídolos.

En efecto, llevolos a la pampa de Betanzos, llamada así en memoria del conquistador de este apellido, que casó con la ñusta doña Angelina, hija de Atahualpa; pero por más que escarbaron en una huaca que les indicó el indio, nada pudieron obtener. Temiendo que fuera burla o bellaquería del preso, alzaron los garrotes y empezaron a sacudirle el polvo.

Entregados estaban cura y gobernador a este ejercicio, cuando atraído sin duda por los lamentos de la víctima, se presentó un indio viejo y les dijo:

—Viracochas (blancos o caballeros), no peguen más a ese mozo. Si lo que buscan es oro, yo les llevaré a sitio donde encuentren lo que nunca han soñado.

Los dos codiciosos suspendieron la paliza, entraron en conversación con el viejo y al cabo, se convencieron de que la fortuna se les venía a las manos.

Volviéronse a Lampa con el descubridor y lo tuvieron bien mantenido y vigilado, mientras escribían a Lima solicitando del virrey don Manuel Guirior permiso para desenterrar un tesoro en los terrenos que hoy forman la hacien-da de Urcumimuni.

Accedió el virrey Guirior, nombrando a don Simón de Llosa, vecino de Arequipa, para autorizar con su presencia las labores y recibir los quintos que a la corona correspondieran.

Dice Basadre que de los asientos de las cajas reales de Puno aparece que lo sacado de la huaca en tejos de oro se valorizó en poco más de millón y medio de pesos, sin contar lo que se evaporó.

¡Riqueza es en toda tierra de barbudos o lampiños!

Dice la tradición que en la época en que se acopiaba oro para satisfacer el rescate de Atahualpa, mil indios se emplearon en enterrar en Urcumimuni los caudales que componían la carga de doce mil llamas.

El indio viejo contemplaba sonriendo a los felices viracochas, y les dijo un día, cuando ya consideraban agotada la huaca:

—Pues lo que han logrado es poco, que en esta pampa hay todavía mayor riqueza; pero no puede sacarse sin gran peligro.

Con justicia dijo Salomón que una de las tres cosas insaciables es la codicia.

Nuestros caballeros no se dieron por satisfechos con la fortuna hasta allí obtenida, y desoyendo los consejos del anciano emprendieron serios trabajos de excavación.

Llevaban ya en ellos tres semanas, cuando una tarde tropezaron los picos y azadones con un muro de piedra a gran profundidad de la tierra.

Cura, gobernador y representante de la real hacienda brincaron de gusto, imaginándose ya dueños de un nuevo y mayor tesoro.

Solo el indio permanecía impasible y de rato en rato se dibujaba en su rostro una sonrisa burlona.

Redoblaron sus esfuerzos los trabajadores para romper el fuerte muro; mas de improviso, al desprender una piedra colosal, sintiose horrible ruido subterráneo y una gran masa de agua se precipitó por el agujero.

Cuantos allí estaban emprendieron la fuga, deteniéndose a dos cuadras de distancia.

El indio había desaparecido y jamás volvió a tenerse de él noticia.

El sencillo pueblo cree desde entonces que la laguna de Chilimani es obra del diablo para burlar la avaricia de los hombres; y en vano, aun en los tiempos de la República, se han formado sociedades para desaguar esta laguna que, como la de Urcos, se presume que guarda una riqueza fabulosa.

El autor del Viaje al globo de la Luna explica así en su curioso manuscrito lo sucedido: «No tiene duda que el Colla o señor del Collao, vasallo del inca, enterró sus tesoros bajo de tres cerros de tierra hechos a mano. En nuestros días unos españoles, valiéndose de un derrotero proporcionado por unos indios del lugar a sus antecesores, emprendieron la gran obra de destruir los cerritos artificiales. Habían encontrado ya un ídolo de oro y una corona también de oro; pero con el gran gozo que les produjo este hallazgo y el mayor que aún se prometían, no cuidaron de conservar ilesa cierta argamasa, que era como el murallón, o dígase la callana, que recibía estos tesoros para que no los inundasen las poderosas filtraciones del lago vecino. Con este desacierto quedó imposibilitada la prosecución de la obra y perdido el tesoro. Obra de titanes nos parece que los indios allanaran cerros y trasladaran montes e hicieran estas prodigiosas callanas o murallones a orillas de un lago. Sin embargo, el procedimiento era sencillo y dependía del gran número de brazos de que podía disponer el señor. En un plano, por ejemplo, de mil varas de circunferencia trabajaban cincuenta mil o más indios en la excavación, otros tantos en agotar el agua que se filtraba y número igual en ir preparando y acentuando aquellas impenetrables argamasas; siendo de advertir que mucha gente también y a largas distancias iba pasando de mano en mano los materiales. Y así, sin confusión, sin embarazarse y en líneas bien ordenadas trabajaba aquella inmensa multitud en destruir o fabricar cerrillos, hacer subterráneos, caminos y fortalezas».

¡Al rincón! ¡Quita calzón! (A Monseñor Manuel Tovar)

El liberal obispo de Arequipa Chávez de la Rosa, a quien debe esa ciudad, entre otros beneficios, la fundación de la Casa de expósitos, tomó gran empeño en el progreso del seminario, dándole un vasto y bien meditado plan de estudios, que aprobó el rey, prohibiendo solo que se enseñasen derecho natural y de gentes.

Rara era la semana por los años de 1796 en que su señoría ilustrísima no hiciera por lo menos una visita al colegio, cuidando de que los catedráticos cumpliesen con su deber, de la moralidad de los escolares y de los arreglos económicos.

Una mañana encontrose con que el maestro de latinidad no se había presentado en su aula, y por consiguiente los muchachos, en plena holganza, andaban haciendo de las suyas.

El señor obispo se propuso remediar la falta, reemplazando por ese día al profesor titular.

Los alumnos habían descuidado por completo aprender la lección. Nebrija y el Epítome habían sido olvidados.

Empezó el nuevo catedrático por hacer declinar a uno musa, musæ. El muchacho se equivocó en el acusativo del plural, y el señor Chávez le dijo:

—¡Al rincón! ¡Quita calzón!

En esos tiempos regía por doctrina aquello de que la letra con sangre entra, y todos los colegios tenían un empleado o bedel, cuya tarea se reducía a aplicar tres, seis y hasta doce azotes sobre las posaderas del estudiante condenado a ir al rincón.

Pasó a otro. En el nominativo de quis vel quid ensartó un despropósito, y el maestro profirió la tremenda frase:

—¡Al rincón! ¡Quita calzón!

Y ya había más de una docena arrinconados, cuando le llegó su turno al más chiquitín y travieso de la clase, uno de esos tipos que llamamos revejidos, porque a lo sumo representaba tener ocho años, cuando en realidad doblaba el número.

—¿Quid est oratio? —le interrogó el obispo.

El niño o conato de hombre alzó los ojos al techo (acción que involuntariamente practicamos para recordar algo, como si las vigas del techo fueran un tónico para la memoria) y dejó pasar cinco segundos sin responder. El obispo atribuyó el silencio a ignorancia, y lanzó el inapelable fallo:

—¡Al rincón! ¡Quita calzón!

El chicuelo obedeció, pero rezongando entre dientes algo que hubo de incomodar a su ilustrísima.

—Ven acá, trastuelo. Ahora me vas a decir qué es lo que murmuras.

—Yo, nada, señor... nada —y seguía el muchacho gimoteando y pronunciando a la vez palabras entrecortadas.

Tomó a capricho el obispo saber lo que el escolar murmuraba, y tanto le hurgó que, al fin, le dijo el niño:

—Lo que hablo entre dientes es que, si su señoría ilustrísima me permitiera, yo también le haría una preguntita, y había de verse moro para contestármela de corrido.

Picole la curiosidad al buen obispo, y sonriéndose ligeramente, respondió:

—A ver, hijo, pregunta.

—Pues con venia de su señoría, y si no es atrevimiento, yo quisiera que me dijese cuántos Dominus vobiscum tiene la misa.

El señor Chávez de la Rosa, sin darse cuenta de la acción, levantó los ojos.

—¡Ah! —murmuró el niño, pero no tan bajo que no lo oyese el obispo—. También él mira al techo.

La verdad es que a su señoría ilustrísima no se le había ocurrido hasta ese instante averiguar cuántos Dominus vobiscum tiene la misa.[1]

Encantolo, y esto era natural, la agudeza de aquel arrapiezo, que desde ese día le cortó, como se dice, el ombligo.

Por supuesto, que hubo amnistía general para los arrinconados.

El obispo se constituyó en padre y protector del niño, que era de una familia pobrísima de bienes, si bien rica en virtudes, y le confirió una de las becas del seminario.

Cuando el señor Chávez de la Rosa, no queriendo transigir con abusos y fastidiado de luchar sin fruto con su Cabildo y hasta con las monjas, renunció en 1804 el obispado, llevó entre los familiares que lo acompañaron a España al clériguito del Dominus vobiscum, como cariñosamente llamaba a su protegido.

Andando los tiempos, aquel niño fue uno de los prohombres de la independencia, uno de los más prestigiosos oradores en nuestras Asambleas, escritor galano y robusto, habilísimo político y orgullo del clero peruano.

¿Su nombre?

¡Qué! ¿No lo han adivinado ustedes?

En la bóveda de la catedral hay una tumba que guarda los restos del que fue Francisco Javier de Luna-Pizarro, vigésimo arzobispo de Lima, nacido en Arequipa en diciembre de 1780 y muerto el 9 de febrero de 1855.

Creo que hay infierno

Cura de San Juan de Lurigancho por los años de 1780 era fray Nepomuceno Cabanillas, religioso de la orden dominica y fanático como un musulmán.

---

1   Mi amigo el presbítero español don José María Sbarbi, ocupándose en El Averiguador, periódico madrileño, de esta tradición, asegura que son ocho los Dominus vobiscum.

Ejercía sobre sus feligreses una autoridad más despótica que la del soberano de todas las Rusias, y un mandato suyo era tanto o más acatado que una real cédula de Carlos IV. Prohibió, bajo pena de excomunión, que en su parroquia se bailasen el Bate-que-bate, el Don Mateo y la Remensura; y por empeño de una su confesada, chica de faldellín de raso y peineta de cacho con lentejuelas, consintió en tolerar el Agua de nieve, el Gatito Miz-Miz y el Minué.

Allí nadie dejaba de oír misa el domingo, ni de cumplir con el precepto por la cuaresma, ni, por supuesto, hubo títere que escapara de pagar con puntualidad diezmos y primicias. Mucho hombre fue su paternidad. Por un quítame allá esas pajas amenazaba al prójimo con excomunión o con hacerlo tostar por sus señorías los inquisidores.

Dueño de la única cantina o pulpería del pueblo era un andaluz, el cual, vendiendo bacalao y vino peleón, iba bonitamente rellenando la hucha. Aunque el cura decía que era ese hombre un bote de malicias, la verdad es que Pepete no pasaba de ser un pobre diablo, que hablaba mucho y mal y que, sin respetos por nadie, salpicaba la conversación con dicharachos tabernarios y tacos más redondos que una bola.

La cantina de Pepete era el lugar de tertulia de los seis u ocho notables del pueblo, y de vez en cuando el padre cura no desdeñaba honrarla con su presencia, aunque las gracias del andaluz no le caían muy en gracia. El andaluz rasgueaba lindamente la guitarra y cantaba:

> La prima del cura
> de Chuchurumbel,
> por no hacer dos camas,
> se acuesta con él.

Amoscado un día fray Nepomuceno por ciertas palabrillas un si es no es irreligiosas que se le escaparon al cantinero, levantose de la silla y dijo:

—Pepete, hombre, tú vas a tener mal fin si no sientas la cabeza. Véndeme un cuartillo de pajuela, y que Dios te dé luz.

El cura puso un real sobre el mostrador, mientras el andaluz cortaba un trozo de la cuerda azufrada que los fósforos han venido a proscribir para siempre. Pepete buscó en el cajón de la venta moneda menuda para dar vuelta al fraile, y no encontrándola dijo:

—Lleve no más su merced la pajuela, que otro día pagará.

—Convenido, Pepete; y si no te pago en esta vida, será en la otra.

—¡Alto, padre! —interrumpió el andaluz—. Venga la pajuela, que si para allá me emplaza, hacerme trampa quiere. Yo no fío para que me paguen en el infierno, es decir, nunca.

—¡Hereje! ¿No crees en el infierno?

—¡Qué he de creer, padre! ¿Soy yo tozudo? Eso del infierno es cuento de frailes borrachos para embaucar beatas, ¡qué cuerno!

Y por este tono empezó a enfrascarse la querella.

El cura se empeñó en probar por a+b que hay infierno, purgatorio y limbo, esto es, tres cárceles penitenciarias. El andaluz se encaprichó en no dejarse convencer, y puso por los pies de los caballos al Padre Santo de Roma y a todos los que en la cristiandad se visten por la cabeza como las mujeres, con no poco escándalo de los tertulios, que se persignaban a cada despropósito o interjección cruda que largaba el muy zamarro.

Al fin, aburriose el padre Cabanillas y salió de la cantina diciendo:

—Ahora verás, pícaro hereje, si hay infierno.

Y encontrando al paso al sacristán, añadió:

—Jerónimo, hijo, sube a la torre y toca a excomunión.

Y en efecto. Un minuto después las campanas doblaban y los vecinos acudieron al templo, y diz que el cura, suprimiendo fórmulas de ritual y moniciones; fulminó excomunión en toda regla.

Pepete se vio desde ese instante en gravísimo peligro; pues los feligreses se habían congregado en el atrio de la parroquia y resuelto por unanimidad de votos quemarlo vivo, disintiendo solo sobre el sitio donde debían encender la hoguera. Unos opinaban que en la plaza y otros que en las afueras del pueblo, y tanto se acaloraron en la discusión, que casi se arma una de cachete y garrotazo.

El cantinero sintió frío de terciana ante el amago de justicia popular, y queriendo evitar que después de quemado saliese algún cristiano con el despapucho de que aquella barbaridad había sido lección tremenda, pero justa, ensilló el caballejo y a todo correr se vino a Lima.

Solicitó una entrevista con el arzobispo, le contó la cuita en que se hallaba, y le pidió humildemente que arbitrara forma de salvarlo. Su ilustrísima tomó las informaciones del caso, y pasados algunos días, despachó a Pepete, acompañado del clérigo secretario, con carta para fray Nepomuceno, en la cual se lo ordenaba alzar la excomunión, previa penitencia que el andaluz se allanaba a hacer.

Tuvo, pues, Pepete no solo que confesarse y recibir en la espalda desnuda tres ramalazos con una vara de membrillo, sino que (¡y esta es la gorda!) para que viviese en gracia de Dios, se le forzó a contraer matrimonio con una hembra de peor carácter que un tabardillo entripado, con la cual hacía meses mantenía no sé qué brujuleos pecaminosos. Ítem (y el ítem es cola de pavo real) la novia le traía una suegra más feroz que tigre cebado.

Desde entonces, Pepete se dio un par de puntadas en la boca y no volvió a meterse en filosofías. A lo sumo, cuando su mujer lo armaba un tiberio y la suegra lo arañaba, se conformaba con murmurar:

—¡Vaya si tuvo razón el padre cura! Ahora sí que creo en el infierno; porque con suegra y mujer, lo tengo metido en casa.

Una hostia sin consagrar (A Benjamín Vicuña Mackenna)

I

Esto de hacer, política, como dicen los periodistas gali-parlantes, es cosa rancia en nuestro Perú, mal que nos pese a los hijos de la República que aspiramos al monopolio de las rimbombancias.

En tiempo del coloniaje hacían política los seriotes oidores de la Real Audiencia, como quien dijera los ministros de Estado; y ora amarraban al virrey y lo empaquetaban hecho un fardo, como sucedió con don Blasco Núñez de Vela, o lo chismeaban con la corona, como pasó con el conde de Castellar y otros, hasta alcanzar su destitución o relevo; y aun éste logrado, le ajustaban las clavijas en el juicio de residencia.

La Real Audiencia, desde los tiempos de Amat hasta los de Pezuela, se componía de un regente, ocho oidores, cuatro alcaldes de corte y dos fiscales.

Hacían política los obispos y su cabildo para dominar al virrey en las cuestiones de ceremonial y patronato, y los frailes para obtener la preponderancia de su convento sobre los otros, y las monjas para elegir abadesa a que ni el diocesano ni el representante de la corona tuviese pero que poner.

Y hacían política los cabildantes por el mismo motivo que hoy, y los doctores de la real y pontificia Universidad para acrecentar el prestigio del capelo verde o del capelo morado, y los comerciantes para contrabandear a sus anchas, y hasta el pacífico pueblo por darse aires de importancia, mezclándose en lo que no le va ni le viene conveniencia.

Por supuesto que el virrey también le sacaba púa al trompo, y hacía política como cualquier presidentillo republicano a quien el Congreso manda leyes a granel, y él les va plantando un cúmplase tamañazo, y luego las tira bajo un mueble, sin hacer más caso de ellas que del zancarrón de Mahoma.

A la gran distancia en que nos hallábamos de la metrópoli no era posible exigir que el soberano y su Consejo de Indias acertaran en todas sus disposiciones para el mejor gobierno de estos pueblos. Así, venían a veces algunas reales cédulas de todo punto disparatadas, o cuyo cumplimiento podía acarrear serias perturbaciones y armar un tiberio de mil demonios. Pues el excelentísimo señor virrey tenía su manera de apearse muy bonitamente, y era ésta:

Después de dar cuenta de la cédula en el Real Acuerdo, poníase sobre sus puntales, cogía el papel o pergamino que la contenía, lo besaba si en antojo le venía, y luego, elevándolo a la altura de la cabeza, decía con voz robusta: Acato y no cumplo.

Escribíase después a España haciendo respetuosamente las observaciones del caso, aunque en muchas circunstancias ni siquiera se llenó este expediente y se consideró la real cédula como letra muerta o papel para hacer pajaritas.

Aquello de acato y no cumplo es fórmula que hace cavilar, no digo a un papanatas como yo, sino a un teólogo casuista. En teoría, nuestros presidentes no hacen uso de la formulilla; pero lo que es en la práctica la siguen con mucho desparpajo. Véase lo que pueden el mal precedente y el espíritu de imitación.

A esas reales cédulas acatadas y no cumplidas fue a lo que los limeños llamaron hostias sin consagrar, expresión que, francamente, me parece felicísima.

II

Gobernando Amat, virrey que, como hasta las ratas lo afirman, tuvo uñas de gato despensero, llegó una real cédula poniendo trabas al abuso de los corregidores que comerciaban con los indios, vendiéndoles artículos por el quíntuplo de sur precio efectivo.

A promulgarse en el acto la real cédula, iban a sufrir las autoridades refractarias a la moral y al deber pérdidas macuquinas, peligro del que podían salvar si el virrey se allanaba a retardar por pocos meses la ejecución del mando regio. Era preciso ganar tiempo para que cada prójimo acabase de vender su pacotilla.

Pero eso de hacer la ella gorda a los corregidores gratis et amore, no le hacía pizca de gracia a su excelencia.

Amat no quiso parecerse al sastre del Campillo, que cosía de balde y además ponía el hilo; pues el bendito señor virrey no puso mano en cosa de la que no sacara opima cosecha de relucientes peluconas. Y no me digan que calumnio y difamo a tan elevado personaje; pues sin ocurrir a otros testimonios respetables, citaré únicamente lo que sobre este punto escribe el señor general Mendiburu en su magnífico Diccionario Histórico: «En el juicio de residencia de Amat hubo numerosas reclamaciones que se cortaron transigiendo a fuerza de dinero. Para hacer estos gastos dio poder a don Antonio Gomendio, previniéndole no le diese la pesadumbre de comunicarle detalles fastidiosos. Mucha riqueza era preciso poseer para dar tal autorización, y mucho convencimiento de que las quejas estaban revestidas de justicia y no convenía se depurasen en el terreno judicial».

Por lo visto, su excelencia pensaba que la gala del nadador está en saber guardar la ropa.

El corregidor de Andahuailas, don Jacinto Camargo, era uno de los peor librados con la inmediata publicación de la real cédula. Camargo había obligado a todos los indios de su jurisdicción a que le comprasen, al precio de 3 pesos cada uno, rosarios de cuentas azules, como amuleto para las paperas, coto y demás enfermedades de garganta. Dejando aparte otras granjerías que tuvo este bribón con los pobres indios, fue de pública voz y fama que solo en la venta de rosarios (que en Lima valían 2 reales) se ganó la friolera de 20.000 duros.

Hablando de estas gangas de los corregidores, cuenta el mariscal Miller en sus Memorias que un comerciante a quien se le habían ahuesado dos cajones conteniendo anteojos o espejuelos, se arregló con la autoridad, y ésta obligó a los indios a presentarse en misa provistos de un par de antiparras.

Íntimo camarada del supradicho corregidor de Andahuailas era don Martín de Martiarena, favorito del virrey y el instrumento de que, según general creencia, se valía para sus inmorales especulaciones y tráfico mercantil del poder.

Don Martín sacó copia de la real cédula y la envió a Camargo con esta lacónica y significativa carta:

Compadre y amigo: Ahí va esa píldora. Dórela usted si puede, que sí podrá. Duerma usted sin cuidado, que la hostia quedará sin consagrar todo el tiempo que preciso sea. Dénos Dios Nuestro Señor salud y vida, y reciba un abrazo de su afectísimo. MARTÍN DE MARTIARENA.

III. Mucho sabe la zorra; pero más sabe el que la toma

Que la píldora se doró (y bien dorada) es punto que no admite ni asomo de duda; porque la consabida real cédula permaneció durante cinco meses en la categoría de hostia sin consagrar, siendo notorio de toda notoriedad, como dice un amigo, que

> En las felices regiones
> donde pasó este suceso,
> abundaba mucho el queso...
> y mucho más los ratones.

El primer toro

Gentil chasco se lleva quien, juzgando por el título, piense que voy a ocuparme por lo menos del cornúpedo que con Noé desembarcó del Arca, y que cristianamente debo creer y creo que fue el padre y fundador de la familia. No, señores. Más humilde es mi propósito.

Se me ha exigido un artículo corni-tradicional, y no hay forma de salir por la tangente del compromiso. Mis amigos afirman que en cada pelo del bigote escondo una tradición, y ello debe ser cierto, que de cortés peco para decirles que no están en lo verdadero. Déme Dios llevar a buen término esta serie de narraciones, y rompo la tijera para que no críe moho por falta de paño en qué cortar. Entretanto, pecho al agua y al avío; no digan, si alargo el preámbulo, que soy como el guitarrero del Tajamar, que todo se le iba en puntear y puntear.

Amén de la renta que su majestad acordara, según reales cédulas, a sus viso-reyes en el Perú, eran éstos festejados, siempre que por razones del buen servicio les ocurría ir de visita al puerto y presidio del Callao, con una salva de cañonazos; pero quedaba a merced del virrey elegir entre los disparos, que a la postre no son más que humo y estrépito, o reclamar en limpia plata lo que había de gastarse en pólvora. Si no mienten mis apuntes, eran quinientos duros los al año asignados para tal bambolla.

Diz que no faltó representante de la corona que optara por la ración en crudo, en lo cual tengo para mí que procedió con seso.

Otra real cédula prevenía que cuando el virrey asistiese al coliseo, los comediantes o su empresario tenían la obligación de entregar al mayordomo o repostero de palacio algunos patacones para sorbetes y tente en pie de su excelencia y comitiva. Añaden los maldicientes que virrey hubo que no perdonaba función; pero que era enemigo del refresco, no embargante que los cómicos cumplían religiosamente con entregar los cuartejos consabidos.

En 1768 efectuose el estreno de la plaza de Acho, construida para lidias de toros. El propietario de ella, don Hipólito Landaburu, señaló desde la primera corrida 20 pesos para cerveza y butifarras del real representante y su cortejo. Ítem mandó que el primer toro después de estoqueado se obsequiase al cochero y fámulos del virrey, para que éstos sacasen provecho del cuero y de la carne. Para rumboso don Hipólito. ¡Dios lo tenga entre santos!

La costumbre se hizo ley, y hasta los tiempos de Pezuela disfrutó de tal ganga el famulicio. El toro producía un par de peluconas, vendido a un carnicero, quien salaba la carne; pues entonces no se la enviaba a la siguiente mañana al mercado, por considerarse perjudicial a la salud la carne de los bichos que morían en el redondel. ¡Aprensiones de los abuelitos!

Vino la patria, y con ella un empresario patriota y mezquino, que empezó por no dar una peseta para el refresco del Protector San Martín, y que negó a los criados de éste los despojos del primer toro.

«¡Fuera antiguallas y a romper con el pasado!» Tal era la consigna del roñoso empresario de Acho. El alma del generoso Landaburu debió trinar de cólera en el otro mundo ante mezquindad tamaña.

A Ramón Meneses, cochero del general San Martín, se le indigestó la innovación; compró un pliego de papel sellado y fuese al ministro Monteagudo con un recurso fundado en esto y lo otro y lo de más allá, reclamando lo que él creía privilegio inmanente a su cargo.

La querella se hizo cuestión de Estado y de alta política. La opinión pública, que es una señora muy entrometida y casquilucia, se agitó en pro y en contra. Los patriotas y progresistas y novedosos se declararon por el empresario pero los godos y retrógrados y recalcitrantes se decidieron por el auriga. El empresario defendió su bolsa con uñas y dientes, corriose vista al fiscal, y éste dictaminó que la cosa tanto tenía de larga como de ancha, y por ende se las compusiese el gobierno como Dios le diera a entender.

Pero ahí estaba don Bernardo Monteagudo, que era todo un hombre para un encargo, quien cogió la pluma y plantó en el memorial un no ha lugar por ahora que partió por el eje a Ramón Meneses y dejó contentos a los partidos; pues el decreto no otorgaba concesión ni implicaba negativa rotunda.

Era un decretito con callejuela, decretito de agua de malvas, achicoria, goma y raíz de altea.

¿Creerán ustedes que aquí terminó la algólgora del primer toro? Pues se equivocan. Ese por ahora iba a dar pan que rebanar.

Juan Duende, cochero del presidente general Gamarra, y Quintín Quintana, que ejerció idéntico oficio con el presidente general Castilla, amenazaron a los empresarios con resucitar el pleito; pero ambos ciudadanos cocheros eran unos peines sin pizca de respeto por los altos fueros del pescante, y transigieron, previa la promesa de que en cada tarde de lidia se les acudiría con 4 pesos, cuatro copas y cuatro butifarras.

Juana la Marimacho

¡Ah, china diabla! ¡Y bien haya la madre que la parió!

La imaginación me la retrata cabalgada en un brioso overo del Norte, a quince pasos de la puerta del toril, capa colorada en mano y puro de Cartagena en boca. Con chaquetilla de raso azul con alamares de plata, falda verde botella y un rico jipijapa en la cabeza, dicen que era lo que se llama una real moza. Como hay Dios que al verla sentían los hombres tentaciones... así como de reivindicarla.

No la vi yo, por supuesto, en el pleno ejercicio de sus funciones de capeadora de a caballo; pero en su elogio oí decir a un viejo casi lo mismo que, hablando del torero Casimiro Cajapaico, escribe el señor marqués de Valleumbroso en su libro Escuela de caballería conforme a la práctica observada en Lima:

—Esa china merecía estatua en la plaza de Acho.

Digo que no es poco decir.

Con Juana Breña hizo la naturaleza idéntica mozonada que con la monja alférez doña Catalina de Erauso. Equivocó el sexo. Bajo las redondas y vigorosas formas de la gallarda mulata, escondió las más varoniles inclinaciones. Las mujeres, cuya sociedad esquivaba, la bautizaron (no sin razón) con el apodo de la Marimacho.

Juana Breña manejaba los dados sobre el tapete verde con todo el aplomo de un tahúr; y puñal en mano se batía como cualquier guapo, que era diestra esgrimidora. En dos o tres ocasiones estuvo en la cárcel por pendenciera; pero, contando con valedores de alta influencia, lograba siempre su libertad tras pocos días de encierro. Con la misma llaneza con que echaba la capa a un retinto, hacía un chirlo a un cristiano por quítame allá una paja.

En los toros de San Francisco de Paula (que fue lidia que formó época), en los famosos de la Concordia y en los de la recepción del virrey Pezuela estuvo afortunadísima. Montada en ágiles y rozagantes caballos ejecutó lucidas suertes de capeo, sacando gran cosecha de monedas que los concurrentes le arrojaron con profusión desde las galerías y tablado.

«La Juanita Breña

me dejó encantada.
¡Qué arranque de china!
¡Qué bien que capeaba!
¡Y cómo el caballo
lo culebreaba!
¡Y en sentarse a todos,
cierto que los gana!
¡Qué de enamorados
tiene esa muchacha!
¡Y cómo a porfía,
la palmoteaban!»

Estos versos, que copiamos de un listín del año 1820, bastan para dar ligera idea de la popularidad de la Marimacho.

Desde la infancia reveló Juanita Breña propensiones varoniles; por lo que su padre, que era chalán en la hacienda de Retes, la amonestaba diciéndola:

—¡Juana, no te metas a hombre!

Sermón perdido. Con los años se iba desarrollando más y más en la muchacha la inclinación a ejercicios del sexo fuerte.

Pero como todo tiene fin sobre la tierra, los lauros de Juana Breña encontraron al cabo su Waterloo en la misma plaza de Acho, testigo de sus proezas. Allá por el año 25 descuidose una tarde la gentil capeadora, y un corniveleto de la Rinconada de Mala la suspendió entre sus astas, después de despanzurrar al caballo. El pueblo exhaló un inmenso alarido sobresaliendo entre todas las voces la del chalán, padre de Juana, que gritaba:

—¡Toma, china de mis pecados! ¡Métete a hombre!

A algún santo muy milagroso debió en su cuita encomendarse la infeliz, pues solo así se explica que, sin más que el susto y algunas contusiones, hubiera escapado viva de los cuernos del animal.

Desde esa tarde renegó del oficio y no volvió a vérsela en el redondel; pero si renunció a habérselas con los toros vivos, no tuvo por qué enemistarse con la carne de los toros muertos. Juana Breña se hizo carnicera, y hasta después de 1840 ocupaba una mesa en la plaza del Mercado, situada entonces en la que hoy es plaza de Bolívar.

Una sentencia primorosa (A don Manuel Ricardo Trelles)

Hombre hay en los tiempos que alcanzamos que se desvive por andar entre papel sellado y escribanos; que escatima el pan de la familia, pero que empeña hasta las potencias de Cristo para pagar con puntualidad los honorarios de abogado y de procurador. Gusto perro es, convengo en ello, el de pasarse las horas muertas gastando las baldosas del palacio de justicia y siendo pulga en la oreja o pesadilla de los magistrados; pero el hecho es que existe el tipo y que mis lectores estarán cansados de tropezar con él. Esos maniáticos no admiten cura, y se mueren y van al hoyo cuando les falta proceso de qué hablar y en qué pensar.

Los jueces de nuestra era republicana tienen asegurado sitio en el cielo por su paciencia para habérselas, de enero a enero, con esos chirimbolos que litigan por una coma mal puesta. No me gustan garnachas de esa especie. Déme usted jueces de la cáscara amarga, como los que voy a dar a conocer a mis lectores en esta tradioncita, de cuya autenticidad histórica respondo con cuanto soy y valgo, como dicen los cartularios.

Por real cédula de 3 de mayo de 1787 erigiose la Real Audiencia del Cuzco, cuya instalación solemne se verificó el 4 de noviembre del siguiente año. La fastuosa ceremonia del recibimiento del sello en la ciudad, si no recuerdo mal, se hizo en el día anterior.

Alcalde de corte fue, desde entonces hasta principios del presente siglo, don Domingo del Oro y Portuondo, doctor in utroque jure, y que gozaba en todo el virreinato de reputación salomónica. Jamás torciose en sus manos la vara de la ley, y fallo que él pronunciaba era acatado hasta por el monarca y su Consejo de Indias. Sentencia suya nunca fue revocada ni serlo podía, que apoyada iba siempre en la más recta y sesuda aplicación de las Partidas y el Fuero Juzgo y demás pragmáticas y ordenanzas y garambainas tribunalicias en rigurosa vigencia.

Pocos pleitos, y sea esto dicho en encomio del buen sentido de los cuzqueños, ventilábanse entonces en la ciudad incásica; pero un aragonés, apellidado Landázuri, daba por sí solo más trajín a oidores, alcalde, portero y alguaciles que un cardumen de litigantes. La quisquilla más trivial era para él un semillero de procesos. Es fama que de 1788 a 1797 entabló veintiocho pleitos, sin que en uno solo de ellos lo asistiese el menor asomo de justicia. Mientras más pleitos perdía, menos se descorazonaba o hastiaba de gastar en papel sellado.

Landázuri era, pues, el coco del alcalde y de la audiencia. No produjo Zaragoza aragonés más testarudo y camorrista.

En 1797 el escribano don Francisco Larrauri, al dar cuenta del despacho, leyó al alcalde un recurso de Landázuri, en el cual se querellaba éste de la mala vecindad que le daba una parejita de recién casados, que solían asomarse a la ventana y ponerse pico con pico como paloma y palomo, despertando así el apetito del zaragozano, quien, para libertarse de tentaciones y de que lo asaltasen pecaminosas ideas, exigía que la justicia mandase cambiar de domicilio al amoroso y enamorado matrimonio que tan pública ostentación hacía de las dulzuras de la Luna de miel.

Aquí perdió el juez los estribos de la cachaza y dijo:

—Ponga usted, don Francisco, fecha, que voy a dictarle el auto.

El escribano mojó la pluma de ave, escribió un renglón, y alzando la cabeza contestó:

—Listo: ya puede dictar su señoría.

—Letra grande, clara y nada de gurrupatos, don Francisco.

—Descuide su señoría.

—Ponga usted...

—Pongo.

—Váyase el recurrente al... demonio.[2]

Escribió el escribano lo dictado y rubricó el juez.

El auto fue como darle a Landázuri por la vena del gusto; pues exclamó, brincando de alegría:

—Ahora sí que me luzco, y lo menos, menos, le hago quitar la vara al dichoso alcalde, y puede que lo echen a presidio. ¡Gracias a Dios! Este será el primer pleito que gane.

Y apeló del auto ante la Real Audiencia del Cuzco.

Pero ésta se hallaba tan acostumbrada a desechar por injustificables y maliciosas las apelaciones de Landázuri, y tenía en tan alta estima la cordura, talento y justificación de Oro y Portuondo, que empezando por el conde Ruiz

---

2   Otra fue la palabrita. Ya la adivinará el lector por poco malicioso que sea.

de Castilla, brigadier de los reales ejércitos, gobernador intendente del Cuzco y presidente de su Real Audiencia, y concluyendo por los oidores don José de la Portilla, don Pedro Antonio Cernadas Bermúdez, don Miguel Sánchez Moscoso y don José Fuentes González, nemine discrepante, convinieron en dictar al escribano don Bernardo Gamarra, padre del que fue presidente del Perú, el siguiente inapelable fallo:

—Confírmase el apelado, y con costas. —Cinco rúbricas.

Y como a don Fulano Landázuri, el litigante cócora, no le quedaba otro camino que el de recurrir al Consejo de Indias, y eso era gastadero de muchísima plata, tiempo y flema, se conformó con lo decidido por la Audiencia, satisfizo 30 reales vellón por costas, y (como ustedes lo oyen) sin más reconcomios, derechito, derechito, se fue... al demonio.

Un drama íntimo (A don Adolfo E. Dávila)

Ni época, ni nombres, ni el teatro de acción son los verdaderos en esta leyenda. Motivos tiene el autor para alterarlos. En cuanto al argumento, es de indisputable autenticidad. Y no digo más en este preambulillo porque... no quiero, ¿estamos?

I

Laurentina llamábase la hija menor, y, la más mimada, de don Honorio Aparicio, castellano viejo y marques de Santa Rosa de los Ángeles. Era la niña un fresco y perfumado ramilletico de dieciocho primaveras.

Frisaba su señoría el marqués en las sesenta navidades, y hastiado del esplendor terrestre había ya dado de mano a toda ambición, apartádose de la vida pública, y resuelto a morir en paz con Dios y con su conciencia, apenas si se le veía en la iglesia en los días de precepto religioso. El mundo, para el señor marqués, no se extendía fuera de las paredes de su casa y de los goces del hogar. Había gastado su existencia en servicio del rey y de su patria, batídose bizarramente y sido premiado con larguez por el monarca, según lo comprobaban el hábito de Santiago y las cruces y banda con que ornaba su pecho en los días de gala y de repicar gordo.

Tres o cuatro ancianos pertenecientes a la más empinada nobleza colonial, un inquisidor, dos canónigos, el superior de los paulinos, el comendador de la Merced y otros frailes de campanillas eran los obligados concurrentes a la tertulia nocturna del marqués. Jugaba con ellos una partida de chaquete, tresillo o malilla de compañeros, obsequiábalos a toque de nueve con una jícara del sabroso soconusco acompañada de tostaditas y mazapán almendrado de las monjas catalinas, y con la primera campanada de las diez despedíanse los amigos. Don Honorio, rodeado de sus tres hijas y de doña Ninfa, que así se llamaba la vieja que servía de aya, dueña, cervero o guardián de las muchachas, rezaba el rosario, y terminado éste, besaban las hijas la mano del señor padre, murmuraba él un «Dios las haga santas» y luego rebujábanse entre palomas el palomo viudo, las Palomitas y la lechuza.

Aquello era vida patriarcal. Todos los días eran iguales en el hogar del noble y respetable anciano, y ninguna nube tormentosa se cernía sobre el sereno cielo de la familia del marqués.

Sin embargo, en la soledad del lecho desvelábase don Honorio con la idea de morir sin dejar establecidas a sus hijas. Dos de ellas optaban por monjío; pero la menor, Laurentina, el ojito derecho del marqués, no revelaba vocación por el claustro, sino por el mundo y sus tentadores deleites.

El buen padre pensó seriamente en buscarla marido, y platicando una noche sobre el delicado tema con su amigo el conde de Villarroja don Benicio Suárez Roldán, éste le interrumpió diciéndole:

—Mira, marqués, no te preocupes, que yo tengo para tu Laurentina un novio como un príncipe en mi hijo Baldomero.

—Que me place, conde; aunque algo se me alcanza de que tu retoño es un calvatrueno.

—¡Eh! ¡Murmuraciones de envidiosos y pecadillos de la mocedad! ¿Quién hace caso de eso? Mi hijo no es santo de nicho, ciertamente; pero ya sentará la cabeza con el matrimonio.

Y desde el siguiente día, el conde fue a la tertulia del de Santa Rosa, acompañado de su hijo. Éste quedó admitido para hacer la corte a Laurentina, mientras los viejos cuestionaban sobre el arrastre de chico y la falla del rey, y cuatro o seis meses más tarde eran ya puntos resueltos para ambos padres el noviazgo y el consiguiente casorio.

Baldomero era un gallardo mancebo, pero libertino y seductor de oficio. Tratándose de sitiar fortalezas, no había quien lo superase en perseverancia y ardides; mas una vez rendida o tomada por asalto la fortaleza, íbase con la música a otra parte, y si te vi no me acuerdo.

Baldomero halló en la venalidad de doña Ninfa una fuerza auxiliar dentro de la plaza; y la inexperta joven, traicionada por la inmunda dueña, arrastrada por su cariño al amante, y más que todo fiando en la hidalguía del novio, sucumbió... antes de que el cura de la parroquia la hubiese autorizado para arriar pabellón.

A poco, hastiado el calavera de lo fácil conquista, empezó por acortar sus visitas y concluyó por suprimirlas. Era de reglamento que así procediese. Otro amorcillo lo traía, encalabrinado.

La infeliz Laurentina perdió el apetito, y dio en suspirar y desmejorarse a ojos vistas. El anciano, que no podía sospechar hasta dónde llegaba la desventura de su hija predilecta, se esforzaba en vano por hacerla recobrar la alegría y por consolarla del desvío del galancete:

—Olvida a ese loco, hija mía, y da gracias a Dios de que a tiempo haya mostrado la mala hilaza. Novios tendrás para escoger como en peras, que eres joven, bonita y rica y honrada.

Y Laurentina se arrojaba llorando al cuello de su padre, y escondía sobre su pecho la púrpura que teñía sus mejillas al oírse llamar honrada por el confiado anciano.

Al fin, éste se decidió a escribir a Baldomero pidiéndolo explicaciones sobre lo extraño de su conducta, y el atolondrado libertino tuvo el cruel cinismo y la cobarde indignidad de contestar al billete del agraviado padre con una carta en la que se leían estas abominables palabras: Esposa adúltera sería la que ha sido hija liviana. ¡Horror!

II

El marqués se sintió como herido por un rayo.

Después de un rato de estupor, una chispa de esperanza brotó en su espíritu.

Así es el corazón humano. La esperanza es lo último que nos abandona en medio de los más grandes infortunios.

—¡Jactanciosa frase de mancebo pervertido! ¡Miente el infame! —exclamó el anciano.

Y llamando a su hija la dio la carta, síntesis de toda la vileza de que es capaz el alma de un malvado, y la dijo:

—Lee y contéstame... ¿Ha mentido ese hombre?

La desdichada niña cayó de rodillas murmurando con voz ahogada por los sollozos:

—Perdóname..., padre mío..., ¡Lo amaba tanto!... ¡Pero te juro que estoy avergonzada de mi amor por un ser tan indigno!... ¡Perdón! ¡Perdón!

El magnánimo viejo se enjugó una lágrima, levantó a su hija, la estrechó entre sus brazos y la dijo:

—¡Pobre ángel mío!...

En el corazón de un padre es la indulgencia tan infinita como en Dios la misericordia.

III

Y pasó un año cabal, y vino el día aniversario de aquel en que Baldomero escribiera la villana carta.

La misa de doce en Santo Domingo y en el altar de la Virgen del Rosario era lo que hoy llamamos la misa aristocrática. A ella concurría lo más selecto de la sociedad limeña.

Entonces, como ahora, la juventud dorada del sexo fuerte estacionábase a la puerta e inmediaciones del templo para ver y ser vista, y prodigar insulsas galanterías a las bellas y elegantes devotas.

Baldomero Roldán hallábase ese domingo entre otros casquivanos, apoyado en uno de los cañones que sustentaban la cadena que hasta hace pocos años se veía frente a la puerta lateral de Santo Domingo, cuando cinco minutos antes de las doce se le acercó el marqués de Santa Rosa, y poniéndole la mano sobre el hombro le dijo casi al oído:

—Baldomero, ármese usted dentro de media hora, si no quiero que lo mate sin defensa y como se mata a un perro rabioso.

El calavera, recobrándose instantáneamente de la sorpresa, le contestó con insolencia:

—No acostumbro armarme para los viejos.

El marqués continuó su camino y entró en el templo.

A poco sonaron las doce, el sacristán tocó una campanilla en el atrio en señal de que el sacerdote iba ya a pisar las gradas del altar y la calle quedó desierta de pisaverdes.

Media hora después salía el brillante concurso, y los jóvenes volvían a ocupar sitio en las acoras. Baldomero Roldán se colocó al pie de la cadena.

El marqués de Santa Rosa vino hacia él con paso grave, reposado, y le dijo:

Joven, ¿está usted ya armado?

—Repito a usted, viejo tonto, que para usted no gasto armas.

El marqués amartilló un pistolete, hizo fuego, y Baldomero Roldán cayó Con el cráneo destrozado.

IV

Don Honorio Aparicio se encaminó paso entre paso a la cárcel de la ciudad, situada a una cuadra de distancia de Santo Domingo, donde se encontró con el alcalde del Cabildo.

—Señor alcalde —le dijo— acabo de matar a un hombre por motivo que Dios sabe y que yo callo, y vengo a constituirme preso. Que la justicia haga su oficio.

El conde de Villarroja, padre del muerto, no anduvo con pies de plomo para agitar el proceso, y un mes después fue a los estrados de la Real Audiencia para el fallo definitivo.

El virrey presidía, y era inmenso el concurso que invadió la sala.

Al conde de Villarroja, por deferencia a lo especial de su condición, se lo había señalado asiento al lado del fiscal acusador.

El marqués ocupaba el banquillo del acusado.

Leído el proceso, y oídos los alegatos del fiscal y del abogado defensor, dirigió el virrey la palabra al reo.

—¿Tiene usía, señor marqués, algo que decir en su favor?

—No, señor... Maté a ese hombre porque los dos no cabíamos sobre la tierra.

Esta razón de defensa, ni racional ni socialmente podía satisfacer a la ley ni a la justicia. El fiscal pedía la pena de muerte para el matador, y el tribunal se veía en la imposibilidad de recurrir al socorrido expediente de las causas atenuantes desde que el acusado no dejaba resquicio abierto para ellas. El abogado defensor había aguzado su ingenio y hecho una defensa más sentimental que jurídica; pues las lacónicas declaraciones prestadas por el marqués en el proceso no daban campo sino para enfrascarse en un mar de divagaciones y conjeturas. No había tela que tejer ni hilos sueltos que anudar.

El virrey tomaba la campanilla para pasar a secreto acuerdo, cuando el abogado del marqués, a quien un caballero acababa de entregar una carta, se levantó de su sitial, y avanzando hacia el estrado, la puso en manos del virrey.

Su excelencia leyó para sí, y dirigiéndose luego a los maceros:

—Que se retire el auditorio —dijo— y que se cierre la puerta.

V

Laurentina, al comprender el peligro en que se hallaba la vida de su padre, no vaciló en sacrificarse haciendo pública la ruindad de que ella había sido triste víctima. Corrió al bufete del marqués, y rompiendo la cerradura sacó la carta de Baldomero y la envió con uno de sus deudos al abogado. Ella sabía que el marqués nunca habría recurrido a ese documento salvador o por lo menos atenuante de la culpa.

El virrey, visiblemente conmovido, dijo:

—Acérquese usía, señor conde de Villarroja. ¿Es esta la letra de su difunto hijo?

El conde leyó en silencio, y a medida que avanzaba en la lectura pintábase mortal congoja en su semblante y se oprimía el pecho con la mano que tenía libre, como si quisiera sofocar las palpitaciones de su corazón paternal. ¡Horrible lucha entre su conciencia de caballero y los sentimientos de la naturaleza!

Al fin, su diestra temblorosa dejó escapar la acusadora carta, y cayendo desplomado sobre un sillón, y cubriéndose el rostro con las manos para atajar el raudal de lágrimas exclamó, haciendo un heroico esfuerzo por dar varonil energía a su palabra:

—¡Bien muerto está!... ¡El marqués estuvo en su derecho!

VI

La Real Audiencia absolvió al marqués de Santa Rosa.

Quizá la sentencia, en estricta doctrina jurídica, no sea muy ajustada. Critíquenla en buena hora los pajarracos del foro. No fumo de ese estanquillo ni lo apetezco.

Pero los oidores de la Real Audiencia antes que jueces eran hombres, y al fallar absolutoriamente, prefirieron escuchar solo la voz de su conciencia de padres y hombres de bien, haciendo caso omiso de don Alfonso el Sabio y sus leyes de Partida que disponen que ome que faga omecillo, por ende muera. ¡Bravo! ¡Bravo! Yo aplaudo a sus señorías los oidores, y me parece que tienen lo bastante con mis palmadas.

En cuanto al público de escaleras abajo, que nunca supo a qué atenerse sobre el verdadero fundamento del fallo (pues virrey, oidores y abogado se comprometieron a guardar secreto sobre la revelación que contenía la carta), murmuró no poco contra la injusticia de la justicia.

Una astucia de Abascal

I

Que el excelentísimo señor virrey don Fernando de Abascal y Souza, caballero de Santiago y marqués de la Concordia, fue hombre de gran habilidad, es punto en que amigos y enemigos que alcanzaron a conocerlo están de acuerdo. Y por si alguno de mis contemporáneos lo pone en tela de juicio, bastárame para obligarlo a arriar bandera referir un suceso que aconteció en Lima a fines de 1808; es decir, cuando apenas tenía Abascal año y medio de ejercicio en el mando.

Regidor de primera nominación, en el Cabildo de esta ciudad de los reyes, era el señor de... ¿de qué?, no estampo el nombre por miedo de verme enfrascado en otro litigio pati-gallinesco... Llamémoslo H...

Su señoría el regidor H... era de la raza de las cebollas. Tenía la cabeza blanca y el resto verde; esto es, que a pesar de sus canas y achaques, todavía galleaba y se le alegraba el ojo con las tataranietas de Adán. Hacía vida de solterón, tratábase a cuerpo de príncipe, que su hacienda era pingüe, y su casa y persona estaban confiadas al cuidado de una ama de llaves y de una legión de esclavos.

Una mañana, cuando apuraba el señor de H... la jícara del sabroso chocolate del Cuzco con canela y vainilla, presentósele un pobre diablo, vendedor de alhajas, con una cajita que contenía un alfiler, un par de arracadas y tres anillos de brillantes. Recordó el sujeto que la Pascua se aproximaba y que para entonces tenía compromiso de obsequiar esa fruslería a una chica que lo traía engatusado. Duro más, duro menos, cerró trato por doscientas onzas de oro, guardó la cajita y despidió al mercader con estas palabras:

—Bien, mi amigo, vuélvase usted dentro de ocho días por su plata.

Llegó el día del plazo, y tras este otro y otro, y el acreedor no lograba hablar con su deudor; unas veces porque el señor había salido, otras porque estaba con visitas de gente de copete, y al fin porque el negro portero no quiso dejarlo pasar del zaguán. Abordolo al cabo una tarde en la puerta del Cabildo, y a presencia de varios de sus colegas le dijo:

—Dispénseme su señoría si no pudiendo encontrarlo en su casa me lo hago presente en este sitio, que los pobres tenemos que ser importunos.

—¿Y qué quiero el buen hombre? ¿Una limosna? Tome, hermano, y vaya con Dios.

Y el señor de H... sacó del bolsillo una peseta.

—¿Qué es eso de limosna? —contestó indignado el acreedor—. Págueme usía las doscientas onzas que me debe.

—¡Habrase visto desvergüenza de pícaro! —gritó el regidor—. A ver, alguacil. Agárreme usted a este hombre y métalo en la cárcel.

Y no hubo remedio. El infeliz protestó; pero como las protestas del débil contra el fuerte son agua de malvas, con protesta y todo fue nuestro hombre por veinticuatro horas a chirona por desacato a la caracterizada persona de un municipal o municipillo.

Cuando lo pusieron en libertad anduvo el pobrete con su queja de Caifás a Pilatos; pero como no presentaba testigos ni documentos, lo calificó el uno de loco y el otro de bribón.

Llegó el caso a oídos del virrey, y éste hizo ir secretamente a palacio a la víctima, lo interrogó con minuciosidad y le dijo:

—Vaya usted tranquilo y no cuente a nadie que nos hemos visto. Le ofrezco que para mañana o habrá recobrado sus prendas o irá por seis meses a presidio como calumniador.

II

Exceptuando las noches do teatro, al que Abascal solo por enfermedad u otro motivo grave dejaba de concurrir, recibía de siete a diez a sus amigos de la aristocracia. La linda Ramona, aunque apenas frisaba en los catorce años, hacía con mucha gracia los honores del salón, salvo cuando veía correr por la alfombra un ratoncillo. Tan melindrosa era la mimada hija de Abascal, que su padre prohibió quemar cohetes a inmediaciones de Palacio, porque al estallido acometían a la niña convulsiones nerviosas. ¡Repulgos de muchacha engreída! Corriendo los años no se asustó con los mostachos de Pereira, un buen mozo a quien mandó el rey para hacer la guerra a los insurgentes, y que no hizo en el Perú más que llegar y besar, conquistando en el acto la mano y el corazón de Ramona y volviéndose con su costilla para España. ¡Buen calabazazo llevaron todos los marquesitos y condesitos de Lima que bailaban por la chica el Agua de nieve! Aquella noche concurrido, como de costumbre, el señor de H... a la tertulia palaciega. El virrey agarrose mano a mano en conversación con él, pidiole un polvo, y su señoría lo pasó la caja de oro con cifra de rubíes. Abascal sorbió una narigada de rapé, y por distracción sin duda guardó la caja ajena en el bolsillo de la casaca.

De repente Ramona empezó a gritar. Una arañita se paseaba por el raso blanco que tapizaba las paredes del salón, y Abascal, con el pretexto de ir a traer agua de melisa o el frasquito del vinagre de los siete ladrones, que es santo remedio contra los nervios, escurriose por una puertecilla, llamó al capitán de la guarida de alabarderos y le dijo:

—Don Carlos, vaya usted a casa del señor De H... y dígale a Conce, su ama de llaves, que por señas de esta caja de rapé que dejará usted en poder de ella, manda su patrón por la cajita de alhajas que compró hace quince días, pues quiero enseñarlas a Ramoncica, que es lo más curiosa que en mujer cabe.

III

A las diez de la noche regresó a su casa el señor de H... y la ama de llaves lo sirvió la cena. Mientras su señoría saboreaba un guiso criollo, doña Conce, con la confianza de antigua doméstica, le preguntó:

—¿Y qué tal ha estado la tertulia, señor?

—Así, así. A la cándida de la Ramona lo dio la pataleta, que eso no podía faltar. Esa damisela es una doña Remilgos y necesita un marido de la cáscara amarga, como yo, que con una paliza a tiempo estaba seguro de curarla de espantos. Y lo peor es que su padre es un viejo pechugón, que me codeó un polvo y se ha quedado con mi caja de los días de fiesta.

—No, señor. Aquí está la caja, que le trajo uno de los oficiales de Palacio.

—¿A qué hora, mujer?

—Acababan do tocar las ocho en las nazarenas, y obedeciendo al recado que usted me enviaba, le di al oficial la cajita.

—Tú estás borracha, Conce. ¿De qué cajita me hablas?

—¡Toma! De la de alhajas que compró usted el otro día.

El señor de H... quedó como herido por un rayo. Todo lo había adivinado.

A los pocos días emprendió viaje para el Norte, donde poseía un valioso fundo rústico, y no volvió a vérsele en Lima.

Por supuesto, que comisionó antes a su mayordomo para que pagase al acreedor.

El caballeroso Abascal recomendó al capitán de alabarderos y al dueño de las alhajas que guardasen profundo secreto; pero la historia llegó a saberse con todos sus pormenores, por aquello de que «secreto de tres, vocinglero es».

Un tenorio americano (A don Alberto Navarro Viola)

I

Era el 1.º de enero de 1826.

La iglesia de las monjas mónicas, en Chuquisaca, resplandecía de luces, y nubes de incienso, quemado en pebeteros de plata, entoldaban la anchurosa nave

Cuanto la entonces naciente nacionalidad boliviana tenía de notable en las armas y en las letras, la aristocracia de los pergaminos y la del dinero, la belleza y la elegancia, se encontraba congregado para dar mayor solemnidad a la fiesta.

Allí estaba el vencedor de Ayacucho, Antonio José de Suero, en el apogeo de su gloria y en lo más lozano de la edad viril, pues solo contaba treinta y dos años.

En su casaca azul no abundaban los bordados de oro, como en las de los sainetescos espadones de la patria nueva, que van, cuando se emperejilan, como dijo un poeta:

> tan tiesos, tan fichados y formales,
> que parecen de veras generales.

Sucre, como hombre de mérito superior, era modesto hasta en su traje, y rara vez colocaba sobre su pecho alguna de las condecoraciones conquistadas, no por el favor ni la intriga, sino por su habilidad estratégica y su incomparable denuedo en los campos de batalla, en quince años de titánica lucha contra el poder militar de España.

Rodeaban al que en breve debía ser reconocido como primer presidente constitucional de Bolivia: el bizarro general Córdova, cuya proclama de elocuente laconismo ¡arma a discreción y paso de vencedores! vivirá mientras la historia hable del combate que puso fin al dominio castellano en Sudamérica; el coronel Trinidad Morán, el bravo que en una de nuestras funestas guerras civiles fue fusilado en Arequipa, en diciembre de 1854, precisamente al cumplirse los treinta años de la acción de Matará, en que su impávido valor salvara al ejército patriota de ser deshecho por los realistas; el coronel Galindo, soldado audaz y entendido político que, casado en 1826 en Potosí, fue padre del poeta revolucionario Néstor Galindo, muerto en la batalla de la Cantería; sus ayudantes de campo, el fiel Alarcón, destinado a recibir el último suspiro del justo Abel victimado vilmente en las montañas de Berruecos, y el teniente limeño Juan Antonio Pezet, muchacho jovial, de gallarda apostura, de cultas maneras, cumplidor del deber y que, corriendo los tiempos, llegó a ser general y presidente del Perú.

Aquel año 26 Venus tejió muchas coronas de mirto. De poco más de cien oficiales colombianos que acompañaron a Sucre en la fiesta de las monjas mónicas, cuarenta pagaron tributo al dios Himeneo en el espacio de pocos meses. No se diría sino que los vencedores en Ayacucho llevaron por consigna: «¡Guerra a las bolivianas!».

Por entonces un magno pensamiento preocupaba a Bolívar, hacer la independencia de La Habana; y para realizarla contaba con que México proporcionaría un cuerpo de ejército que se uniría a los ya organizados en Colombia, Perú y Bolivia. Pero la Inglaterra se manifestó hostil al proyecto, y el Libertador tuvo que abandonarlo.

Los argentinos se preparaban para la guerra que se presentaba como el inminente con el Brasil; y conocedores de la ninguna simpatía de Bolívar por el imperio americano, enviaron al general Alvear a Bolivia, con el carácter de ministro plenipotenciario, para que conferenciase con Sucre y con el Libertador, que acababa de emprender su triunfal paseo de Lima a Potosí. Bolívar, aunque preocupado a la sazón con la empresa cubana, no desdeñó las proposiciones del simpático Alvear; pero teniendo que regresar a Perú y sin tiempo para discutir, autorizó a Sucre para que ajustase con el plenipotenciario las bases del pacto.

Don Carlos María de Alvear es una de las más prominentes personalidades de la revolución argentina. Nacido en Buenos Aires y educado en España, regresó a su patria con la clase de oficial de las tropas reales en momento oportuno para encabezar con San Martín la revolución de octubre del año 12. Presidente de la primera asamblea constituyente, fue él quien propuso en 1813 la primera ley que sobre libertad de esclavos se ha promulgado en América. En la guerra civil que surgió a poco, Alvear, apoyado en la prensa por Monteagudo, asumió la dictadura, y la ejerció hasta abril de 1815 en que el Cabildo de Buenos Aires lo depuso y desterró. Con varia fortuna, vencido hoy y vencedor mañana, hizo casi toda la guerra de independencia. Ni es nuestro propósito ni la índole de esta leyenda nos permite ser más extensos en noticias históricas. Nos basta con presentar el perfil del personaje.

Soldado intrépido, escritor de algún brillo, político hábil, hombre de bella y marcial figura, desprendido del dinero, de fácil palabra, de vivaz fantasía, como la generalidad de los bonaerenses, e impetuoso, así en las lides de Marte como en las de Venus, tal fue don Carlos María de Alvear. Falleció en Montevideo en 1854, después de haber representado a su patria en Inglaterra y Estados Unidos.

La misión confiada a Alvear cerca de Sucre habría sido fructífera, si entre los que acompañaron al fundador de Bolivia en la iglesia de las monjas mónicas no se hubiera hallado el diplomático argentino.

¿Quién es ella? Esta ella va a impedir alianzas de gobiernos, aplazar guerra y... lo demás lo sabrá quien prosiga leyendo.

II

Las notas del órgano sagrado y el canto de las monjas hallaban eco misterioso en los corazones. El sentimiento religioso parecía dominarlo todo.

Sucre y su lucida comitiva de oficiales en plena juventud, pues ni el general Córdova podía aún lanzar el desesperado apóstrofe de Espronceda, ¡malditos treinta años!, ocupaban sitiales y escaños a dos varas de la no muy tupida reja del coro.

Gran tentación fue aquella para los delicados nervios de las esposas de Jesucristo. Mancebos gentiles, héroes de batallas cuyas acciones más triviales adquirían sabor legendario al ser relatadas por el pueblo, tenían que engrandecerse y tomar tinte poético en la fantasía de esas palomas, cuyo apartamiento del siglo no era tanto que hasta ellas no llegase el ruido del mundo externo.

Hubo un momento en que una monja que ocupaba reclinatorio vecino al de la abadesa, entonó un himno con la voz más pura, fresca y melodiosa que oídos humanos han podido escuchar.

Todas las miradas se volvieron hacia la reja del coro.

El delicioso canto de la monja se elevaba al cielo; pero sus ojos, al través del tenue velo que la cubría el rostro y acaso su espíritu, vagaban entre la multitud que llenaba el templo. De pronto y de en medio del brillante grupo, oficial, levantose un hombre de arrogantísimo aspecto, en cuya casaca recamada de oro lucían los entorchados de general, asiose a la reja del coro, lanzó atrevida mirada al interior, y olvidando que se hallaba en la casa del Señor, exclamó con el entusiasmo con que en un teatro habría aplaudido a una prima-donna el general don Juan Antonio Pezet:

—¡Canta como un ángel!

¿La monja oyó o adivinó la galantería? No sabré decirlo; pero levantó un extremo del velo, y los ojos de aquel hombre y los suyos se encontraron.

Cesó el canto. El Satanás tentador se apartó entonces de la reja, murmurando: «¡Hermosa, hermosísima!», y volvió a ocupar su asiento a la derecha de Sucre.

Para los más, aquello fue una irreverencia de libertino; y para los menos, un arranque de entusiasmo filarmónico.

Para las monjitas, desde la abadesa a la refitolera, hubo tema no sé si de conversación o de escándalo. Solo una callaba, sonreía y... suspiraba.

III

La revolución de 1809 en Chuquisaca contra el presidente de la Audiencia García Pizarro, hizo al doctor Serrano, impertérrito realista, contraer el compromiso de casar a su hija Isabel con un acaudalado comerciante que lo amparara en los días de infortunio. En 1814 cumplió Isabel sus diecisiete primaveras, y fue esa la época escogida por el doctor Serrano para imponer a la niña su voluntad paterna; pero la joven, que presentía el advenimiento del romanticismo, se revelaba contra todo yugo o tiranía. Además, era el novio hombre vulgar y prosaico, una especie de asno con herrajes de oro; y siendo la chica un tanto poética y soñadora, dicho está que, antes de avenirse a ser, no diré la media naranja dulce, pero ni el limón agrio de tal mastuerzo, haría mil y una barrabasadas. El padre era áspero de genio y muy montado a la antigua. El viejo se metió en sus calzones y la damisela en sus polleritas. «O te casas o te enjaulo en un convento», dijo su merced. «Al monjío me atengo», contestó con energía la doncella. Y no hubo más. Isabel fue al monasterio de las mónicas, y en 1820 se consumó el suicidio moral llamado monjío.

Como Isabel había profesado sin verdadera vocación por el claustro, como el ascetismo monacal no estaba encarnado en su espíritu, y como la regla de las mónicas en Chuquisaca no era muy rigurosa, nuestra monjita se economizaba mortificaciones, asimilando, en lo posible, la vida del convento a la del siglo. Vestía hábito de seda y entre las anchas mangas de su túnica dejábase entrever la camisa de fina batista con encajes.

En su celda veíanse todos los refinamientos del lujo mundano, y el oro y la plata se ostentaban en cincelados pebeteros y artística vajilla. Dotada de una voz celestial, acompañábase en el clave, la vihuela o el arpa, que era hábil música, cantando con suma gracia cancioncitas profanas en la tertulia que de vez en cuando la permitía dar la superiora, cautivada por el talento, la travesura y la belleza de Isabel. Esas tertulias eran verdaderas fiestas, en las que no escaseaban los manjares y las más exquisitas mistelas y refrescos.

Pocos días después de la fiesta del año nuevo, fiesta que había dejado huella profunda en el alma de la monja, se le acercó la demandadera del convento, seglar autorizada en ciertos monasterios de América para desempeñar las comisiones callejeras, y la guiñó un ojo como en señal de que algo muy reservado tenía que comunicarla. En efecto, en el primer momento propicio puso en manos de Isabel un billete. La hermana demandadera era una celestina forrada en beata; es decir, que pertenecía a lo más alquitarado del gremio de celestinas.

La joven se encerró en su celda, y leyó: «Isabel, te amo, y anhelo acercarme a ti. Las ramas de un árbol del jardín caen fuera del muro del convento y sobre el tejado de la casa de un servidor mío. ¿Me esperarás esta noche después de la queda?»

Isabel se sintió desfallecer de amor, como si hubiera apurado un filtro infernal, con la lectura de la carta del desconocido.

¡Desconocido! No lo era para ella. La chismografía del convento la había hecho saber que su amante era el general don Carlos María de Alvear, el prestigioso dictador argentino en 1814, el rival de Artigas y San Martín, el vencedor de los españoles en varias batallas, el plenipotenciario, en fin, de Buenos Aires cerca del gobierno de Bolivia.

Antes de ponerse el Sol recibía Alvear uno de esos canastillos de filigrana con la perfumada mixtura de flores que solo las monjas saben preparar.

La demandadera, conductora del canastillo, no traía carta ni mensaje verbal. El galán la obsequió, por vía de alboroque, una onza de oro. Así me gustan los enamorados, rumbosos y no tacaños.

Alvear examinó prolijamente una flor y otra flor, y en una de las hojas de un nardo alcanzó a descubrir, sutilmente trazada con la punta de un alfiler, esta palabra: Sí.

IV

Durante dos días Alvear no fue visto en las calles de Chuquisaca.

Urgía a Sucre hablar con él sobre unos pliegos traídos por el correo, y fue a buscarlo en su casa; pero el mayordomo le contestó que su señor estaba de paseo en una quinta a tres leguas de la ciudad. ¡Vivezas de buen criado!

Amaneció el tercer día, y fue de bullanga popular.

La superiora de las mónicas acababa de descubrir que un hombre había profanado la clausura. Cautelosamente echó llave a la puerta de la celda, dio aviso al gobernador eclesiástico y alborotó el gallinero.

El pueblo, azuzado en su fanatismo por algunos frailes realistas, se empeñaba en escalar muros o romper la cancela y despedazar al sacrílego. Y habríase realizado barbaridad tamaña, si llegando la noticia del tumulto a oídos de Sucre no hubiera éste acudido en el acto, calmado sagazmente la exaltación de los grupos y rodeado de tropa el monasterio.

A las diez de la noche, y cuando ya el vecindario estaba entregado al reposo, Sucre, seguido de su ayudante el teniente Pezet, y acompañado del gobernador eclesiástico, fue al convento, platicó con la abadesa y monjas caracterizadas, las aconsejó que echasen tierra sobre lo sucedido, y se despidió llevándose al Tenorio argentino.

Un criado, con un caballo ensillado, los esperaba a media cuadra del convento.

Alvear estrechó la mano de Sucre, y le dijo:

—Gracias, compañero. Vele por Isabel.

—Vaya usted tranquilo, general —contestó el héroe de Ayacucho—; que mientras yo gobierne en Bolivia, no consentiré que nadie ultraje a esa desventurada joven.

Alvear le tendió los brazos y lo estrechó contra su corazón, murmurando:

—¡Tan valiente como caballero! ¡Adiós!

Y saltando ágilmente sobre el corcel, tomó el camino que lo condujo a la patria argentina, y un año después, el 20 de febrero de 1827, a coronar su frente con los laureles de Ituzaingó.

En el tomo I de las Memorias de O'Leary, publicado en 1879, hallamos una carta del mariscal Sucre a Bolívar, fechada en Chuquisaca el 27 de enero de 1826, y de la cual, a guisa de comprobante histórico de esta aventura amorosa, copiaremos el acápite pertinente: «El general Alvear salió el 17. Debo decir a usted, en prevención de lo que pudiera escribírsele por otros, que este señor tuvo la imprudencia de verificar su entrada en las mónicas, y sorprendido por la superiora, tuve yo que poner manos en el asunto para evitar escándalos. Pude hacer que saliese sin que la cosa hiciese gran alboroto; pero no hay títere en la ciudad que no esté impuesto del hecho».

La viudita

Muy popular es en Arequipa la historieta contemporánea que vas a leer; y para no dejar resquicio a críticos de calderilla y de escaleras abajo, te prevengo que bautizaré a los dos principales personajes con nombre distinto del que tuvieron.

I

Por los años de 1834 no se hablaba en Arequipa de otra cosa que de la Viudita, y contábanse acerca de ella cuentos espeluznadores. La viudita era la pesadilla de la ciudad entera.

Era el caso que, vecino al hospital de San Juan de Dios, había un chiribitil conocido por el de profundis o sitio donde se exponían por doce horas los cadáveres de los fallecidos en el santo asilo.

Desde tiempo inmemorial veíase allí siempre un ataúd alumbrado por cuatro cirios, y los transeúntes nocturnos echaban una limosna en el cepillo, o murmuraban un padre nuestro y una avemaría por el alma del difunto.

Pero en 1834 empezó a correr el rumor de que después de las diez de la noche salía del cuartito de los muertos un bulto vestido de negro, el cual bulto, que tenía forma femenina, se presentaba armado con una linterna sorda cada vez que sentía pasos varoniles por la calle. Añadían que, como quien practica un reconocimiento, hacía reflejar la luz sobre el rostro del transeúnte, y luego volvía muy tranquilamente a esconderse en el de profundis.

Con esta noticia, confirmada por el testimonio de varios ciudadanos a quienes la viuda hiciera el coco, nadie se sentía ya con hígados para pasar por San Juan de Dios después del toque de queda.

Hubo más. Un buen hombre, llamado don Valentín Quesada, con agravio de su nombre de pila que lo comprometía a ser valiente, casi murió del susto. ¡Ayúdenmela a querer!

En vano la autoridad dispuso la captura del fantasma, pues no encontró subalternos con coraje para dar cumplimiento al superior mandato.

Los de la ronda no se aproximaban ni a la esquina del hospital, y cada mañana inventaban una mentira para disculparse ante su jefe, como la de que la viuda se les había vuelto humo entre las manos a otra paparrucha semejante. Y con esto el terror del vecindario iba en aumento.

Al fin, el general don Antonio Gutiérrez de La Fuente, que era el prefecto del departamento, decidió no valerse de policíacos embusteros y cobardones, sino habérselas personalmente con la viuda. Embozose una noche en su capa y se encaminó a San Juan de Dios. Faltábanle pocos pasos para llegar al umbral del mortuorio cuando se le presentó el fantasma y le inundó el rostro con la luz de la linterna.

El general La Fuente amartilló una pistola, y avanzando sobre la vivida le gritó:

—¡Ríndete o hago fuego!

El alma en pena se atortoló, y corrió a refugiarse en el ataúd alumbrado por los cuatro cirios.

Su señoría penetró en el mortuorio y echó la zarpa al fantasma, quien cayó de rodillas, y arrojando un rebocillo que le servía de antifaz, exclamó:

—¡Por Dios, señor general! ¡Sálveme usted!

El general La Fuente, que tuvo en poco al alma del otro mundo, tuvo en mucho al alma de este mundo sublunar. ¡La viudita era... era... una lindísima muchacha!

—¡Caramba! —dijo para sí La-Fuente—. Si tan preciosas como ésta son todas las ánimas benditas del purgatorio, mándeme Dios allá de guarnición por el tiempo que sea servido. —Y luego añadió alzando la voz—: Tranquilícese, niña; apóyese en mi brazo, y véngase conmigo a la prefectura.

II

Hildebrando Béjar era el don Juan Tenorio de Arequipa. Como el burlador de Sevilla, tenía a gala engatusar muchachas y hacerse el orejón cuando éstas, con buen derecho, le exigían el cumplimiento de sus promesas y juramentos. Él decía:

Cuando quiera el Dios del cielo
que caiga Corpus en martes,
entonces, juro y rejuro,
será cuando yo me case.

Víctima del calavera fue, entre otras, la bellísima Irene, tenida hasta el momento en que sucumbió a la tentación de morder la manzana por honestísima y esquiva doncella.

El gran mariscal don Antonio G. de La-Fuente

Desdeñada por su libertino seductor y agotados por ella ruegos, lágrimas y demás recursos del caso, decidió vengarse asesinando al autor de su deshonra. Y armada de un puñal, se puso en acecho a dos cuadras de una casa donde Hildebrando menudeaba a la sazón sus visitas nocturnas, escogiendo para acechadero el de profundis del hospital.

Pero fuese misterioso presentimiento o casualidad, Hildebrando dio en rodear camino para no pasar por San Juan de Dios.

Descubierta, al fin, como hemos referido, por el prefecto La Fuente, Irene le confió su secreto; y a tal punto llegó el general a interesarse por la desventura de la joven, que hizo venir a su presencia a Hildebrando, y no sabemos si con razones o amenazas obtuvo que el seductor se aviniese a reparar el mal causado.

Ocho días más tarde Irene e Hildebrando recibían la solemne bendición sacramental.

Está visto que sobre la tierra, habiendo hembra y varón de por medio, todo, hasta las apariciones de almas en pena, remata en matrimonio, que es el más cómodo y socorrido de los remates para un novelista.

¡Que repiquen en Yauli! Origen histórico de esta frase

En los tiempos en que era este muy humilde tradicionalista papel florete y no papel quemado, ocurriole una noche estar de visita en una casa donde vio congregadas media docena de muchachas,

de esas de quince a veinte,

que abren el apetito a un penitente.

Eran ellas tan lindas como traviesas, limeñas puras de las de iguá! y lo que se sigue, y se las pintaban para tijeretear y cortar sayos. Las ciudadanas de aquel congresillo femenil vivían consagradas, como dice el refrán, «a la labor de Mencía, murmurar de noche y holgar de día».

Contaba la más parlanchina el cómo Fulanita, a pesar de ser fea como la viruela y sin otra gracia que la del bautismo, estaba a punto de casarse, pues ya el cura había leído en la última misa dominical la tercera proclama. Interrumpiola otra chica, bonita como ella sola y más salada que el mar.

—¡Casarse ese avucastro! Pues ¡que repiquen en Yauli!

Muchas veces, y sin parar mientes en ella, había oído la tal frase; pero no sé por qué me cascabeleó en esta ocasión y me aventuré a decir a aquella picaruela, que era capaz de leer bajo el agua un billete de amores:

—Perdone usted, Merceditas. ¿Por qué han de repicar en Yauli cuando se case la personita en cuestión? Que el repique sea en la parroquia, comprendo, si es que un casorio pide alboroto; pero... ¡en Yauli!..., ¡a tanta distancia de Lima!... Vamos, non capisco.

Merceditas echó a lucir una hilera de perlas engarzadas en coral, sus amiguitas la imitaron en hilaridad, y a una me gritaron:

—¡A la escuela el poeta! ¡A la escuela!

Confieso que hice el papel de un memo y que quedé corrido. Yo ignoraba lo que sabían aquellas mocosuelas.

Pasaron algunos meses (que yo empleé, por supuesto, en averiguar el origen y alcance de la frase), y otra noche en que Merceditas me refería el cómo y el porqué un mi amigo y novio de ella había cambiado de ídolo, la dije con aire de quien administra una panacea o curalotodo:

A rey muerto, rey puesto, y ¡que repiquen en Yauli!

La en otro tiempo risueña Merceditas me miró con ojos avispados y se mordió el labio, acción que en la mujer es claro indicio de haberse picado. Me había vengado. Lo confieso, fui poco generoso y más maligno que Mefistófeles.

Han corrido años, y aquella mi innoble venganza me remuerde, hoy que ando achacoso como judío en viernes.

Para desagraviar a mi amiguita, si es que aún recuerda mi burla (que no la recordará, pues todo lo borra el tiempo), voy a contar, con el auxilio de documentos oficiales que a la vista tengo, el origen del refrán contemporáneo ¡Que repiquen en Yauli!

I

En 1834 teníamos en el Perú revolutis diario. Gamarra, después de sofocar catorce revoluciones, tomó a empeño poner el pandero en manos de Bermúdez y hacer la manganeta a Orbegoso, que era el presidente nombrado por el Congreso.

don José Luis barruntó la cosa, y entre gallos y media noche se escapó de Lima y fue con la gente leal a encerrarse en el castillo del Callao, dejando al intrigante don Agustín, no con un palmo de narices, sino con gran parte del ejército.

Gamarra puso sitio a la fortaleza; pero la impopularidad de su causa era tanta y tan hostiles lo eran los limeños, que la tropa empezó a desmoralizarse, y no solo soldados sino hasta oficiales y jefes desertaban de su bandera, para engrosar las filas del gobernante legítimo.

don Agustín Gamarra comprendió al fin que permaneciendo por más tiempo en Lima acabarían de minarle el ejército y que corría riesgo de ser amarrado como Cristo, tal vez por uno de sus apóstoles o tenientes más queridos. Lima era, para la moral del soldado, tan peligrosa como Capua y sus deleites; y convencido de ello, resolvió el experimentado general tomar con su ejército camino de la Tierra, donde además de restablecer la disciplina podría aumentar sus fuerzas.

El 28 de enero se enteró el pueblo de que en la tarde iba el caudillo revolucionario a emprender la escapatoria, y pequeños grupos de ciudadanos mal armados se congregaron en la plaza. No llegaban a quinientos hombres del pueblo los que se propusieron impedir la marcha de un ejército, compuesto, poco más o menos, de tres mil soldados de infantería, caballería y artillería.

Eran las siete de la noche y aún duraba el tiroteo entre el pueblo y la tropa. Al fin ésta logró despejar la plaza y empezó a desfilar en dirección a la calle de Mercaderes. A la cabeza del ejército y en traje militar iba doña Francisca Zubiaga, la esposa de Gamarra, mujer que tan importante papel desempeñó en la política de aquellos tiempos, y a la que, con muy caprichosos colores, nos ha pintado Flora Tristán en sus Peregrinaciones de una paria.

Entre los tipos populares de Lima había por entonces un mulato, borracho de profesión, que respondía al apodo de General Camote. Éste pasaba su vida en los cuarteles, donde por su afición al tecnicismo y cosas de milicia era el hazmerreír de la oficialidad.

Aquella noche, que fue oscurísima, al huir los del pueblo arrastraron a Camote en su carrera. Éste al llegar a la esquina de las Mantas se escondió bajo la alcantarilla de la acequia, y con toda la fuerza de sus pulmones y el aplomo de un gran capitán se puso a gritar:

—¡Batallones y escuadrones, prepararse para los fuegos!

Y por este tenor siguió dando voces de mando, a la vez que de las bocacalles hacían algunos disparos los pocos hombres del pueblo que aún tenían coraje para batirse.

Los gamarristas se imaginaron que Orbegoso con su pequeña división se habría descolgado del Callao, y que, apoyado por el pueblo, iba a emprender un serio ataque; y entraron en confusión tal, que más que retirada en orden, hubo un sálvese quien pueda. Ello es que fuera de la ciudad se encontró Gamarra con que casi la mitad de su ejército se había dispersado.

Al General Camote, que fue a quien se debió, en mucho, triunfo tan barato, le decretó Orbegoso paga de alférez.

¡Prodigios del ron de Jamaica que, como de tantos otros, hizo de Camote un héroe!

Tan clásica fecha fue para los limeños el veintiocho de enero, que estarán mis lectores fastidiados de oír estas palabras: «Voy a hacer un veintiocho, armé un veintiocho o habrá un veintiocho». Así, por ejemplo, cuando un mozo terne, atenido a su bueno, rompe vidrios y muebles en un café o ventorrillo, todos, hasta el comisario del barrio, dicen: «Qué. ¡Si ese hombre hizo un veintiocho!»

Y aunque no fue tal mi propósito, a la pluma se me ha venido el origen de esta frase. Ya lo saben ustedes.

II

El general Miller recibió pocos días después orden de perseguir a la fuerza gamarrista, persecución que terminó con la peripecia histórica de Huaylacucho y el abrazo de Maquinguayo; peripecia y abrazo sobre los que nada digo, porque no quiero camorra con nadie y menos con gente amiga.

En la tarde del 25 de marzo llegó a manos del gobernador de Yauli el siguiente oficio, que al pie de la letra copio del número 23 de El Redactor, periódico oficial que se publicaba aquel año en Lima.

A don José Mariano Alvarado, gobernador de Yauli. Los enemigos han sido rechazados completamente. Que corra esta noticia en todas direcciones y que repiquen en Yauli. Ucumatca, marzo 25, a las diez del día. GUILLERMO MILLER.

Mal empleo, desde los tiempos del rey hasta 1845, era el de campanero; pues la noticia más insignificante, así en Lima como en el resto del país, se anunciaba echando a vuelo esquilones. Vivíamos con el oído alerta y listos para salir a la calle, aun a media noche, a averiguar novedades. Los boletines de los periódicos han reemplazado a las atronadoras campanas, en lo que hemos ganado y no poco.

El gobernador de Yauli, sin perder minuto, comunicó a Lima la noticia, contestando a Miller con igual laconismo, en estos términos:

Señor general don Guillermo Miller. He cumplido su orden, menos en lo del repique. Aunque usía me fusile, en Yauli no se repica.

Dios guarde a usía. JOSÉ MARIANO ALVARADO.

Al imponerse de este oficio se olvidó Miller de que, como buen inglés, estaba obligado a tener flema, y se puso tan furioso que en el acto despachó un oficial con cuatro lanceros para que condujesen preso al cuartel general de Huaipacha al insolente gobernador que se negaba echar a vuelo las campanas en celebración del triunfo obtenido por las fuerzas del gobierno legal.

—¡God dam! Decididamente (pensaba Miller) eso Alvarado es gamarrista y hay que hacer con él un escarmiento. ¡Dios me condene!

Cuando al día siguiente trajeron al gobernador, mandó Miller que le remacharan una barra de grillos, y mientras preparaban éstos se distrajo su señoría llamando pícaro, traidor y mal peruano y qué sé yo qué más al pobre

Alvarado. Este lo oía como quien oye llover, hasta que, cuando consideró que Miller había dado bastante escape al vapor, le dijo:

—Perdone, mi general, la pregunta. ¿Ha visto usía alguna vez hacer una tortilla?

Esta salida de tono desconcertó por completo al bravo inglés, que maquinalmente repuso:

—¡God dam! ¿Y a qué viene eso?

—Viene a cuento, mi general; porque así como para hacer una tortilla lo indispensable es un par de huevos, así para repicar lo primero que se necesita es campanas, y en Yauli no hay campanario, campana ni campanero.

—¡God dam! —contestó Miller dándose una palmada en la frente—. ¡Tiene razón! Esa no estaba en mi libro. Venga un abrazo.

Y llamando a su ordenanza le pidió la cantimplora y obsequió con un trago de brandy al agudo gobernador.

Desde ese día nació la tan popular frase ¡Que repiquen en Yauli!

David y Goliat

No es necesario fijar época ni apuntar los verdaderos nombres de los protagonistas de este relato. Viven en Arequipa muchos que los conocieron y fueron testigos del suceso, y a su testimonio apelo en prueba de lo que van ustedes a leer:

> No es cuento, ¡voto a San Crispo!,
> y por hecho real se tenga,
> sin ser preciso que venga
> a confirmarlo el obispo.

Nuestro Goliat era, como el de la Biblia, un filisteo o facineroso, que traía con el credo en la boca a los honrados vecinos de Miraflores, y que de vez en cuando se aventuraba a una fechoría en los barrios de la misma ciudad del Misti. Él galleaba entre los mozos crudos, robaba muchachas, desvalijaba bolsillos, apuñaleaba rivales; aberreaba jaranas, y todo con tan buena suerte que podía pensarse no era aún nacido el bravucón capaz de ponerle la ceniza en la frente. Era, como quien dice, la segunda edición corregida y aumentada de cierto guapo que a principios del siglo actual hubo en esta ciudad de los reyes, quien daga en mano se presentaba en los jolgorios de medio pelo, gritando:

¡Abrirse, que aquí está un hombre!
¡Ya está vuestro azote encima!
Si quieren saber quién soy,
soy Barandalla, el de Lima.

Y sin que nadie resollara ni se atreviera a oponérsele, cortaba las cuerdas de la guitarra, rompía copas y botellas y, de cuenta de genio, emplumaba con la hembra de mejor trapío.

Volviendo a Goliat, la justicia misma se aterraba oyendo pronunciar el nombre del bandido, y empezó por ofrecer recompensa al que lo metiese en caponera, hasta que, multiplicándose los delitos, terminó poniendo precio a su cabeza. La autoridad predicaba como San Juan en el desierto; porque habiéndose ella declarado impotente, no era posible encontrar patriota que arriesgarse quisiera a ponerle cascabel al gato. Además, que al tal Goliat le resguardaban el bulto unos cuatro matones, tan perdidos y sin alma como él.

Llegó por entonces a Arequipa un mal jugador de cubiletes que arregló un teatrillo, alumbrado por candilejas de grasa, en el tambo de Santiago, situado en la plazuela de Santa Marta. Por un real de plata iba a tener el pueblo la satisfacción de ver al brujo ejecutar sus grotescas habilidades; así es que los muchachos y la gente de poco más o menos se preparaban para no faltar a la función.

David era un conato de persona, un renacuajo que vestía calzón con rodilleras y parche en el postifaz, un granuja de esos que se encuentran en Arequipa rascándose el codito o el monte de los piojos, y que, como el Gravoche de Víctor Hugo, se meten en los bochinches que arma la gente grande, sin hacer ascos a la lluvia de píldoras de democracia, vulgo balas de fusil.

Tanto importunó a su abuela para que lo dejase ir esa noche al tambo de Santiago, que aburrida la buena mujer, desató un nudo de la punta del pañuelo, sacó de él un real, y dándoselo al muchacho le dijo:

—Andá, pericote, a ver al brujo y persinate, hijito. Cuenta que me venís después de las diez; porque entonces te hago sonar el cuero y dormir caliente.

A más de las once puso el de los cubiletes fin a la función. David, que tenía en perspectiva una azotaina por recogerse en casita a hora tan avanzada, iba corriendo y desempedrando calles, cuando al doblar una esquina tropezó con un hombre corpulento, embozado en un poncho, que le arrimó un soberano puntapié, en el mapamundi, diciéndole:

—Hijo de cuchi, ¿no tenís ojos?

El muchacho se llevó la mano a la parte agraviada y se detuvo a media calle, contestando con esa insolencia propia del mataperros:

—¡Miren quién habla! Dijo el borrico al mulo, tirte allá orejudo. Él será el hijo de cuchi y toda su quinta generación, pedazo de anticristo.

A nadie le hurgan la nariz sin que venga el estornudo. El insultado se abalanzó sobre David para aplicarle un soplamocos; pero el agilísimo muchacho, esquivando el golpe, le echó la zancadilla y el del poncho besó el suelo.

Como en tales casos sucede, los transeúntes se habían detenido, y al verlo caer estalló una carcajada estrepitosa.

Al del poncho se le volvió pimienta la bilis, y levantose, haciendo brillar un afilado puñal de hoja ancha.

—¡Corre, corre, que te mata! —gritaron los espectadores sin atreverse a detener a aquel furioso.

Pero David era de la pasta de que se hacen los valientes, y lejos de amilanarse, se armó con dos piedras. El del poncho avanzó frenético esgrimiendo el puñal, mientras el granuja retrocedía sin volver la espalda al riesgo, guardando una distancia de pocas varas entre él y su adversario y como quien busca el momento y la posición precisa para jugar el todo por el todo.

De pronto el muchacho alzó el brazo a la altura de la cabeza, el hombre del poncho dio una vuelta como peonza y cayó para no levantarse más.

David había descalabrado a Goliat.

Seis por seis son treinta y seis

I

Doña Francisca Zubiaga, esposa del general don Agustín Gamarra, fue mujer que en lo política y guerrera no cedía punto a Catalina de Rusia. Si en los tiempos del coloniaje nos gobernó por diez meses la virreina doña Ana de Borja y Aragón, en los tiempos de la República, y como para que nada tuviéramos que envidiar a aquellos, también hubo mujer que nos pusiera a los limeños las peras a cuarto. Si la virreina logró organizar expediciones bélicas contra los piratas, doña Francisca en más de una ocasión supo vestir el uniforme de coronel de dragones y ponerse a la cabeza del ejército. La presidenta fue lo que se llama todo un hombre.

Parece que doña Francisca no aguantaba muchas pulgas; pues es fama que cuando la mostaza se le subía a las narices, repartía bofetones y chicotillazos entre los militares insubordinados, o hacía aplicar palizas de padre y muy señor mío, a los periodistas que osaban decir, ¡habrá desvergüenza!, en letras de molde: La mujer solo manda en la cocina.

Pero si doña Francisca no sabía zurcir un calcetín, ni aderezar un guisado, ni dar paladeo al nene (que no lo tuvo), en cambio era hábil directora de política; y su marido, el presidente, seguía a cierra ojos las inspiraciones de ella.

A fines de 1833 hallábase reunida en Lima la Convención, convocada para dar sucesor a Gamarra, quien se interesaba en favor del general don Pedro Bermúdez. Doña Francisca manejaba los bártulos, y con tanta destreza, que el partido de oposición casi perdía la esperanza de sacar triunfante a su candidato, que era el general don José Luis de Orbegoso. Ochenta y cinco diputados formaban la Convención, y doña Francisca decía sin embozo que contaba con cuarenta votos de barreta, o sea representantes palaciegos, a quienes ella daba la consigna u orden del día, amén de los diputados cubileteros, que no bajaban de doce.

Inútil es decir que el pueblo, como siempre sucede, simpatizaba con la oposición. Las limeñas sobre todo, por antagonismo con la Zubiaga, que era hija del Cuzco, hacían cruda guerra a Bermúdez, y trabajaban en favor de Orbegoso, que era un buen mozo a carta cabal. La moda era ser orbegosista.

Los pueblos son puro espíritu de contradicción. Basta que el gobierno diga pan y caldo para que los gobernados se emberrechinen en sostener que las sopas indigestan. Por lo mismo que Gamarra era bermudista, el país tenía que ser orbegosista.

O hay lógica o no hay lógica. Hable la historia contemporánea.

De moda estuvo ser vivanquista en los primeros tiempos del Directorio, y castillista antes de la Palma, y pradista cuando la guerra con la madrastra, y baltista en el interregno de Canseco, y pardista cuando Dios fue servido, y huascarista cuando los gringos vinieron en pos de triunfo barato y se hallaron con la horma de su zapato... Ya veremos con qué otro ista se nos descuelga en breve la moda.

Digresión aparte, llegó el viernes 20 de diciembre de 1833, día señalado por la Convención para elegir presidente provisorio; y desde que amaneció Dios, andaba la gente de política que no le llegaba la camisa al cuerpo; y palacio era un jubileo de entradas y salidas de diputados ministeriales; y el ejército estaba sobre las armas; y la oposición tenía conciliábulos en casa de Luna-Pizarro y de Vigil; y la ciudad, en fin, era un hervidero, un panal de abejas alborotadas.

A las dos de la tarde, hora en que precisamente estaban los diputados haciendo la elección, asomose doña Francisca al balcón de palacio fronterizo al arco del Puente, donde en un tiempo se leía en letras de relieve: Dios y el rey, leyenda que habría sido más democrática reemplazar con esta otra: Dios y la Ley. Pero es la cosa que a los presidentes se les haría cargo de conciencia tener a esa señora Ley tan cerca de palacio y expuesta a violación perpetua, y cata el porqué mandaron poner la acomodaticia y nada comprometedora inscripción que hoy existe: Dios y la Patria.[3]

¡Bobalicones! Concertadme estas razones.

El gran Mariscal don Agustín Gamarra

Respiraba doña Francisca la vespertina brisa, cuando en el atrio iglesia de los Desamparados presentose uno de esos buhoneros o vendedores ambulantes que pululan en todas las capitales. Era éste un pobre diablo, muy popular en Lima, que recorría la ciudad llevando un maletón, especie de arca de Noé por

---

3   En 1879 se incendió el arco del Puente y desapareció la inscripción.

la variedad de artículos en él encerrados. Tenía nuestro hombre ribetes de consonantero, a juzgar por el siguiente pregón con que anunciaba la venta al menudeo.

«Ovillos de hilo y agujas,
para las niñas bonitas y las viejas brujas;
tinteros de cuerno y plumas de ganso,
para los que tienen genio manso;
tijeritas y alfileres,
para que corten y pinchen las mujeres;
pañuelos de pallacate y de hilo,
para sonarse hasta echar el quilo;
medias, cintas y botones,
para cabras y cabrones;
frascos de agua de Colonia»

para... muestra basta y sobra. Suprimo, por subidos de color, los demás versos del pregón. Viven y beben en Lima muchísimas personas que los saben de memoria. Ocurra a ellas el lector curioso.

Doña Francisca oyó, sonriéndose, toda la retahíla, hasta que el baratijero parose frente al balcón, y mirando a la presidenta (que, entre paréntesis sea dicho, era bellísima mujer) la dirigió, no una galantería, sino esta grosera copla:

Seis veces seis treinta y seis.
Fuera de los nueve nada.
La cuenta queda ajustada.
Gran puerca, ya lo sabéis.

La señora se retiró del balcón murmurando: «Ya te ajustaré otra cuenta, canalla», y añadió, dirigiéndose según unos al coronel Arrisueño y según otros a su mayordomo. «¡Seis por seis son treinta y seis! Pues que le den tres docenas.»

Los criados de doña Francisca se apoderaron del insolente, lo llevaron al patio de palacio, lo ataron a un cañón o poste y le aplicaron treinta y seis bien sonados zurriagazos.

II
Pocos minutos después llegaba a Palacio el coronel Escudero, y lo participó a doña Francisca que Orbegoso acababa de ser proclamado presidente por cuarenta y siete votos.

Bermúdez solo obtuvo treinta y seis votos.

El baratijero había ajustado bien la cuenta; pero no contó con que doña Francisca entendía la aritmética del zurriago.

El sombrero del padre Abregú
Hace pocos años que semanalmente, en la tarde del sábado y en la mañana del lunes, veíase en el trayecto de San Pedro a la portada de Guadalupe un clérigo de la Congregación de San Felipe Neri, cabalgado en una mansísima mula y cubierta la cabeza con el clásico sombrero de teja. Era el eclesiástico un viejecito enclenque, tanto como la mula que lo sustentaba, y su cargo de capellán de la ermita del Barranco, a una milla del aristocrático Chorrillos, le imponía la obligación de ir a celebrar allí la misa dominical.

Hasta 1835 había el padre Abregú acostumbrado, como todos los sacerdotes cuando viajan, usar un jipijapa más o menos guarapón; pero desde aquel año adoptó el sombrero de teja y la mula tísica para sus excursiones al Barranco. Imagínense ustedes la ridícula figura que haría el sant o señor. El lápiz de Pancho Fierro, el espiritual caricaturista limeño, ha inmortalizado la vera efigies del padre filipense.

¿Pero por qué el virtuoso y respetado Abregú cabalgaba con sombrero de teja?

Van ustedes a saberlo.

I
Cuando el general Salaverry, allá por los años de 1835, se alzó con el santo y la limosna, pasó Lima por conflictos tales que hubo día en que se vio la capital como moro sin señor; y hasta un jefe de montoneros, el negro León, se pose-

sionó del Palacio, se arrellanó en el sillón de los presidentes de la República y, aunque por día y medio, gobernó como cualquier mandarín de piel blanca. Es decir, que dio un puntapié a la Constitución y que hizo alcaldada y media.

Con la mascarilla de partidarios de una causa política, los bandidos ejecutaban mil fechorías y estaban esos caminos intransitables para la gente pacata y honrada. Agustín el Largo, Portocarrero el Corcovado y demás jefes de montoneros eran los hombres de la situación, como hoy se dice. Historias de robos, asesinatos y otros estropicios en despoblado eran la comidilla diaria de la conversación entre los vecinos de la capital, que no se atrevían a salir fuera de murallas sin previo acto de contrición, ya que no oleados y sacramentados.

Un sábado de esos, con poncho de balandrán sobre la sotana y un jipijapa en la cabeza, iba nuestro padre Abregú camino del Barranco, cuando de una encrucijada, fronteriza a Miraflores, salieron doce jinetes armados hasta los dientes, y rodearon al viajero, que montaba un bonito caballo.

—¡Pie a tierra! —le gritó el capitán de aquellos zafios, apuntándole con un trabuco naranjero; y sin esperar nueva intimación, apeose el clérigo.

—Diga usted: ¡Viva Orbegoso!

—¡Que viva! —balbuceó el padre y que sea por muchos años.

—¡Bien! Ahora que lo registren.

En un santiamén dos ágiles y prácticas manos le sacaron del bolsillo 3 pesos en moneda menuda y un relojillo de plata.

—¡Hombre, está por fusilarlo a usted! —dijo el jefe de la cuadrilla al ver lo exiguo del botín—. Es mucha desvergüenza salir de paseo y no traer encima más que esa miseria.

—Señores, yo soy sacerdote, y un pobre capellán no es un potentado.

—¡Hombre, había usted sido pájaro de cuenta; pero conmigo no vale tener letra menuda! A ver, muchachos, tráiganlo al monte para formarle consejo de guerra.

El capitán de la cuadrilla era un español que había servido en la división de Monet, en la batalla de Ayacucho, y a quien sus compañeros conocían con el apodo del Filosofo (grave y no esdrújulo).

Más muerto que vivo siguió el padre Abregú a los bandidos, que a una señal de su jefe se sentaron formando círculo y poniendo en el centro al prisionero.

—Dígame usted, padre, la verdad purita, porque le va el pellejo si me embauca. ¿Estará Dios en la Hostia que consume un fraile crapuloso?

—Hijo, esos son puntos teológicos que...

—¡Nada!... Conteste usted sin circunloquios. ¿Baja Dios o no baja?

—Yo te diré, hijo, que puede ser que lo haga con un poquito de repugnancia; pero, lo que es bajar, sí baja; no te quede duda.

Riose el capitán de montoneros, y dijo:

—Vaya, padre, veo que no es usted molondro, y medio que empiezo a reconciliarme con usted. Ahora, veamos lo que hay en la alforja.

Una botellita de vino dulce, otra de aguardiente forrada en suela, medio pernil, algunos panes, un cuarterón de queso y otros comestibles fue todo lo que contenía la alforja, y en pocos minutos dieron cuenta de ello los ladrones.

—El caballo no es malejo, aunque podía ser mejor, y con él me quedo.

Ahora, padre, vino de estos guapos lo sacará del monte y lo pondrá en el camino para que siga a pie su viaje.

—¡Alto, hermanito! Soy achacoso, y mal puedo, sin gran fatiga y peligro, hacer la media legua que me falta para llegar al Barranco. Suyo es el caballo; pero le ruego me lo preste, que palabra le empeño de devolvérselo antes de una hora.

—Casi, casi estoy tentado de acceder, por ver si cumple.

—Acceda, hijo, y lo palpará.

—Pues... convenido; y ¡cuenta con engañarme!, porque entonces donde lo pille le clavo una puñalada; que guindarme una sotana es para mí como sorberme un huevo fresco.

Sacado del monte, el padre Abregú cumplió religiosamente el compromiso.

II

El Barranco por aquellos tiempos apenas se componía de la ermita, alzada para dar culto a la milagrosa efigie aparecida en ese sitio, y unos pocos ranchos de estera habitados por indios. Ni Domeyer ni Bregante habían soñado aún en habitarlo y formar de él un precioso arrabal de Chorrillos.

A media noche, el Filósofo llamaba cautelosamente a la puerta de la ermita, y el capellán no demoró en abrirle.

—Padre, me ha sido usted simpático porque es hombre de palabra. En prueba de ello, le traigo una mulita en cambio de su caballo, y como contraseña para que a distancia lo conozca mi gente, y en vez de incomodarlo lo proteja, le encargo que siempre que venga al Barranco se ponga, su sombrero de teja, que el jipijapa es mucha guaragua para un sacerdote humilde.

—Corriente, hijo, por eso no pelearemos. Ve con Dios y con mi bendición.

Y desde la semana siguiente, el mansísimo padre Abregú se convirtió en el tipo que nos ha legado el lápiz de Pancho Fierro (el Goya peruano), sin que después hubiera habido forma, ni por Dios ni por sus santos, de hacerlo renunciar al sombrero de teja y a la mula flaca.

El canónigo del taco

Allá por los años de 1834 a 1835 andaba el general don José Luis de Orbegoso, presidente constitucional de la República, casi siempre a salto de mata. Entre bermudistas y gamarristas lo traían como a berrendo con colgandijos de fuego.

Dios no fundió a Orbegoso en el molde en que funde a los hombres que crea para el gobierno y las trapisondas políticas. Don José Luis, sin ser un mandria, que no lo fue, nació solo para las dulzuras del hogar; y ya se sabe que todo buen paterfamilias tiene que ser, cuando se mete a gobernar la patria, el conductor más a propósito para desbarrancarla. De puro bueno, Orbegoso nos trajo la intervención boliviana y los cadalsos de Salaverry y sus ocho compañeros, y por fin él y Santa Cruz fueron el pretexto para la expedición chilena. Hasta en una de sus proclamas, que existe impresa, le cuenta Orbegoso a la nación como si ésta tuviera por qué regocijarse con la noticia y encender luminarias, que tiene once hijos. ¡Bonita cifra! Para poblar un desierto era impagable su excelencia.

Y para que no se nos crea bajo la fe de nuestra honrada palabra, apelamos al testimonio del deán Valdivia, quien en su libro Historia de las revoluciones de Arequipa, dice que a tal extremo llevaba Orbegoso la manía de contar que era padre de once hijos, que en cierta junta de guerra (a que concurrió Valdivia) en que se trataba de cosas muy trascendentales y decisivas, salió su excelencia con el despapucho consabido. El general don Ramón Castilla, que era un soldado cascarrabias y de ocurrencias peregrinas, lejos de halagar la pantorrilla (que con ser trujillana era de suyo más gruesa que la de nosotros los limeños) de su presidente, lo interrumpió diciendo: «Paréceme que mientras otros nos hemos ocupado de hacer patria, vuecelencia no se ha ocupado sino en fabricar muchachos; pues, venga o no a pelo, nos habla de ellos en cartas, y en brindis y en discusiones serias como la actual». Añade el respetable deán que Orbegoso se puso pálido, se mordió los labios y cambió de tema. Pero algún dejo amargo debió quedarle en el alma al robusto padre de los once nenes, porque pocos días más tarde halló pretexto para desterrar a Castilla.

Orbegoso era el ídolo de las limeñas, y con razón. No ha tenido hasta hoy el Perú gobernante de más gallarda figura. Alto, vigoroso, de bella y aristocrática fisonomía, elegante en el vestir, de agraciados modales y agudo en la conversación familiar, habría sido un don Juan Tenorio si Dios lo hubiera hecho mujeriego. Don José Luis no era amigo de cazar en vedado. Bastábale y sobrábale con la costilla complementaria que recibiera de manos del párroco, y se sonreía cuando al salir de una fiesta de catedral, adornado con la banda bicolor, insignia del mandatario, lo rodeaban las tapadas, murmurando casi a sus oídos:

—Es un buen mozo a las derechas.

—Es un hombre que llena el ojo.

—¡Dios lo guarde a mi niño Orbegoso! —añadía alguna mulata de convento—. ¡Es lindo como un San Antoñito!

Y Orbegoso aguantaba piropos a quemarropa y se dejaba querer, hasta que a la postre las limeñas se aburrieron de sus desdenes y trataron de explicarse el porqué su excelencia era de cal y canto para con ellas.

Parece que a don José Luis no le discrustaba el licorcillo aquel que en tan mal predicamento puso al padre Noé, y las despechadas mujeres dieron de repente en decir:

—¡Qué caso nos ha de hacer ese baboso borrachín! ¡Como no somos limetas de aguardiente!... ¡Qué buen mozo tan mal empleado!

Vean ustedes cuán cierto es que las hijas de Eva hacen y deshacen reputaciones. El austero, el moralísimo y, si ustedes me permiten la palabra, el bonachón de don José Luis de Orbegoso pasará a la historia con el calificativo de mono bravo. ¿Y por qué? Por haber hecho ascos a femeniles carantoñas.

La lógica de Cupido es fatal. «El que no ama a las bellas es porque ama a las botellas.»

II

Cura de Concepción, en la provincia de Jauja, era por aquellos años el señor Pasquel, dignísimo sacerdote que, andando los tiempos, ocupó alta jerarquía eclesiástica. Cierto que no tuvo en el cerebro mucho de lo de Salomón; pero era un celoso pastor de almas, fiel cumplidor de sus deberes y de moralidad tan acrisolada que jamás pecó contra el sexto mandamiento.

Al pasar Orbegoso por Concepción alojose en casa del cura, que había sido su amigo de la infancia y con quien se trataba tú por tú. El señor Pasquel echó el resto, como se dice, para agasajar a su condiscípulo el presidente y comitiva.

Entre los acompañantes de su excelencia había algunos militares del cuño antiguo que sazonaban la palabra con abundancia de ajos y cebollas, lo que traía alarmado al pulcro cura de Concepción, temeroso de que se contagiasen sus feligreses y saliesen a roso y belloso escupiendo interjecciones crudas.

Una noche en que platicaba íntimamente con Orbegoso, agotado ya el tema de las reminiscencias infantiles, habló el señor Pasquel de lo conveniente que sería dictar ordenanzas penando severamente a los militares que echasen un terno. Riose su excelencia de las pudibundas alarmas del buen párroco, y díjole:

—Mira, curita, así como a ustedes no se les puede prohibir que digan la misa en latín, lengua que ni el sacristán les entiende, tampoco se puede negar al soldado el privilegio de hablar gordo. Muchas batallas se ganan por un taco redondo echado a tiempo; y para quitarte escrúpulos, te empeño palabra de hacerte canónigo del coro de Lima el día en que te oiga echar en público un... culebrón retumbante.

Como hasta en el pecho de los santos suele morder el demonio de la ambición, diose a cavilar el señor Pasquel en que una canonjía metropolitana es bocado suculento, y que de canónigo a obispo no hay más que una pulgada de camino, como diz que dice el abate Cucaracha de la Granja, a quien mis choznos verán mitrado.

Al siguiente día, con el pie ya en el estribo y rodeado de edecanes y demás muchitanga que forma el obligado cortejo de un presidente republicano, despedíase Orbegoso de su condiscípulo el cura. Éste, que había meditado largo y resuéltose a ser canónigo, le dijo:

—Conque, José Luis, eso de la canonjía ¿es verdad o bufonada?

—Lo dicho, dicho, curita; pero no hay canonjía sin un taco enérgico. Conque decídete, que el tiempo vuela y hay muchos niños para un trompo.

El señor cura se puso carmesí hasta lo blanco de las uñas, cerró los ojos y exclamó:

—¡Qué cara... coles! ¡Hazlo, si quieres; y si no, déjalo!

Y después de lanzada la tremenda exclamación, el señor Pasquel, escandalizado, asustado del taco redondo que sus sacerdotales labios acababan de proferir, corrió a encerrarse en su cuarto y cayó de rodillas dándose golpes de pecho.

III

Quince días más tarde llegaba a Concepción un posta y apeose a la puerta de la casa parroquial.

Orbegoso había cumplido su palabra y el señor Pasquel era canónigo.

Pero por lo mismo que en el señor Pasquel había mérito y virtudes que lo hacían digno hasta de la mitra, encontró émulos en sus compañeros de coro, que lo bautizaron con el apodo de el canónigo del taco.

Hilachas

Las hilachas, más que pequeñas tradiciones, son, en puridad de verdad, apuntaciones históricas y chismografía de viejas. Hay en ellas cosas frívolas al lado de noticias curiosas. El autor ha deshilachado tela de algodón y tela de seda y formado un ovillo o pelota de hilachas.

I. Los caciques suicidas

La provincia de Cotac-pampas (llano de mineros) estaba en los tiempos del último inca dividida en dos cacicazgos, cuyos límites marcaba la cordillera de Acca-cata.

El más importante de los cacicazgos era conocido con el nombre de Yanahuara y su vecino con el de Cotaneras. Aún existen, en ruinas, los dos palacios que habitaron los respectivos señores feudales.

El cacique de Yanahuara tenía ya reunida inmensa cantidad de oro para contribuir al rescate de Atahualpa, cuando recibió la noticia de que los españoles habían dado muerte al soberano. El cacique mandó construir entonces una escalera de piedra que le sirvió para transportar el tesoro a la empinada cueva de Pitic; luego hizo destruir la escala y se enterró vivo en aquella inaccesible altura.

Los naturales agregan que en ciertos aniversarios fúnebres se ve, en medio de las tinieblas de la noche, un ligero resplandor, que para ellos representa el espíritu de su cacique vagando en el espacio.

En la época de los incas se sacaba mucho oro de los terrenos auríferos de Cotac-pampas; y aún es fama que en 1640 trabajaban cuatro portugueses la mina Hierba uma con pingüe provecho. Una noche armose entre ellos grave pendencia, recurrieron a las armas, murieron tres, acudió la justicia, y el portugués que quedó con vida, para no caer preso acercó la lámpara a un barril de pólvora, cuya explosión ocasionó el derrumbe de la mina.

En el primer año de la fundación de Lima dispuso don Francisco Pizarro que se trajesen en trahílla indios de los alrededores de la ciudad para que sirviesen de albañiles.

El cacique de Huansa y Carampoma se negó tenazmente a cumplir una orden que humillaba la dignidad de los suyos; y en la imposibilidad de oponer resistencia al despótico mandato, prefirió a ser testigo del envilecimiento de sus súbditos, enterrarse en una cueva, cuya boca hizo cubrir con una gran piedra labrada.

Hoy mismo, siempre que los indios de la provincia de Huarochirí celebran sus fiestas, llevan flores y provisiones que colocan sobre dicha piedra y consideran el nombre del cacique como el de un genio protector de la comarca.

II. Granos de trigo

Doña Inés de Muñoz, que en primeras nupcias casó con Martín de Alcántara, hermano uterino de don Francisco Pizarro, y que al enviudar contrajo matrimonio con el acaudalado don Antonio de Rivera, caballero de Santiago, fue la primera dama española que hubo en Lima. Al fallecimiento de su segundo marido, que la dejó heredera de pingüe fortuna, consagró ésta a la fundación de un monasterio en el que entró monja, alcanzando al morir (en 1594) a la edad de ciento once años. ¡Vivir fue!

Cuentan de doña Inés (si bien no falta autor que haga a la viuda del capitán Chávez, que murió defendiendo a Pizarro, protagonista de esta historieta) que sus deudos de España, a quienes ella no olvidaba favorecer con gruesos donativos de dinero, la enviaban, siempre que oportunidad se presentaba y por vía de agradecido agasajo, tres o cuatro cajones conteniendo frutos escasos o desconocidos en el Perú.

Hallábase de visita en casa de ella el marqués gobernador, en momentos que a doña Inés entregaban una remesa llegada de Cádiz, y la amable dama invitó a su cuñado a comer, para el día siguiente, una olla podrida en que los garbanzos, judías, chorizo extremeño y demás artículos regalados campearían en el plato.

Hizo la casualidad que, al abrir uno de los cajones, se fijase doña Inés en unos pocos granos de trigo confundidos entre los garbanzos; y ella y sus criadas echáronse a tan minuciosa rebusca, que llegaron a juntar hasta cuarenta y cinco granos de trigo.

Doña Inés hizo con ellos un almácigo en el jardinillo de su casa, y a poco brotaron las espigas y tras ellas el grano.

Cuatro años después el almácigo había dado origen a muchos trigales en las huertas de los alrededores de Lima, estableciéndose por Pizarro un molino, y amasándose pan para el vecindario, que lo pagaba a medio real de plata la libra.

Y de Lima pasó el cultivo del trigo a los fértiles valles de Arequipa y Jauja, y últimamente a Chile, donde hoy constituye un productivo ramo de comercio.

III. Agustinos y franciscanos

Entre los superiores de estos conventos existía por los años de 1608 personal desavenencia, que chismosos de oficio llegaron a convertir en profunda enemistad. Y como quien riñe con el rabadán riñe con su can, los frailes de ambas órdenes se creyeron obligados a negarse hasta el saludo, haciendo propios los agravios y quejas de sus respectivos superiores.

La cosa llegó a punto de que los porteros de ambos conventos recibieran orden de no permitir que pusiese pie dentro del claustro fraile alguno de comunidad contraria, y los cerveros andaban armados de gruesa tranca y muy decididos a romper crismas.

En vano el virrey y el arzobispo tomaron cartas en la querella, gastando saliva e influencia para restablecer la concordia. Tal maravilla vino a realizarla, después de muerto, San Francisco Solano.

Falleció este siervo de Dios el 14 de julio de 1610, y a su entierro en el templo de los padres seráficos concurrieron no solo los personajes de la ciudad sino hasta el último plebeyo. No había en la vasta nave de la iglesia donde echar un grano de trigo.

Por supuesto que las comunidades, sin exceptuar la agustina, asistieron a la fúnebre ceremonia, y el virrey no quiso desperdiciar la oportunidad para poner término a la escandalosa inquina.

Con el pretexto de ir a besar la mortaja del difunto, levantose su excelencia, invitando a los dos adversarios a que lo acompañasen. Arrodillados los tres delante del ataúd, dijo el marqués de Montesclaros:

—¡Ea, padres! Basta de desórdenes, y por amor a este santo, que desde el cielo lee en el fondo de los corazones, déjense ustedes de quisquillas y dense un abrazo.

Los dos reverendos, como movidos por un resorte, cayeron el uno en brazos del otro, ejemplo que fue imitado por ambas comunidades.

El virrey se restregaba las manos satisfecho, y decía al oído a uno de sus amigos:

—Cuando las cosas se hacen en coyuntura aparente, tienen siempre éxito feliz. Aprovechar de la oportunidad es ganar media batalla.

Así terminó una desavenencia que duraba ya dos años, llevando aspecto de prolongarse hasta Dios sabe cuando.

Un mes después los dominicos daban un banquete a los reconciliados; pero ¡qué banquete! Hubo sopa teóloga, fritanga de menudillos, pavo relleno, carapulcra de conejo, estofado de carnero, pepián y locro de patitas, carne en adobo, San Pedro y San Pablo, y pastel de choclo, y un pericote por goloso se cayó dentro de una olla, y aquí da remate el cuento de Periquito Sarmiento.

IV. Lapsus linguæ episcopal

Cuenta el autor de Los dos cuchillos que, en sus tiempos, apenas fallecía un obispo se apresuraban a heredarlo familiares y domésticos, y compruébalo con lo que pasó a la muerte del limeño don Feliciano de la Vega, electo para el arzobispado de México. A su ilustrísima lo despojaron hasta de los calzoncillos.

El ilustrísimo señor don Manuel Jerónimo Romaní, natural de Huamanga, desempeñaba en 1765 el obispado del Cuzco, cuando una noche, agravada la dolencia de que padecía, quedose exánime; y hasta el médico, teniéndolo ya por difunto, dijo a los familiares:

—¡Ea, amigos, amortajen a su ilustrísima!

Los canónigos, que esperaban noticias en la sala, derramaron unas cuantas lágrimas de cocodrilo, enjugáronselas luego con el dorso de la mano, y dijeron:

—Pues señor, sede vacante y a trabajar por ella, que a camarón que se duerme se lo lleva la corriente.

Uno de los familiares quiso tener prenda de su ilustrísima, y enamorose de un cuadrito de la Virgen que, con marco de oro, tenía el difunto a la cabecera del lecho. Para descolgarlo tuvo necesidad de encaramarse, y sin respeto al cadáver apoyó la rodilla sobre el estómago de éste. El muerto se estremeció, lanzó un gemido y arrojó una apostema, que era el mal que lo llevaba a la tumba.

El enamorado, no sé si del marco o de la pintura, echó a correr, gritando como loco:

—¡Milagro! ¡Milagro! ¡Su ilustrísima resucita!

El obispo Romaní entró en convalecencia y gobernó su diócesis por dos años más, gracias al ladronzuelo que, sin quererlo, hizo por él lo que no lograron médicos ni remedios de botica.

Los canónigos fueron en corporación a visitarlo, y le dijeron:

—Damos gracias a Dios, dispensador de todo bien, por habernos conservado la preciosa existencia de su señoría ilustrísima, evitándonos que pasemos por el dolor de proclamar la iglesia del Cuzco en sede vacante.

El señor Romaní, que era un poquito tartamudo, contestó sonriendo:

—¡Gracias! ¡Gracias! Se han escapado ustedes de entrar en sede rapante.

¿Fue esto un lapsus linguæ, o quiso el señor obispo decirles que se les había frustrado el plan de andar a la rebatiña por la mitra?

V. Las tres misas de finados

En el tomo XLIX de Papeles varios de la Biblioteca de Lima se encuentra, con el título de Discurso teológico, un memorial que don fray Bernardino de Cárdenas, obispo del Paraguay, dirigió al Papa Alejandro VII.

Pensador tan ilustre como las Casas y Palafox, y más erudito que éstos, es incuestionablemente el franciscano Cárdenas uno de los hombres más notables de su época. Nacido en Chuquiabo (La Paz) educose en el convento seráfico de Lima. Obispo del Paraguay, y más tarde de la provincia de su nacimiento, donde falleció en 1667, sostuvo durante un cuarto de siglo guerra sin cuartel con los jesuitas, que hartos quebraderos de cabeza le dieron. Pero no es mi objeto escribir una biografía, que el curioso lector encontrará, y muy circunstanciada, en el Diccionario del señor de Mendiburu, sino ocuparme de su entusiasmo por el santo sacrificio de la misa.

En la Lima limata, del dominico Haroldo, se lee que el obispo del Paraguay celebró por el espacio de quince años dos misas diarias, y no satisfecho con esto elevó el memorial a que me he referido, y que por entonces fue desatendido por Roma.

En 1722, medio siglo después de enterrado fray Bernardino, el rey de España e Indias don Felipe V gestionó sobre la pretensión del Discurso teológico, y Benedicto XIV expidió en 1748 bula autorizando a los sacerdotes para decir tres misas el día 2 de noviembre.

Hemos apuntado esta concesión, no tanto por ser una curiosidad histórica, sino para que conste que fue un obispo peruano el primero en solicitarla.

Institución limense es también la llamada Escuela de Cristo, que se ha generalizado en el orbe católico y que fue reconocida por bula de Alejandro VII.

VI. Entre santa y santo, pared de cal y canto

A fray Miguel Romero, religioso agustino del convento de Lima y que murió en 1646 a los setenta años de edad, llamábanlo el padre loco; y a fe que si todas sus locuras fueron como las frases que la tradición y el cronista Flores nos han transmitido, digo que su paternidad estuvo siempre en sus cabales, y que muchos cuerdos envidiarían su agudeza.

El padre Romero pecaba por falta de aseo en hábito y persona: era un Diógenes con tonsura, y acaso por eso, más que por sus acciones y palabras, conquistó fama de loco. Un día reuniose la comunidad para ir a palacio al besamanos del nuevo virrey, y ya en la portería fijose el prior en que el calzado de fray Miguel iba provocando la hilaridad de sus compañeros.

—Padre maestro —le dijo el prelado—, ¿por qué trae su paternidad los zapatos desorejados como si fueran ladrones?

—Para que no puedan andar en malos pasos —contestó el loco.

La respuesta no admitía réplica, y el prior le dijo sonriéndose:

—Tiene razón que le sobra su paternidad.

Pero la gran agudeza del padre loco, pasando por alto otras, es la siguiente que refiere el ya citado cronista agustino.

Entre sus confesadas había una vieja, madre de una muchacha tan devota como agraciada de figura. La vieja confió al confesor que entre sus visitantes había un joven que confesaba y comulgaba jueves y domingo y que mantenía con su hija largas pláticas sobre puntos teológicos.

—¿Y nada más?

—Nada más, padre.

—Pues cierra la puerta de tu casa a ese mancebo, que por religioso que sea, siempre es bueno poner entre santa y santo pared de cal y canto.

La beata no se llevó del consejo, diciendo para su sayo: «chocheces de padre loco», y se ausentó del confesionario.

Así pasaron meses, hasta cinco, cuando una mañana presentose la vieja en la portería del convento e hizo llamar al padre Romero. Acudió éste, y la pobre señora se echó a gimotear.

—¿Qué te pasa, hija? A ver, desahoga ese pecho.

—¡Ay, padre! ¿Quién lo hubiera creído? Lo que me sucede no se ha visto nunca.

—Eso es grave. ¿Cosa nunca vista, dices? Desembucha, que me tienes el alma en vilo.

—Sí, padre; porque ese joven a quien me aconsejaba su paternidad que no admitiese nunca en casa...

—¡Ah, ya caigo! No prosigas, hermana. ¿Conque ese jovencito está embarazado? ¿Conque al fin remaneció preñado el devoto, el santito, el bienaventurado?

—No, padre, mi hija es la que está encinta.

—Pues eso nada tiene de nunca visto, sino de muy natural; que al cabo en preñez tenían que parar tantas pláticas devotas. Lo nunca visto habría sido que el galán resultase con el embuchado. Ve con Dios, hija; y dejándote de candideces, acude a la justicia para que remedie el daño, si puede y quiere, que los frailes no servimos para el caso. Anda, boba, que a tiempo te dije que «entre santa y santo pared de cal y canto».

VII. Un emplazamiento

Entre el padre fray Agustín Fajardo, lector en teología y pico de oro o gran predicador, el padre provincial fray Bartolomé Barba y el prior fray Alonso de Ayala, los tres del convento agustiniano de Santa Fe de Bogotá, existía por los años de 1630, y motivado por querellas del último capítulo, pronunciado enojo del primero para con los otros.

Era el padre Fajardo un guipuzcoano de gran energía de carácter y extremado en sus pasiones. No amaba ni aborrecía a medias, sino por entero.

Enfermose de gravedad, y el físico del convento dispuso que se le administrase. Con tal motivo prior y provincial acordaron hacerle una visita en su celda y reconciliarse con él, fiados en que también el moribundo, listo como estaba para el supremo trance, echaría pelillos al agua y les daría un abrazo de perdón y despedida.

Llegaron los visitantes, sentáronse frente al lecho del enfermo, hablose de generalidades, y al tratarse de la dolencia que aquejaba al padre Fajardo dijo éste:

—Padre provincial, si su paternidad no pone óbice, desearía que me otorgara licencia para emprender un viaje.

—Concedida, hermano, concedida.

—Si no fuere abusar de su bondad, padre provincial, también le suplicaría me acordase por compañeros de viaje a los dos religiosos que yo elija.

Suponiendo siempre el provincial que se trataba de un viaje de convalecencia en alguno de los pueblecitos vecinos a la ciudad, le contestó:

—Con mucho gusto. Eso y más que su paternidad desee, délo por otorgado.

Y quedaron en silencio por algunos minutos, hasta que el prior, movido por la curiosidad, se aventuro a preguntar:

—¿Y adónde es el viaje y quiénes son los compañeros?

Entonces el enfermo, incorporándose sobre las almohadas, dijo con voz terrorífica:

¡Padres! Mi viaje es mañana para la eternidad, y los dos religiosos que han de acompañarme son vuesas paternidades. Tenemos los tres cuentas que arreglar ante el supremo tribunal de Dios.

Yo no habría hecho de este suceso tema para una tradición, si el formal y verídico cronista en cuyo libro la he leído no añadiera: «¡Juicios misteriosos de Dios! Los tres murieron en plazo menor de treinta días».

VIII. Brazo de plata

El excelentísimo señor don Melchor Portocarrero Laso de la Vega, conde de la Monclova y virrey de estos reinos del Perú y Chile, era hombre con quien cargaba una legión de diablos, siempre que llegaba a sus oídos el apodo con que lo bautizara el zumbón pueblo de Lima; no embargante que el tal apodo más tenía de honorífico que de ridículo, pues tengo para mí que enaltece a un guerrero el resultar lisiado en el campo de batalla. Su excelencia había quedado manco en la batalla de Arras, y reemplazó el brazo de carne, músculos y huesos con otro de filigrana de plata, verdadera maravilla de artífices romanos.

Aunque don Melchor ocultaba la apócrifa siniestra bajo un guante de gamuza o piel de perro, no por eso dejaron de aplicarle el mote de Mano de plata, apodo que a su excelencia antojósele considerar como insulto a su honrada y esclarecida persona.

Fue el caso que, a pesar de sus diciembres, a su excelencia se le encandilaban los ojos cada vez que por esas calles tropezaba con una de aquellas hembras hechas de azúcar y canela, vulgo mulatas, manjar apetitoso para libertinos y hombres gastados. Las mulatas de Lima eran, como las de La Habana, el non plus ultra del género.

> Quien dijere que Venus
> ha sido blanca,
> de fijo no hizo estudios
> en Salamanca.

Algún resbalón debió dar su excelencia, en amor y compaña con una de esas caritativas vasallas, e hízose pública la largueza del galán en recompensar amorosas complacencias, pues los traviesos limeños lo sacaron esta copla que a guisa de pasquín y escrita con carbón apareció una mañana en la blanca pared de uno de los pasadizos de palacio:

> Al conde de la Monclova
> le dicen Mano de plata;
> pero tiene mano de oro
> cuando corteja mulatas.

No fue su excelencia como los marqueses de Cañete y de Castelfuerte, ni como Amat y otros virreyes, que a pasquines en verso contestaron también en el lenguaje de las musas, dándoseles un pepinillo de conceptos y murmuraciones anónimas. El de la Monclova no entendía de chilindrinas, y la más sosa e insignificante revestía para él la seriedad del papel sellado. Hizo borrar la copla de la pared; pero no alcanzó a borrarla de la memoria del pueblo.

Añaden, sí, que desde entonces no volvió el virrey a tener aventurillas con mozuelas del medio pelo.

IX. ¡Arre, borrico! Quien nació para pobre no ha de ser rico

Unos dicen que fue en Potosí y otros en Lima donde tuvo origen este popular refrán. Sea de ello lo que fuere, ahí va tal como me lo contaron.

Por los años de 1630 había en la provincia de Huarochirí (voz que significa calzones para el frío, pues el inca que conquistó esos pueblos pidió semejante abrigo) un indio poseedor de una recua de burros con los que hacía frecuentes viajes a Lima, trayendo papas y quesos para vender en el mercado.

En uno de sus viajes encontrose una piedra que era rosicler o plata maciza. Trájola a Lima, enseñola a varios españoles, y éstos, maravillados de la riqueza de la piedra, hicieron mil agasajos y propuestas al indio para que les revelase su secreto. Éste se puso retrechero y se obstinó en no decir dónde se encontraba la mina de que el azar lo había hecho descubridor.

Vuelto a su pueblo, el gobernador, que era un mestizo muy ladino y compadre del indio, le armó la zancadilla.

—Mira, compadre —le dijo—, tú no puedes trabajar la mina sin que los viracochas te maten para quitártela. Denunciémosla entre los dos, que conmigo vas seguro, pues soy autoridad y amigos tengo en palacio.

Tanta era la confianza del indio en la lealtad del compadre, que aceptó el partido; pero como el infeliz no sabía leer ni escribir, encargose el mestizo de organizar el expediente, haciéndole creer como artículo de fe que en los decretos de amparo y posesión figuraba el nombre de ambos socios.

Así las cosas, amaneció un día el gobernador con gana de adueñarse del tesoro y le dio un puntapié al indio. Este llevó su queja por todas partes sin encontrar valedores; porque el mestizo se defendía exhibiendo títulos en los que, según hemos dicho, solo él resultaba propietario. El pastel había sido bien amasado, que el gobernador era uno de aquellos pícaros que no dejan resquicio ni callejuela por donde ser atrapados. Era de los que bailan un trompo en la uña y luego dicen que es bromo y no pajita.

Como último recurso aconsejaron almas piadosas al tan traidoramente despojado que se apersonase con su querella ante el virrey del Perú, que lo era entonces el señor conde de Chinchón; y una mañana, apeándose del burro, que dejó en la puerta de palacio, colose nuestro indio por los corredores de la casa de gobierno, y como «quien boca tiene a Roma llega», encamináronlo hasta avistarse con su excelencia, que a la sazón se encontraba en el jardinillo, acompañado de su esposa.

Expuso ante él su queja y el virrey lo oyó media hora sin interrumpirlo, silencio que el indio creía de buen agüero. Al fin el conde le dio la estocada de muerte, diciéndole: que aunque en la conciencia pública estaba que el mestizo lo había burlado, no había forma legal para despejar a éste, que comprobaba su derecho con documentos en regla. Y terminó el virrey despidiéndole cariñosamente con estas palabras:

—Resígnate, hijo, y vote con la música a otra parte.

Apurado este desengaño, retirose mohíno el querellante, montó en su asno, y espoleándolo con los talones, exclamó:

«¡Arre, borrico! Quien nació para pobre no ha de ser rico.»

X. Las campanas de Eten

Magdalena de Eten es en el Perú uno de los pueblos que más han llamado la atención de los viajeros; pues a alguno se le ocurrió, en comprobación del origen asiático de la América, afirmar que los etanos, como ellos se dicen, o etenanos, como más generalmente se les llama, hablan la misma lengua que los hijos del Celeste Imperio. Tal fábula llegó a ser tomada como realidad por todos los que no han querido hacer una seria investigación.

La verdad es que los etanos son hoy los depositarios de la lengua y tradiciones de los antiguos yungas y que cifran su orgullo en permanecer leales a su origen. Aunque la lengua yunga era en un tiempo hablada por numerosos pueblos, así los conquistadores cuzqueños como los españoles se empeñaron en hacerla desaparecer. Por lo demás, no hay semejanza entre el yunga y el chino.

Magdalena de Eten es un pueblecito de pescadores y tejedores de sombreros, petaquillas y otros artefactos de paja. Hállase situado en un arenal, y en una época de amagos piráticos el virrey ordenó a sus habitantes que abandonasen la plaza para no ser forzados a proporcionar víveres a los enemigos o víctimas de alguna violencia. En ningún cronista hemos visto comprobada la noticia que en su Diccionario Geográfico da el señor Paz Soldán de haber sido destruida esa población por la arena.

En 1649, gobernando el Perú el virrey conde de Salvatierra, aconteció en Eten un prodigio, sobre el que se levantó sumaria información, que Córdova y Salinas copia en su crónica franciscana.

Fue el caso que la víspera de Corpus el cura fray Jerónimo de Silva Manrique y las quinientas almas que formaban el vecindario de Eten vieron en la Hostia divina la imagen de un niño muy rubio con una tuniquilla morada.

don Andrés García de Zurita, obispo de Huamanga y a la sazón electo para Trujillo, ordenó se conservase la Hostia en la Custodia hasta que él pudiera ir a Eten y celebrar suntuosa fiesta.

En uno de los cerros de arena o médanos de Eten vénse dos grandes piedras que, golpeadas con un martillo, tienen la vibración de las campanas. Los etanos, para encarecer más el prodigio de la aparición del Niño, dicen que cuando ésta se verificó los ángeles repicaron en dichas piedras, imprimiéndolas el sonido metálico que hasta hoy tienen.

Las dos piedras son conocidas con el nombre de las campanas de Eten.

XI. Los gobiernos del Perú

Perdone don Modesto de La Fuente; pero lo que él da en sus chispeantes capilladas como coloquio entre Santa Teresa y Cristo, se lo oí referir a mi abuela la tuerta como pasado entre Santa Rosa de Lima y el Rey de cielos y tierra. Fray Gerundio cuenta la escena con el aticismo que le es propio; mas no por eso he de privarme de contar, a mi manera, historieta que en mi tierra es tradicional. Si hay plagio en ello, como alguna vez se me dijo, decídalo el buen criterio del lector.

Un día en que estaba el buen Dios dispuesto a prodigar mercedes, tuvo con él un coloquio Santa Rosa de Lima. Mi paisana, que al vuelo conoció la benévola disposición de ánimo del Señor, aprovechó la coyuntura para pedirle gracias, no para ella (que harta tuvo con nacer predestinada para los altares), sino para esta su patria.

—¡Señor! Haz que la benignidad del clima de mi tierra llegue a ser proverbial.

—Concedido, Rosa. No habrá en Lima exceso de calor ni de frío, lluvia ni tempestades.

—Ruégote, Señor, que hagas del Perú un país muy rico.

—Corriente, Rosa, corriente. Si no bastasen la feracidad del terreno, la abundancia de producciones y los tesoros de las minas, le daré, cuando llegue la oportunidad, guano y salitre.

—Pídote, Señor, que des belleza y virtud a las mujeres de Lima y a los hombres clara inteligencia.

Como se ve, la santa se despachaba a su gusto.

La pretensión era gorda, y el Señor empezó a ponerse de mal humor.

Era ya mucho pedir; pero, en fin, después de meditarlo un segundo, contestó sin sonreírse:

—Está bien, Rosa, está bien.

A la pedigüeña le faltó tacto para conocer que con tanto pedir se iba haciendo empalagosa. Al fin mujer. Así son todas. Les da usted la mano y quieren hasta el codo.

El Señor hizo un movimiento para retirarse, pero la santa se interpuso:

—¡Señor! ¡Señor!

—¡Cómo! ¡Qué! ¿Todavía quieres más?

—Sí, Señor. Dale a mi patria buen gobierno.

Aquí, amoscado el buen Dios, la volvió la espalda diciendo:

—¡Rosita! ¡Rosita! ¿Quieres irte a freír buñuelos?

Y cata por qué el Perú anda siempre mal gobernado, que otro gallo nos cantara si la santa hubiera comenzado a pedir por donde concluyó.

XII. Apocalíptica

Y aquel día lo hicieron los hombres al Señor una que le llegó a la pepita del alma; y hastiada ya de soportar iniquidades y perrerías humanas, dijo Su Divina Majestad a un angelito mofletudo que cerca de su persona revoloteaba:

—Ve, chico, más que de prisa y dile a Vicente Ferrer que lo espero en el valle de Josafat... ¡Ah! Y dile que no deje olvidada la trompeta.

Y Vicente Ferrer que, como ustedes saben, fue sobre la tierra político revolucionario y orador tribunicio, lo que no obstó para que Roma lo matriculase de santo, se presentó, trompeta en mano, en el valle de la cita.

—Ya no aguanto más a esa canalla ingrata que solo me proporciona desazones. Convoca, hijo, a Juicio Final.

Y Vicente Ferrer, tras hacer buen acopio de aire en los pulmones, largó un trompetazo que repercutió en ambos polos.

Y de todas partes, más o menos presurosos, acudían los muertos, abandonando sus sepulturas, a la universal convocatoria. Pero corrían las horas y el Juicio no tenía cuando principiar, y Vicente, falto ya de fuerzas, apenas hacía resonar el instrumento. Al fin dijo:

—Señor, no puedo soplar más.

Y la trompeta se le cayó de la mano.

—Haz un esfuerzo, Vicente, y sigue tocando llamada y llamada. El Juicio Final no puede comenzar, porque todavía falta un pueblo. ¡Vaya una gente para remolona y perezosa! —murmuró el Supremo Juez.

—Si no es indiscreta la pregunta, ¿puede saberse, Señor, qué pueblo es ese?

—El de Lima, Vicente, el de Lima.

—¡Ah, Señor! Si lo esperas, ya tienes para rato. Ese pueblo no despierta de su sueño ni a cañonazos. Los limeños no se levantan.

—Pues entonces, declaro abierta la sesión.

Y cata que, si la profecía no marra, los limeños seremos los únicos humanos sobre los que no caerá premio ni castigo en la hora suprema del gran Juicio. ¡Válganos Santa Pereza!

XIII. Órdenes para el infierno

Nada más frecuente que tropezar por esas calles con un amigo que, tras la empuñada de manos y obligadas frases de saludo, nos dice:

—Chico, órdenes para París.

—Feliz viaje, grata residencia por allá, que escribas en llegando, y pronto regreso. ¡Abur!

Pero lo que a nadie se le pasa por las mientes es que haya habido prójimo capaz de pedir órdenes para el infierno; y esto precisamente es lo que, comprobado con el testimonio de un cronista de convento, antojáseme hoy sacar a plaza.

Don Olegario Fernández era por los años de 1720 un honrado andaluz, vecino del Cuzco. Tesonero para el trabajo y ajeno a vicios, acosábale tan aviesa fortuna que, no embargante vivir echando el quilo de ocho a seis, maldito si medrar conseguía con la presteza que él deseara.

Pisto a pisto y gastando paciencia y fuerzas, llegó al cabo de años a ver juntos cinco mil duros. Creyendo con ellos asegurada su vejez, resolvió abandonar el Perú y trasladarse a España, con la firme decisión de dar descanso a sus huesos en el rincón de Andalucía donde naciera.

Don Olegario vio las dificultades que se le ofrecían para transportar hasta Lima y de allí a la metrópoli zurrones con moneda, y decidió comprar dos barras de plata.

Era la época en que los receptores del Cuzco, después de cobrada la contribución, acostumbraban remitir a Lima, convertido en barras, el sudor de los pobres indios contribuyentes. La remesa se hacía a lomo de mula tucumana y con crecida escolta de soldados.

El andaluz quiso aprovechar de la oportunidad, y entre las cuarenta mulas conductoras de barras marcadas con la R, inicial que indicaba ser ellas propiedad del real tesoro, iba la cargada con las dos barritas de Fernández.

Púsose la comitiva en viaje, y éste durante muchos días fue completamente próspero.

Una mañana dispusiéronse los conductores a pasar el peligroso puente del Apurimac, que a la sazón traía gran caudal de agua. El puente es de los conocidos con el nombre de colgantes y formado por palos y mimbres entretejidos.

Los viajeros iban con el credo en la boca, que el respetable Apurimac no soporta bufonadas. El puente oscilaba como una hamaca suspendida sobre un abismo. De pronto lanzaron todos un grito espantoso que repercutió en las concavidades de los cerros.

Una de las mulas había pisado en falso y caído en el precipicio. Viósela rebotar sobre las peñas y luego ser arrastrada por la terrible corriente.

don Olegario se puso pálido como un cadáver. La mula perdida era la que conducía su fortuna, el fruto de toda una existencia de fatigas y privaciones.

En un minuto vio el infeliz desvanecidas sus ilusiones de pasar la vejez sin miedo a los horrores de la mendicidad. Considerose ya sin fuerzas para ganar el pan y seguir peleando la batalla de la vida: la fe lo abandonó; la desesperación hizo presa en su espíritu, borrando en él las consoladoras creencias del cristiano, y volviéndose a sus compañeros de viaje les dijo:

—Caballeros, órdenes para el infierno.

Y el andaluz se precipitó en el abismo.

XIV. Palabras sacan palabras

Es don Bernardino Velasco y Pimentel, duque de Frías y conde de Peñaranda, el autor que en su entretenido libro Deleite de la discreción me proporciona el asunto de la tradioncita que va a leerse. Hágolo constar por lo que potest.

Tuvo el Cuzco allá en el pasado siglo un obispo de pobre meollo, pero muy ensimismado, y que al más guapo le plantaba una fresca en sus peinadas barbas si era lego, o una púa en el cerviguillo si era tonsurado. Y con tanto se quedaba el agraviado; porque ¿quién iba a atreverse, en esos tiempos, a contestar con otra fresca a todo un mitrado? Él tenía a gala faltar al respeto a todos, sin recordar que existe un refrán que dice: «Razones sacan razones».

Vacó en cierta ocasión una canonjía, y un cura que se creía con antigüedad, títulos y ciencia y suficiencia para obtenerla, fuese al obispo y manifestole cortésmente y sin muchos rodeos su pretensión. Su ilustrísima, que había amanecido malhumorado o a quien no fue simpático el prójimo, lo contestó con tono agrio:

—No se le puede recomendar: váyase y déjeme en paz.

—¿Tengo acaso inconveniente canónico, ilustrísimo señor? ¿Por qué no se me puede recomendar? —insistió el agraviado.

—Porque no me da la gana, señor majadero, y lárguese, que más claro no canta un gallo.

La injusticia y la tosquedad de la respuesta empezaron a sulfurar al pretendiente. Revistiéndose, sin embargo, de calma, repuso:

—Aflígeme, ilustrísimo señor, que esa no sea razón para desairarme.

El obispo era de aquellos engreídos que no toleran réplica, por moderada que ella sea, y levantándose del sillón se encaminó a su dormitorio.

La nueva grosería acabó de irritar al cura, quien se le interpuso diciéndole:

—Atiéndame, señor obispo, que su deber es escucharme.

El obispo lo miró de arriba abajo y le dijo bufando de cólera:

—Paso libre a su prelado, monigote atrevido, y sépase que aunque lluevan canonjías no le ha de tocar ninguna.

El cura se hizo a un lado para dejar libre el paso, y con voz calmada contestó:

—Gracias a Dios, señor obispo, que si llueven albardas no escapa su señoría ilustrísima de que lo toque alguna.

El obispo se había encontrado, al fin, con la horma de su zapato. Dio un portazo y se encerró en el dormitorio.

XV. Un asesinato justificado

Alcalde de corte en 1752 era el licenciado don Gonzalo de Vallés.

Una mañana encaminose a la cárcel de la Pescadería para despachar con destino al presidio de Chagres trece condenados a expiar allí sus delitos durante quince años.

Habíase permitido a los deudos de esos infelices que para despedirse de ellos penetrasen en el patio de la cárcel, y son para imaginadas más que para descritas las dolorosas escenas que allí se realizaron.

Despidiéndose de uno de los reos, sentenciado por ladrón y asesino, hallábase su hermana, una bellísima mulata, la que se arrojó a los pies de don Gonzalo pidiéndole la libertad del pez. El demonio de la lujuria mordió los sentidos del licenciado, y a trueque de los apetitosos favores de la muchacha, convino en sacrificar sus deberes de juez y su conciencia de hombre.

Pero presentábase una pequeña dificultad. Siendo trece los condenados, había que arbitrar la manera de no cambiar el fatal número.

El señor de Vallés mandó poner preso al primer pobre diablo que pasara por la calle, y haciéndose sordo a sus protestas lo envió, poco después de oraciones, al Callao en trahilla con los doce pícaros. El buque que debía transportarlos al presidio zarpó aquella misma noche.

El sustituto del hermano de la que por su belleza pasar podía por tentación encarnada, era un honradísimo leñador, que dejaba mujer e hijos, ignorantes del cruel destino que le había cabido.

Quince años pasó el infeliz en Chagres devorando en silencio su amargura, pero acariciando un pensamiento de legítima venganza.

En 1767 ocupaba ya don Gonzalo de Vallés plaza de oidor en la Real Audiencia de Lima; y una tarde en que regresaba de su cotidiano paseo por la Alameda, al pasar bajo el arco del Puente arrojose sobre él un hombre, y clavándole un puñal en el pecho, le dijo:

—Yo soy Tomás el leñador, a quien tuvo su señoría quince años en el presidio.

Y empapándose las manos (dice el proceso que extractamos) en la sangre caliente que a borbotones salía de la herida, y bañándose con ella la cabeza, exclamó con una espantosa carcajada:

—¡Ya me lavé las canas que me salieron en el presidio de Chagres!

Pero en el acto Tomás fue sentenciado a horca, cortándole antes el verdugo la mano derecha. Y habríase cumplido la terrible sentencia a no existir en la escolta del virrey Amat un soldado, hijo del leñador, quien puso en antecedentes a su excelencia,

A pesar del empeño de los oidores por vengar la muerte de su compañero, el justificado Amat envió la causa a España, y en 1769 volvió ésta con el real y definitivo fallo.

Su majestad declaraba que el oidor Vallés había sido muerto en buena ley, y que de sus bienes se pagara a Tomás durante su vida una pensión de 10 pesos fuertes al mes.

Los documentos que comprueban este rápido relato se hallan en uno de los códices del Archivo Nacional; advirtiendo que hemos cambiado el nombre del oidor por motivo fácil de adivinar.

XVI. La calle de la Manita

Al costado del colegio del Espíritu Santo, donde hoy se educan soldados para esta patria bullanguera, hay una calle completamente deshabitada, pues en ninguna de sus aceras se ve casa ni covachuela. Si ahora la tal calle, a pesar del gas, tiene de noche algo de fatídica, imagínense ustedes lo que sería a mediados del siglo pasado, cuando aún no se había establecido en Lima ni siquiera el alumbrado vergonzante que en 1778 vino a hacer menos densa la lobreguez de la ciudad.

Yo recuerdo que antes que se hubiera generalizado en Lima el uso de los fósforos, necesitábase, para encender una vela, de eslabón, yesca y de la mecha azufrada conocida con el nombre de pajuela. Y como no siempre se encontraban a mano estos utensilios, era general costumbre en las casas de Lima que al anochecer fuese un criado a encender la primera velita de sebo en la pulpería de la esquina. Inherente al cargo de pulpero era la obligación de proporcionar lumbre al vecindario; así es que desde el toque de oración hasta las siete de la noche era cada pulpería un jubileo de gente que decía: «Vengo a encender una velita». ¡Benditos sean los fósforos que han venido a ahorrar trajín a los pulperos!

Rara era, sin embargo, la calle donde no lucía en la pared la imagen de un santo o santa alumbrada por lamparillas de aceite, a las que algún devoto vecino cuidaba de dar alimento, y en aquella a que me refiero había uno de esos nichos con farolillo pendiente de una cuerda sujeta a un gancho de hierro.

De repente cundió en Lima la novedad de que en la blanca pared quedaba marco al nicho se veía una mano negra, peluda y con garras, que llamaba a los transeúntes, y durante meses y meses no hubo guapo que entrada la noche se aventurase a pasar por la calle. Aun los que cruzaban por la esquina hacíanlo volviendo el rostro al lado opuesto; y hembras y hasta barbudos hubo acometidos de soponcio o erizamiento de pelo, porque una pícara curiosidad los había forzado a mirar hacia el nicho. ¡Bien hecho! ¿Quién los metía a averiguar lo que no les interesaba? Cuchillito que no corta, ¿qué te importa? Eso está bueno para un tradicionista, un gacetillero o cualquier otro pájaro de pluma, inclusive un escribano.

De suponer es si el terror tomaría creces y si ello sería tema obligado de conversación, en una sociedad en que no se agitaban los ánimos sino cuando se trataba de elecciones de abadesa o prelado de convento, o cuando llegaba el cajón de España con cartas y gacetas de Madrid. Hoy el mayor suceso envejece a las veinticuatro horas; mas entonces se mantenía fresquito y chorreando leche durante un año por lo menos.

Pero a riesgo de despoetizar a la calle de la Manita, propia de suyo para citas y reconcomios de enamorados y cuchilladas de zafios, o para que en ella dejen al prójimo más liviano de ropa que lo que anduvo Adán antes de que se le indigestase la manzana, diré que maldito si hubo nada de maravilloso en lo que la superstición de nuestros abuelos abultó tanto.

La cosa fue de lo más trivial que cabe, y aflígeme explicarla, porque despoetizando a la calle suprimo argumento para un drama romántico patibulario.

Roto uno de los cristales del farolillo, el económico devoto lo reemplazó con una hoja de papel. El remiendo no debió ser hecho muy en conciencia, porque a poco se desprendió un trozo; y al oscilar, movida por el viento, la cuerda de que pendía el farolillo, sucedía que por intervalos proyectaba en la pared la sombra más o menos caprichosa del papel.

Un miedoso creyó ver en esta sombra la forma de una mano; otro que tal la vio peluda, y un tercero la descubrió las garras. Y tanto se habló de esto, que todo el vecindario de Lima, nemine discrepante, se persuadió de que el diablo andaba suelto y haciendo de las suyas por la que desde entonces se conoce con el nombre de calle de la Manita.

XVII. La calle de las aldabas

A la hora en que acaeció el terremoto de 1746, hallábanse congregados algunos fieles, en junta de hermandad o cofradía, en la iglesia parroquial de San Marcelo. La puerta principal del templo estaba con cerrojo, y solo el postigo permanecía abierto.

La confusión y espanto que el temblor produjo entre los del concurso fueron tales, y tanta la prisa por alcanzar al postigo, que el primero que lo consiguió, sin darse cuenta de lo que hacía, trájoselo tras sí cerrando de golpe. No hubo forma de abrirlo.

Por fortuna no se derrumbó pared ni cayó viga, y apenas hubo dos o tres cabezas magulladas por los pedazos de torta que del techo se desprendieron. La catástrofe pudo ser mayor.

Pero entre nosotros, así hoy como en tiempos del rey, la policía acude siempre con irreprochable puntualidad al lugar donde se ha cometido un robo, un asesinato u otra fechoría... cuando ya no se la necesita. Y lo que digo de la policía lo aplico también a las medidas precautorias. Siempre son tardías: después de caído medio techo, se nos ocurre apuntalar lo que queda. Fue preciso el peligro de morir aplastados en que se vieron los cofrades de San Marcelo, para que el virrey y el arzobispo y el Cabildo cayeran en la cuenta de que era conveniente en todos los templos remachar aldabas en la parte interior de las puertas. Así, aunque se cerrasen de golpe, con solo tirar del aldabón se abrirían.

Contratose la fabricación de aldabas con un famoso discípulo de Vulcano, cuya fragua estaba situada en un solar que forma el ángulo opuesto a las esquinas de Beytia y Melchor Malo.

El herrero adornó su puerta, por vía de muestra, de aviso o de reclamo, como hogaño decimos, con varias aldabas, y desde entonces quedó bautizada esa calle con el nombre con que la conocemos.

XVIII. Como San Jinojo

Nadie como el padre Urbano Rodríguez, natural de Huancavelica, pudo decir con más propiedad: «Si se me antoja, vuelo; si se me antoja, nado».

Jesuita y profeso de tercer voto fue, allá por los años de 1759, juzgado por sus superiores en el Perú y expulsado de la Compañía, y gracias que no le dieron chocolate. Carácter atrabiliario debió tener Rodríguez, pues en un paquete de cartas que entre los papeles relativos a los jesuitas existen en el Archivo Nacional, hemos leído una, firmada por él, en la que colma de injurias a otro padre, habla de haber sufrido a pan y agua muchos meses de encierro, y de que, desesperado, apuró un veneno, salvándolo de sus efectos lo vigoroso de su constitución. Entre las Cartas annuas de la Compañía, que manuscritas se encuentran en la Biblioteca, hay una en la que se enumera al padre Urbano entre los sacerdotes turbulentos. Las Cartas annuas son informes personales que los superiores en Lima y México pasaban al general de la orden en Roma. Lástima es que la colección de Cartas annuas no esté completa, pues faltan no pocas.

Sigamos con el padre Urbano. Él no hizo gran caso de la sentencia, y con traje de clérigo continuó viviendo en Huancavelica, donde su familia disfrutaba de cómodo pasar.

Pero el general de la Compañía desaprobó la expulsión y dispuso que la oveja volviese al aprisco, a lo que el padre Urbano decía: «Tanto da, ni gano ni pierdo».

Entro si cumplo o no cumplo estaba el superior del convento de Huancavelica, cuando aconteció la expulsión de los jesuitas.

El padre Rodríguez se llamó entonces a clérigo. «¿Qué me va ni qué me viene —decía— con los jesuitas? ¡Maldito si tengo concomitancia con ellos!»

Pero el gobierno no lo entendió así; y por si era o no era jesuita, lo empaquetaron en el navío Brillante, y marchó a Europa, bajo partida de registro, con sus demás compañeros de infortunio que durante la navegación lo mascaban y no lo tragaban. Era jesuita para el castigo, y no lo era para el espíritu de cuerpo.

Pero al llegar a Europa diose el padre Urbano tales trazas, que a poco consiguió real licencia para regresar a América, pues su majestad lo consideraba como extraño a la Compañía de Jesús.

Ésta gestionó en Roma, y sostuvo que si el padre Urbano había estado a las maduras, debía también estar a las duras: que siendo profeso de tercer voto, no podía desligarse sin incurrir en apostasía, y que debía regresar a seguir la misma suerte de sus hermanos en Cristo. Parece que estas razones hicieron fuerza en el ánimo del Padre Santo y aun en el del monarca español; porque al cabo de un año de estar Rodríguez en la patria, recibió el virrey orden para volverlo a enviar a España.

El pobre padre se encontraba como el alma de Garibay o como San Jinojo, entre este mundo y el otro, entro el cielo y el infierno. Era y no era jesuita. Y para colmo de desdicha se veía amenazado de vivir yendo y viniendo como el cerrojo; y su paternidad, viejo ya y achacoso, no estaba para esos trotes. No le quedaba más camino de salvación que morirse, y eso fue precisamente lo que hizo.

Tal es la historia del único jesuita que regresó al Perú después de la expulsión de su orden en el siglo pasado.

XIX. Carencia de medias y abundancia de medios

A principios de 1788 recibió el excelentísimo señor virrey don Teodoro de Croix comunicaciones reservadas de la corona, en las que se le prevenía pusiese al país en estado de defensa, por ser probable una ruptura de relaciones con Inglaterra. A pesar del misterio con que su excelencia quiso manejarse, no hubo de ser éste tan guardado que no lo traslucieran algunos del alto comercio, como hoy se dice, para sacar partido en provecho propio.

Al año siguiente, y después de algunos meses en que no fondeaba en el Callao buque con procedencia de España, llegó la Santa Rufina, fragata salida de Cádiz con valioso cargamento y que milagrosamente había escapado de caer en poder de los cruceros ingleses.

Entre las mercaderías venían consignadas a don Silvestre Amenabar, del comercio de Lima, dos cajones con doscientos cuarenta pares de medias de mujeres de la banda; pero los empleados de aduana las declararon contrabando; pues, según su leal saber y entender, no eran salidas de fábrica española.

Amenabar entabló reclamación; se nombró para nuevo reconocimiento a dos de los comerciantes más notables; y éstos, después de prestar juramento y de examinar hilo, tejido, marcas y contramarcas, fallaron contra la opinión de los aduaneros.

El virrey resolvió entonces que se depositasen los dos cajones en la aduana y que con copia del expediente se enviasen muestras a España para que Carlos III sentenciase; e igual medida se adoptó con otros cuatro cajones, conteniendo quinientos setenta y seis pares, consignados a don Manuel Zaldívar, almacenero del portal de Escribanos.

Corrieron diez meses en estas y las otras, y las limeñas estaban dadas a la diabla. No iban a bailes, ni a visitas, ni a procesiones, ni al teatro, porque no podían presentarse con medias zurcidas o con las de acuchillados de pajarito.

Empeños van y empeños vienen, y su excelencia cada día más erre que erre. Las limeñas se pusieron en plena rebelión contra los hombres, que eran unos tetelememes; pues se aguantaban sin hacer revolución contra un gobernante tan poco amable con el bello sexo.

¡Digo si había motivo, y sobrado, hasta para ahorcar a su excelencia! ¡Privar a las limeñas de un artículo de primera necesidad! ¡Por menos tendríamos hoy crisis ministerial! Ya se ve. Como el virrey no era casado ni mujeriego, no entendía de exigencias femeniles.

Al fin, los comerciantes, recelando que las limeñas, cansadas de guerra de lengua, se alzasen a mayores, propusieron dejar en las reales cajas, por vía de fianza, 10.000 pesos mientras llegaba el fallo del monarca, propuesta a que el virrey se avino. Y cesó así un conflicto que de otra manera no habría tenido término sino en 1790, que fue cuando volvió la causa resuelta en favor de los comerciantes. De fijo que estos sujetos fueron agripinos o nacidos de pies, condición que diz que trae dicha futura.

Este proceso ha servido de tema a mi amigo Manuel Concha para uno de sus más espirituales artículos.

En la cuestión los que verdaderamente ganaron, y gordo, fueron los mercaderes. Cada par de medias se vendió en dos onzas de oro, y en ocho días estuvo realizado el cargamento.

XX. ¡Mata! ¡Mata! ¡Mata!

Don Alonso González del Valle, creado por Fernando VI en 1753 primer marqués de Campoameno, poseía una hacienda de viña, tenida por la más valiosa de Ica. Ochocientas piezas de ébano y azabache, vulgo esclavos, estaban de seis a seis en la pampa y en el lagar, dando al amo anualmente una ganancia líquida de 40.000 duretes.

Si la hacienda hubiera contado con abundancia de riego, habrían sido incalculables los provechos del dueño; pero, desgraciadamente para él, en la época de escasez de agua había que disputar ésta y andar a balazos con los demás agricultores de la comarca, cosa que hoy mismo sucede con frecuencia en la costa del Perú, donde las lluvias son escasas y los ríos tacaños.

Parece cuento; pero por causa del agua han ido muchos prójimos a ver la cara a Dios sin ayuda de médico ni boticario.

En uno de esos años calamitosos quiso el marqués apropiarse algunos riegos a que sus vecinos se creían con perfecto derecho. Armáronse éstos, fueron tina noche a la toma y soltaron el agua. Acudieron los ochocientos negros del marqués, acaudillados por el mayordomo Juan Pastrana, y trabose descomunal batalla.

El mismo marqués, caballero en un brioso alazán, metíose entre los suyos, alentándolos con este grito: «¡Mata! ¡Mata! ¡Mata!».

Ocho o diez muertos y doble número de heridos resultaron de esta zinguizarra, y a no venir el alba y con ella el corregidor, Dios sabe si habría quedado vivo combatiente que contase el lance. Eso fue más serio que batalla de clubes en tiempo de elecciones democráticas.

La autoridad procedió a levantar una sumaria información; y de ella, si bien no resultaba muy claro que el marqués hubiera sido el provocador del alboroto, en cambio no quedaba pizca de duda que había azuzado a su gente; pues doscientos testigos, libres de tacha legal, declaraban haberlo visto a caballo y oídolo gritar sin descanso: «¡Mata! ¡Mata! ¡Mata!»

Llamado el marqués a declarar, dijo que era cierto que se había encontrado en medio del barullo; pero que, lejos de echar leña a la hoguera, no había hecho más que llamar a su mayordomo para ordenarle que aquietase los ánimos.

—Mala manera de aquietar —arguyó el juez— empleaba su señoría gritando ¡mata!, ¡mata!

—Es claro, señor juez, yo llamaba a mi mayordomo.

—¡Para mi santiguada! ¿No es Juan Pastrana el mayordomo de su señoría?

—Exacto, señor juez, exacto. Juan de Mata Pastrana... ¡un buen muchacho por mi fe!... y lo mismo da para mí llamarlo por su apellido que por cualquiera de los nombres. No es culpa mía que los negros hayan confundido con una orden lo que no era sino un llamamiento.

—¡Hum! ¡Hum! —murmuró el juez rascándose la punta de la nariz. Y volviéndose al escribano, le dijo:

—¿Qué le parece a usted, don Radegundo?

—Me parece... me parece... contestó con voz gangosa el cartulario —que hay que poner auto de sobreseimiento, que el descargo que da mi señor don Alonso es más que suficiente para que la justicia se dé por satisfecha.

Despidióse el acusado, dio la mano al juez y al cartulario, y es fama que, al estrechar la de éste, le dejó entre las uñas un cartuchito de peluconas.

Y no se volvió a hablar más de proceso.

Y los muertos fueron al hoyo, los heridos al hospital, y don Alonso González del Valle, primer marqués de Campoameno, siguió en la hacienda sacando el quilo a los negros y echando más barriga que fraile con manejo de rentas conventuales.

XXI. La casa de las penas

Hasta 1840 había en la parroquia de Santa Ana una casa que nadie quería habitar por miedo a duendes y ánimas del otro mundo que se habían posesionado de ella. Contaba el vecindario que a media noche oíanse en el interior ruido de cadenas, golpes y gemidos.

La autoridad de policía sospechó en una época que el destartalado edificio era albergue, si no de monederos falsos, por lo menos de conspiradores, y en consecuencia practicó minucioso registro. Tiempo y trabajo perdidos. La casa de las penas continuó con su mala fama hasta que el propietario tuvo a bien darla gratis por cinco años a un francés, hombre de pelo en pecho, quien probablemente les metió el resuello a los duendes, porque de entonces acá no han vuelto a asustar a nadie.

Pero como toda hablilla es hija de algo, he aquí la verídica historia que hemos alcanzado a saber.

A fines del pasado siglo era arrendatario de la casa un clérigo a quien la gente del barrio veía salir con regularidad por la mañana y regresar a las cinco de la tarde. La puerta de calle estaba siempre cerrada, y solo se abría para dar paso a un negro viejo, que seguido de un perro se encaminaba al mercado o a la pulpería de la esquina en busca de provisiones. Después de ellos, alma viviente no transpuso nunca el dintel de la puerta.

Por mucho que aguzaron el ingenio los curiosos vecinos, jamás pudieron sacar del fámulo palabra que viniese a dar un rayo de luz sobre el misterio de la casa.

Al cabo de tres años, una noche, después de las doce, creyó una vieja de la vecindad oír llanto de mujer, gritos de socorro y misericordia, y más tarde los aullidos lastimeros de un perro. Al día siguiente charló sobre el caso con las comadres del barrio, y creció la alarma al afirmar el pulpero que en esa mañana no se había abierto la puerta de la casa, ni salido el negro a comprar pan, ni vístose la sotana del clérigo.

A las seis de la tarde no se hablaba de otra cosa entre los habitantes de la feligresía de Santa Ana; y tanto hubo de cundir la alharaca, que llegó a oídos del alcalde de barrio, quien, seguido de alguaciles, dirigiose a la casa, y cansado de golpear, mandó romper la puerta.

Horrible fue el espectáculo que se ofreció a su vista.

Una mujer joven, y en quien la muerte no había aún destruido signos de belleza, yacía en el suelo acribillada a puñaladas.

La justicia se echó, como era natural, a hacer averiguaciones, y todo lo que pudo sacar en limpio fue que hacía tres años había sido robada de la Casa de huérfanos una bonita muchacha de dieciocho abriles.

En cuanto al asesino y al motivo que lo impulsara al crimen nada pudo descubrirse. El clérigo y su criado desaparecieron, sin que volviera a tenerse noticia de ellos.

Desde ese día, y casi por medio siglo, permaneció deshabitada la casa que fuera teatro de tan misteriosa tragedia, y el supersticioso pueblo la bautizó con el nombre de casa de las penas.

XXII. Una lección en regla

Pocos meses antes de la batalla del Portete de Tarqui encontrábase el ejército peruano acantonado en Tambo-grande, hacienda del departamento de Piura.

Habíanse improvisado cuarteles o canchones para la tropa, y la oficialidad ocupaba ranchos construidos con estacas de algarrobo, estera y mimbres.

El presidente de la República hallábase a la cabeza del ejército, compuesto en su mayoría de los vencedores en Junín y Ayacucho.

En la vida de campaña, sin los goces que proporciona la permanencia en las grandes ciudades, el juego es la única distracción del militar.

En vano el mandatario, para extinguir ese vicio, amonestaba a la oficialidad, imponía arrestos y severos castigos, promulgaba órdenes generales y recomendaba a los jefes de cuerpo rigurosa vigilancia. Éstos eran también desenfrenados jugadores, y por lo tanto indulgentes con el pecador.

La tienda del comandante X... era un pequeño espacio de tres varas cuadradas, en cuyo centro levantábase una tosca mesita, formada de una tabla puesta sobre cuatro puntales enterrados en el suelo.

Una bujía de sebo, colocada en una bayoneta, alumbraba a veinte oficiales allí reunidos y cuya vida toda estaba reconcentrada en el par de dados que evolucionaban sobre el verde tapete.

Por aquellos tiempos las pagas eran escasas, y los pobres militares no podían hacer paradas mayores de 2 o 4 pesos. Juego roñoso y de chingana.

Hubo un momento en que el juego tomó calor. Tratábase de 20 pesos, la mayor posta de la noche, y los dados andaban remolones para decidirse por las facetas del azar o de la suerte.

La ansiedad era unánime, y todas las respiraciones estaban en suspenso. De repente oyose una voz que dijo: «¡Más!».

Y sobre el grupo de apiñadas cabezas dejose ver un brazo, en cuya manga relucían los entorchados de general, y una mano que puso sobre el tapete una onza de oro. Los jugadores se quedaron petrificados.

Aquel nuevo y rumboso jugador era el excelentísimo señor gran mariscal don José de La-Mar, primer presidente constitucional del Perú.

El sagaz y prudente jefe recogió luego su moneda, y sin pronunciar una palabra de reconvención se retiró de la tienda.

La lección fue más eficaz para aquellos bravos y pundonorosos soldados de la patria vieja, que una resma de órdenes generales y que todos los artículos de la ordenanza. Desde ese día no se volvió a jugar en el ejército que hizo la heroica aunque por mil motivos desgraciada campaña de Colombia.

XXIII. Un marido feroz

Funestísima cosa es tener por media naranja complementaria mujer celosa que lo saque a uno de sus casillas haciéndole perder los estribos del juicio y cometer una barbaridad de las gordas. Y para que no digan ustedes que he fulminado un aforismo autoritario, voy en comprobación a contarles algo acaecido en Arequipa por los años de 1835, si bien en cuanto a nombres me veo en el caso de cambiarlos.

Domitila era para Radegundo todo lo que había que ser de celosa, y aquel hogar ardía y andaba dado a mil demonios. Valgan verdades, Radegundo no jugaba limpio; pues aunque papel quemado, no olvidaba sus viejas mañas de soltero, y andaba siempre tras las faldas como gato tras el bacalao truchuela y oliscón.

Un día desapareció del cofre de Domitila un precioso anillo de brillantes, y como ella conocía las uvas de su majuelo, no necesitó consultar adivina para saber que el tunante del marido había hecho emigrar la alhaja para regalarla a alguna de sus concurbitáceas, como decía una vieja de mi barrio. Y por causa del maldito anillo se armaba todos los días la tremenda en el matrimonio, y él zurraba a ella la badana, y ella le convertía a él la cara en mapamundi a fuerza de araños.

Una noche en que Radegundo se recogió, como de costumbre, con la cabeza no muy firme al domicilio conyugal, asaltolo furiosa su costilla con la acusación de que ya sabía en manos de cuya persona estaba su anillo, y que iba a hacer y a tornar, y que traca y que barraca, y qué sé yo. El marido, que era de los que dicen primero muerto que confeso, negó hasta la pared del frente; pero tuvo que arriar bandera cuando Domitila le dijo:

—Yo lo he visto en mano de la Carmela.

—¿Con qué ojos, mujer?

—Con estos que Dios me dio y que no tienen cataratas.

—Pues te juro que con esos ojos no volverás a ver.

Y el malvado cumplió aquella misma noche su juramento.

Aprovechando del profundo sueño de su mujer, la ató con una cuerda al lecho, y con una cuchilla la sacó los ojos.

La justicia logró al fin apoderarse del delincuente y lo aposentó en la cárcel.

Este crimen dio tela a los poetas de Arequipa para hilvanar yaravíes y zurcir romances. Impreso hemos leído uno, del que solo recordamos estos versos:

Cerca de Santa Teresa,
mató la luz de unos ojos
el que llamarse debía
antes verdugo que esposo.

Los tribunales condenaron a muerte a Radegundo, e iba ya en camino de ejecutarse la sentencia, cuando estalló por causa política uno de los escandalosos bochinches populares que son frecuente comidilla entre los hijos del Mistl. Resultado inmediato del barullo fue la evasión de todos los reos que en la cárcel estaban.

Radegundo dio con su humanidad en Cochabamba, donde, agobiado por el remordimiento y la miseria, murió en un hospital a fines de 1842.

XXIV. Un tiburón

Conózcase en Ayacucho
que si gran ladrón fue Caco,
no sirve ni para taco,
comparado con Perucho.

Esta redondilla era popular en Guamanga, allá por los años 1841 a 1843, años de mesa revuelta y anarquía perenne, en que tuvimos más presidentes que cosquillas: Menéndez, Torrico, Vidal, Vivanco, Elías, LaFuente, Nieto, Castilla, y qué sé yo cuántos más. Todo el que quería, con tal que tuviese cuatro soldados y un cabo a su disposición, se proclamaba presidente.

Pero ¿quién era Perucho, el de la copla? A eso vamos. Era un capitán que más mentía que comía, y que si comía era para seguir mintiendo. Ítem, tenía más uñas que un gato, y como oficial documentario levantaba batallones con la pluma... y no con hombres.

Al pasar por Ayacucho uno de tantos presidentes con el patriótico propósito de echar abajo al otro, Perucho se puso en facha de hacer el bien del país y a la vez el suyo propio. Presentose al caudillo, y éste lo nombró gobernador de un pueblo, autorizándolo para que, si llegaba a ser preciso meter el resuello a algunos demagogos, y armase hasta una compañía de voluntarios... por fuerza.

En el pueblo no se movía una paja ni se ocupaba nadie de partidos. Los vecinos eran de la mismísima pasta del que dijo en un romance:

Ni cura que me trasquile,
ni señorón que me mande,
ni verdugo que me azote,
jamás habrán de faltarme.

En esta conformidad, tanto se les daba del presidente Tiquis como del presidente Miquis. ¡Viva el que venza! Pero a Perucho no le hacía esto cuenta, y armó hasta quince soldados y puso ciento en las listas de revista.

A pocos días volvió a pasar el caudillo por el pueblo, y después de oír con cachaza un adulatorio speech o discurso que le espetó Perucho, le preguntó:

—¿Y cuántos hombres tiene la guarnición, señor capitán?

—Ciento quince, mi general —contestó con mucho aplomo el interrogado.

—Pues, Perucho, te pagaremos los quince del pico, y me voy largo, que tú tienes más años de tiburón que de servicios.

Y el general espoleó su caballo, dejando aliquebrado al tiburón.

XXV. El judío errante en el Cuzco

En 1856 el tifus hizo estragos en el departamento del Cuzco. Calcúlase en más de cien mil el número de los que sucumbieron víctimas de la epidemia. El gobierno envió desde Lima una comisión de médicos, a órdenes del doctor Garviso, bien provistos botiquines, dinero y cuanto auxilio pudieran necesitar los epidemiados.

A la sazón era lectura muy popular en el Perú la novela de Eugenio Süe, titulada El Judío Errante, y alguna casa editorial de Madrid o Barcelona había hecho una edición económica que con profusión circulaba en el país; amén de que El Comercio, de Lima, en su folletín publicara pocos años antes la famosa novela.

Según el escritor francés, el terrible flagelo conocido por cólera asiático es obligado compañero en la eterna peregrinación del zapatero de Jerusalén, a quien los pueblos españoles no llaman Ashaverus, sino Juan Espera en Dios, viajero que, ateniéndonos a los cuentos de viejas, recorre el mundo llevando en el bolsillo una moneda romana equivalente a real y medio, capital tan inagotable para el infeliz judío como para nuestros bancos de emisión la fábrica de billetes, a pesar de las incineraciones y demás trampantojos fiduciarios.

A muchos de los habitantes del Cuzco se los encajó entre ceja y ceja que aquella espantosa cifra de mortalidad no era producida por el tifus, sino por la presencia del huésped que llevaba a cuestas la maldición del Divino Maestro.

Una mañana presentose en el pueblo de Zurite, a ocho o diez leguas de la ciudad del Cuzco, un extranjero, ante cuyo aspecto púsoso en conmoción el vecindario. Era un hombre pálido, enjuto, apergaminado y de ceja tan espesa que casi parecía una raya negra sobre los ojos. Las señas eran fatales. El hombre era el retrato del judío tan pintorescamente descrito por Eugenio Süe.

Alborotáronse los vecinos de Zurite y el viajero fue a la cárcel, mientras sumariamente se resolvía lo que con él sería oportuno hacer.

En vano el infeliz dijo que era español, que se llamaba Francisco Anselmo de Mendoza, que había estado en Jauja convaleciendo de una afección pulmonar y que, restablecido ya, no quería abandonar la sierra sin visitar antes los monumentos de la imperial ciudad de los incas.

—¿A nosotros con esas? —dijeron los de Zurite—. ¡No somos tan bobos! Maldita la falta que nos hacía su visita. Ya quedará usted escarmentado, compadre, y pagará por junto las que ha hecho en el mundo.

Y tanto por castigar al que fue despiadado para con Cristo en el camino al Gólgota, cuanto por vengarse del que creían portador de la peste, encendieron una hoguera en la plaza y achicharraron en ella al desventurado chápiro. Con esto los de Zurite creyeron haberse conquistado la gratitud del universo-mundo.

Enseguida repicaron campanas, quemaron cohetes, se entregaron a grandes festejos y el gobernador o alcalde pasó oficio a la autoridad, en el cual los de Zurito felicitaban al departamento porque, gracias a la energía de tan cristianos vecinos, la peste iba a desaparecer.

Y en efecto. ¡Vean ustedes lo que hace la casualidad!

Desde que los de Zurite quemaron al Judío Errante no volvió a ocurrir en el departamento un solo caso de peste.

XXVI. El primer buque de vapor

Don Martín Fernández de Navarrete publicó en Madrid en 1825 dos volúmenes de una importantísima obra sobre América. Según él, Blasco de Garay, capitán de mar, presentó al emperador Carlos V en 1543 una máquina por medio de la cual embarcaciones del mayor porte pudieran navegar sin ayuda de remos ni de velas. No obstante la oposición que encontró este proyecto, el emperador, aleccionado con la que experimentó Colón en tiempo de la católica reina, resolvió que se hiciera un ensayo, como en efecto se realizó con buen éxito en el puerto de Barcelona el 17 de junio de 1513.

Garay nunca dio a conocer los detalles de su máquina; pero al tiempo de hacerse el experimento, se observó que consistía en una gran caldera de agua hirviendo y una rueda movible puesta a cada lado del buque.

El ensayo se hizo sobre un barco de doscientas toneladas, llamado La Trinidad, cuyo capitán se nombraba Pedro de Scarsa.

Por orden de Carlos V y de su hijo el príncipe don Felipe, estuvieron presentes don Enrique de Toledo y otros magnates, que aplaudieron la máquina y especialmente la facilidad con que viraba el buque.

El tesorero Rávago, enemigo del proyecto, dijo que solo andaría el buque dos leguas en tres horas, que la máquina era muy costosa y complicada, y que ofrecía el constante riesgo de reventar la caldera.

Acabado el experimento, Garay quitó del buque su máquina, y habiendo depositado en el arsenal de Barcelona las piezas de madera, guardó él mismo las restantes, que acaso eran las principales.

No obstante las dificultades y oposición de Rávago, la invención fue aprobada; y si no se hubiera malogrado la expedición en que por entonces estaba ocupado Carlos V, sin duda que la hubiera favorecido. Sin embargo, ascendió a Garay, le dio en dinero 200.000 maravedises, e hizo pagar por su tesorería todos los gastos del invento.

Hasta aquí las noticias que nos proporciona la citada obra del señor Fernández de Navarrete, quien asegura haberlas adquirido en los códices y registros originales conservados en el archivo de Simancas, entre los documentos públicos de Cataluña correspondientes al año de 1543.

La América, periódico interesantísimo que en 1857 publicaba en Madrid el poeta don Eduardo Asquerino, registra un erudito artículo de don Antonio Ferrer del Río, en el cual, con gran copia de razones, sostiene este distinguido escritor que Blasco de Garay estuvo muy lejos de aplicar el vapor a la navegación, y que su invento se redujo a un barco con ruedas, a las que se daba impulso por medio de vigas y cilindros. Añade también que por documentos que existen en el archivo de Simancas, consta que en 1539 elevó Blasco de Garay a Carlos V un memorial en el cual ofrecía: «l.º Sacar buques de debajo del agua, aun cuando estuviesen sumergidos a cien brazas de profundidad, con solo el auxilio de dos hombres. 2.º Un aparato para que cualquiera pudiera estar sumergido bajo el agua todo el tiempo que le conviniese. 3.º Otro aparato para descubrir con la simple vista objetos en el fondo del mar. 4.º La manera de mantener bajo el agua una luz encendida. 5.º El medio de convertir en dulce el agua salobre». Convengamos en que si

Blasco de Garay hubiera alcanzado a cumplir la mitad de las maravillas que en el memorial prometía, habría hecho más que el moderno Erickson, a quien tantos prodigios se atribuyen.

En otro número de La América, correspondiente a febrero de 1858, se lee un artículo firmado por el jefe de marina don Miguel Lobo, quien apoya las noticias dadas por Fernández de Navarrete y refuta Ferrer del Río.

Dejemos, pues, el punto en tela de juicio. Otros decidan si fue Blasco de Garay el primero en aplicar el vapor a la navegación.

El drama de Balzac Les resources de Quinola pinta las fatigas y contrariedades de que fue víctima Blasco de Garay. Presumo que el gran novelista francés tendría ocasión de consultar documentos relativos al maravilloso invento.

Después de Blasco de Garay, Salomón Caus hizo en Francia en 1615 una aplicación del vapor. Parece que fue desatendido, y murió loco en Bicetre.

Fue en 1807 cuando Roberto Fulton, natural de Lancaster en los Estados Unidos, construyó el Clermont, vaporcito que navegó desde Nueva York hasta Albany; y en 1814 un inglés, Jorge Stepheson, creó la locomotora, de la cual solo en 1830 vino a hacerse aplicación práctica.

En cuanto a la hélice que ha sustituido a las ruedas de los antiguos vapores, fue invención de Federico Sauvage, francés que murió de miseria y medio loco en París el año 1857.

Generalmente se cree que los primeros vapores que han venido al Pacífico fueron el Chile y el Perú en 1840. Combatiendo este error de los contemporáneos, he aquí, en extracto, lo que refiere mi camarada Simón Camacho en su curioso libro El Ferrocarril de Arequipa.

El primer vapor que llegó a las costas del Perú fue el Telica, capitán Metrovitch, cuyo buque hizo viaje a la vela de Europa a Guayaquil; y allí recibió máquina, bandera colombiana y pasajeros.

Fue esto por los años de 1828 a 1830.

El Telica salió de Guayaquil con dirección al Callao; pero retardado en su viaje por causa de las nieblas, falto de combustible, exasperado el capitán por las quejas de los que a bordo venían, y más que todo por los desdenes de una bellísima pasajera, resolvió poner trágico fin a sus angustias. El Telica tuvo que arribar al puertecito de Huarmey, y apenas fondeado, los pasajeros se trasbordaron con sus equipajes a las canoas de los indios pescadores, dirigiéndose inmediatamente a tierra. Hallábanse ya almorzando en el tambo de Huarmey, cuando Metrovitch disparó un pistoletazo sobre un barril de pólvora e hizo volar el vapor, salvándose solo el marinero Tomás Jump, que a nado pudo llegar a la playa. Don Tomás Jump era en 1845 uno de los más ricos comerciantes del Callao.

La relación de Camacho nos ha sido ratificada después por don Santiago Freundt, comerciante del Callao, que fue uno de los pasajeros del Telica y testigo, por consiguiente, de la catástrofe. En ella, y en el desdeñado amorío del capitán, puede hallar vasto tema la fantasía de un novelista.

XXVII. Un fanático

El subprefecto de Casma don José María Terry pasó a la autoridad superior, con fecha 18 de abril de 1848, un oficio que, impreso, se encuentra en El Comercio, de Lima, correspondiente al sábado 6 de mayo. Sobre tan irrecusable documento basamos este articulejo.

Era la cuaresma del año 1848.

En todos los pueblos del departamento de Huaraz los curas predicaron sobre el pecado y el infierno y sus horrores sermones tan estupendos, que a los indios sus feligreses se les ponían los pelos de punta. La raza indígena es de suyo propensa a creer en los suplicios materiales con que diz que son afligidos en el otro mundo los que no anduvieron derechitos en este de lágrimas y sanguaraña. Además, el indio es eminentemente fanático. En punto a religión tiene la fe del carbonero, y acoge como verdad evangélica cuanta paparrucha sale de los labios, no siempre bien inspirados, del taita cura.

Tal fue el efecto de las pláticas en aquella cuaresma, que apenas si se daban abasto los párrocos para confesar penitentes, y unir con el lazo del matrimonio a muchas medias naranjas que estaban en camino de pudrirse y servir de almuerzo al diablo. Con amén, amén, se gana el Edén.

Ocurriole una tarde al cura de Yaután predicar sobre San Lorenzo y su martirio, e hízolo con tanta unción y elocuencia, que a uno de sus oyentes se le enclavó la convicción de que solo muriendo como el santo de las parrillas, iría sin pasar por más trámites, aduanas ni antesalas, vía directa y como por ferrocarril a la gloria eterna.

Era el tal un mocetón de treinta años, que en los arrabales de Yaután habitaba una choza próxima a un bosquecillo. Oído el sermón, fuese paso a paso a su albergue, sacó una cruz de madera que allí tenía, y con ella a cuestas dirigiose al bosque.

Algunos de sus vecinos quo lo tenían en concepto de maniático, lo siguieron por curiosidad, y ocultos entre las ramas del bosque pusiéronse a espiarlo. Después de clavar la cruz en el suelo, empezó el mocetón a hacinar leña, prendiola fuego, dobló rodillas y estuvo gran rato en oración De repente, y cuando la llamarada era más activa, se puso do pie y se precipitó en la hoguera, exclamando: «¡San Lorenzo me valga!»

Los curiosos vecinos corrieron a libertarlo. Llegaron tarde. El pobre fanático había conseguido morir achicharrado como San Lorenzo.

XXVIII. Truenos en Lima

El lunes 31 de diciembre de 1877, los habitantes de Lima gozaron de un espectáculo nuevo para la gente de la generación actual que no ha tenido oportunidad para salir fuera del radio de la ciudad.

Desde las cuatro de la tarde empezó la atmósfera a cubrirse de espesas nubes, y a las cinco desprendiose sobre la ciudad una gruesa lluvia, acompañada de relámpagos, seguidos de la detonación de cuatro truenos.

Para Lima, la población excepcional en donde la lluvia no pasa de una ligera garúa, la ciudad cuyo sereno cielo no ennegrece jamás la tempestad, era verdaderamente aterrador el espectáculo que ofrecía la naturaleza en la tarde del 31 de diciembre de 1877. El año se despedía de una manera siniestra.

Con tal motivo, y para satisfacer la curiosidad de un periodista, compilamos los datos que contiene la siguiente carta:

«Me pregunta usted, amigo mío, si entre las antiguallas que registro he encontrado noticia de que el fenómeno atmosférico del lunes se hubiera, en otra época, presentado en Lima. Desde que se fundó la ciudad (1535) hasta 1803, y bajo el gobierno del virrey Avilés, creíase generalmente que no se había oído en Lima la detonación del trueno. Errónea creencia, como verá usted más adelante.

En la noche del 19 de abril de 1803 —dice un cronista— se experimentó en Lima una tempestad, con ocho o nueve truenos, de los cuales el más fuerte se dejó sentir a las once y media. Lo insólito de semejante fenómeno asustó mucho al vecindario. En noviembre se repitieron los truenos. Hubo en ese año algunos temblores, precursores de un estío muy rígido, deduciéndose de esto que el calor, la electricidad y los vientos pueden producir una tempestad en parajes donde nunca se ha visto.»

Córdova y Urrutia, en sus Tres épocas, consigna también esta noticia, aunque sin avanzar en pormenores.

Don Hipólito Unanue, en su importante obra sobre el clima de Lima, de algunos detalles sobre la tempestad del 19 de abril. Dice que los relámpagos cruzaron tan próximamente a la ciudad que iluminaron las habitaciones. Notose que cesó la lluvia en la sierra, y hubo tan abundantes garúas en la costa, que las lomas se cubrieron de pasto.

Don Gabriel Moreno, en su Almanaque para 1804, después de disertar sobre las causas y efectos de la tempestad del año anterior, dice que el 13 de julio de 1552, a las ocho de la noche, se oyó en Lima un trueno fuerte y se vieron dos relámpagos, y que igual fenómeno se repitió en 1720 y en 1747. Añade que el calor en 1803 fue excesivo; pero que la salubridad pública, lejos de sufrir, mejoró notablemente.

Varios cronistas de convento hablan, a la ligera, de la tempestad del año 1552. En cuanto a las de los años 1720 y 1747 solo las hemos visto consignadas en algunas efemérides.

El primer trueno del 19 de abril fue producido a legua y cuarto de la ciudad, y el último sobre la misma. Tan grande fue la alarma y consternación del pueblo, que al día siguiente hubo procesión de rogativa, y penitencia.

Resumen. La del lunes 31 de diciembre ha sido la quinta tempestad que ha caído sobre Lima en los trescientos cuarenta y dos años que lleva de existencia. Y no sé más sobre el asunto.

Entrada de virrey
Apuntes

Acusaríanos el lector de distraídos y perezosos si, habiendo hablado en muchas tradiciones de la entrada de virreyes, no consagráramos un artículo a la descripción de ese acto.

Así en los libros del Cabildo de Lima, como en opúsculos impresos en los dos siglos anteriores, y recientemente en el magnífico Diccionario Histórico de Mendiburu, hemos leído pinturas, más o menos pomposas, del ceremonial y fiestas con que en la ciudad eran recibidos los virreyes a su llegada de España. Tan caprichoso o excesivo debió ser el gasto que hacía el Cabildo para dar solemnidad y esplendidez al acto, que en 1718 vino real cédula fijando en 12.000 pesos el gasto obligatorio para la ciudad, sin que ello obstara para que los particulares o corporaciones agasajaran, por cuenta propia, al representante del monarca. Según dicha real cédula, el Cabildo debía ajustarse al siguiente presupuesto:

	Pesos
Cama para el virrey, con colgadura de damasco, sábanas y almohadas guarnecidas de encajes y sobrecama de medio tisú	1.400
Dos vasos de plata para uso ordinario	180
Escribanía de plata	170
Carruaje	3.000
Tiro de caballos con herrajes y arneses	1.725
Música, iluminación y limpieza de arañas	360
Las dos comidas del día en que entra el virrey y el siguiente, y refrescos para ambas noches	3.700
Para manteles, marcar y devolver la plata labrada, que se busca prestada para estas funciones, y para pagar pérdidas y daños	850
Propinas a la guardia, porteros de la Audiencia	

y criados de librea	88
Para fuegos artificiales y gastos menudos o imprevistos no designados	527
Total	12.000

Algunos virreyes llegaron privadamente a Lima y tomaron posesión del gobierno; pero dos o tres meses después tenía siempre efecto el recibimiento público, con el mismo ceremonial y regocijos que si acabaran de poner la planta en el terreno de la ciudad.

El primer virrey que entró en Lima con ceremonial solemne fue el marqués de Cañete, don Andrés Hurtado de Mendoza.

Los virreyes que venían de México o de España, desembarcaban en Paita y hacían a caballo el viaje hasta Santa, de cuyo lugar despachaban a un oficial con pliegos para el virrey saliente y, en su defecto, para la Real Audiencia. Esos pliegos contenían copia del título y facultades de que venía investido el viajero.

Inmediatamente la Audiencia pasaba al Cabildo dichos pliegos. Al otro día los alcaldes, regidores y alguacil mayor de la ciudad, con gran comitiva de vecinos principales, salían a la plaza, y entre músicas, repiques de campanas y estruendo de cohetes, se promulgaba la noticia por voz de pregonero.

A veces se lidiaban toros esa tarde o se jugaban alcancías; pero siempre se iluminaba la ciudad por tres noches.

Entretanto que el nuevo virrey venía lentamente avanzando camino, el Cabildo se ocupaba en disponer, frente a la iglesia de Monserrate, la construcción de un arco y de un teatro o tabladillo con balaustrada, cortinaje de terciopelo con flecadura de oro, sitial y sillón bajo dosel con las armas de España.

El virrey se alojaba, durante los tres o cuatro días necesarios para que el Cabildo concluyese preparativos, en alguna casa de campo que distase una o dos millas de la ciudad y en el camino que conduce al Callao. En esa casa se había cuidado de alistar un salón con dosel de damasco o terciopelo carmesí, dormitorio con catre dorado y pabellón de raso, y todas las comodidades apetecibles para el egregio huésped, su familia y comitiva. Mientras permanecía en la casa de campo, se ponían luminarias en el patio y corredores, se quemaban árboles de fuego, y por la tarde danzaban y cantaban cuadrillas de indios y negros caprichosamente ataviados.

En esos tres o cuatro días recibía el virrey la visita de los oidores y oficiales de la Audiencia, del Tribunal de la Inquisición con sus ministros y familiares, del arzobispo con su coro de canónigos y clerecía, de los cabildantes y oficiales reales, prelados de las órdenes, títulos y caballeros de hábito. Estas visitas no eran de ceremonia estricta, sino, como quien dice, de tapadillo. El virrey saliente no estaba obligado a hacer personalmente la visita, y cumplía comisionando a su secretario para el saludo de bienvenida.

Designado el día para la entrada, a las doce montaba el rey en un lujoso coche, obsequio del Cabildo, acompañado de su esposa, si la traía, o de su hija o de otra persona de su familia. Tras su carroza seguían otras con sus secretarios, empleados de su casa y camareras, cuando su excelencia traía media naranja fruto femenino de bendición.

La compañía de gentiles hombres lanzas, en briosos caballos, luciendo casco con penacho de plumas, cota bruñida, lanza y adarga, escoltaba el coche, delante del cual iban el paje de guión y el caballerizo mayor.

A la vez que el virrey abandonaba la casa de campo, salía de palacio, y a su encuentro, la procesión, en el orden siguiente:

Las compañías de milicias de naturales del país, con sus bandas de música.

Las compañías de infantería española.

Los alguaciles de corte, a caballo.

La diputación de la ciudad, ídem.

Los caballeros de Santiago, Calatrava, Alcántara, Montesa y Carlos III, también en magníficos caballos con jaeces bordados. Los caballeros lucían placas, cruces, joyeles y cintillos de brillantes y piedras preciosas, sobre vestidos de terciopelo o paño tamenete. Cada caballero llevaba dos pajes vestidos con igual lujo.

Los colegiales de los dos colegios reales con su rector y catedráticos, todos a caballo.

Los caballeros de San Juan de Malta, de Cristo, de la Flor de Lis y demás órdenes extranjeras, lujosamente equipados.

El tribunal del Consulado, también a caballo.

La Universidad con sus bedeles, que llevaban echadas al brazo las mazas de plata, formando lucida cabalgata.

El tribunal del Santo Oficio, en bizarras mulas. Los inquisidores llevaban bonete de auto, los familiares venera, y todos el hábito de San Pedro Mártir y la medalla.

Enseguida, y en medio de seis alabarderos, iba el mayordomo de la ciudad conduciendo del diestro el caballo que el cabildo regalaba al nuevo rey. Ocasión hubo en que animal y arneses costaron 4.000 pesos.

Los porteros de Cabildo, con ropa talar de damasco carmesí y gorra de terciopelo, y sobre sus hombros mazas de plata con las armas de Lima.

El escribano del Cabildo, alcaldes y regidores, con capas cortas sembradas de botones de oro y broche de diamantes, martinetes, cintillos y medallas de pedrería y perlas. Todos en caballos lujosamente enjaezados y seguidos de pajes y lacayos con librea.

El canciller o depositario del sello real, el alguacil mayor de corte, los contadores mayores y demás oficiales reales, los fiscales de lo civil y lo criminal, y los alcaldes de corte, con igual boato que los cabildantes.

Por fin, los oidores de la Audiencia, con escolta de alabarderos.

La procesión se dirigía por la calle de las Mantas hasta la plazuela de San Sebastián, donde formaba ángulo para encaminarse a Monserrate.

Pocos minutos después avanzaba el coche del virrey, y al llegar bajo el arco[4] se le acercaba el mayordomo de la ciudad y, en nombre de ésta, ofrecíale el caballo. Descendía el virrey del coche, subía al tablado y (con su esposa cuando la traía) sentábase bajo el dosel, para presenciar el desfile de las tropas y corporaciones, hasta que llegaban la Inquisición y el Cabildo, quedándose la Audiencia a media cuadra de distancia. Los cabildantes entregaban los caballos a sus pajes y subían al tablado. Poníase el virrey de pie, y uno de los regidores, comisionado por el Cabildo, dirigíale un pequeño discurso de saludo y felicitación, terminándolo con las siguientes frases, que eran de estricta fórmula:

«La ciudad de los reyes besa a vuecelencia las manos y está con el gusto, que es razón, de tener a vuecencia tan cerca para servirlo. Y como todos los

---

4   Hasta hoy conserva su nombre la calle del Arco.

señores virreyes, antes de entrar en ella, hacen juramento de guardar sus pre-eminencias, la ciudad de los reyes suplica a vuecelencia que, en conformidad de esta costumbre, quiera prestar juramento.»

El virrey inclinaba la cabeza en señal de asentimiento.

Un paje colocaba sobre el escabel un crucifijo y un misal, se arrodillaba su excelencia, y el escribano de Cabildo le decía:

—Excelentísimo señor, ¿vuecelencia jura por Dios Nuestro Señor, por Santa María su bendita Madre, y por las palabras de los Santos Evangelios que están en este misal, y por este crucifijo y señal de cruz, que guardará a esta ciudad de los reyes todos los fueros, franquezas, libertades, mercedes y preeminencias que los reyes nuestros señores le han hecho y concedido?

—Así juro y prometo —contestaba el virrey.

—Si así lo hiciere vuecelencia, Dios Nuestro Señor le ayude —añadía el más anciano entre los miembros del Cabildo.

Este era el momento en que el pueblo, que aún no era soberano, sino humildísimo vasallo, prorrumpía en vítores, ni más ni menos que hogaño cuando un nuevo presidente constitucional jura en el Congreso hacernos archifelices.

Una salva de artillería anunciaba urbi et orbe, que el virrey acababa de jurar o de perjurar.

La Real Audiencia se aproximaba al tablado, y montaba el virrey a caballo, colocándose en medio de los dos oidores más antiguos. Por delante iban los reyes de armas con cotas carmesíes, en las que estaba bordado el escudo de España, y llevando al hombro mazas de plata dorada.

(La virreina volvía a ocupar el carruaje, y dando un rodeo se dirigía a palacio, escoltada por un grupo de gentiles hombres lanzas. Tras su coche seguían los demás con camareras, familia y dependientes de la casa. Dicen que doña Ana de Borja, condesa de Lemos, y en este siglo doña Ángela Ceballos, fueron las únicas virreinas que se apartaron de esa costumbre, entrando a caballo al lado de sus maridos. Fue don García de Mendoza el primer virrey que tuvo licencia del soberano para traer a su esposa.)

La procesión regresaba en el mismo orden.

De las ventanas y balcones, ricamente encortinados, arrojaban las señoras décimas y flores sobre el virrey.

En el atrio de la catedral, el arzobispo o deán con el Cabildo eclesiástico y los seminaristas recibían bajo de palio al representante del monarca y acompañábanlo hasta el altar mayor, donde se cantaba un solemne Tedeum.

Concluida la ceremonia de iglesia, su excelencia con los oidores y un pequeño número de cortesanos entraba en palacio, donde en el salón lo recibía el virrey cesante. En verdad que encontramos exquisita delicadeza en que el ceremonial no obligase a éste a presenciar las ovaciones que se tributan siempre al Sol que nace, y que no pueden dejar de herir la vanidad o amor propio del igual en carácter.

En ese día y el siguiente costeaba el Cabildo banquetes en palacio. Dice la tradición (pues documento histórico que lo compruebe no hemos encontrado) que en este día otorgaba el virrey indulto a un reo sentenciado a muerte, gracia que también acordaba anualmente el Viernes Santo, atendiendo a que el representante del monarca católico no podía ser menos que el pretor de Jerusalén que perdonó a Barrabás en nombre del césar romano.

Hasta aquí el ceremonial obligatorio para la ciudad.

Las luminarias y candeladas en plazas y calles, los castillos de fuego, las fiestas de toros, cucaña o palo ensebado, sortijas y alcancías, danzas, comedias y demás regocijos no se ciñeron nunca a programa especial. En algunos recibimientos se formaron cuadrillas o bandos de los jóvenes más ricos y principales, que vestidos con primor y en arrogantes caballos rompieron cañas. La huelga duraba tres días.

Quince días después del recibimiento en Lima iba el virrey con gran acompañamiento al Callao, y visitaba la, armada y las fortalezas.

Tres o cuatro meses más tarde la Universidad daba un certamen, al que concurría el virrey. En la Biblioteca de Lima existe completa la colección de folletos relativos a estas funciones literarias, que fueron siempre espléndidas. ¡Ojalá pluma más competente que la nuestra emprenda un estudio crítico de esos interesantísimos folletos!

En el Cuzco, Arequipa, Guamanga y otras ciudades hacíase en pequeño, para festejar la llegada de nueva autoridad, lo que en Lima para el recibimiento de virrey. Cuenta mi hábil y espiritual discípula Clorinda Mato, en sus *Tradiciones* Cuzqueñas, que en cierta entrada dos damas de la ciudad de los incas, no teniendo ya flores que arrojar, acudieron a los talegos de pesos fuertes, y agotados éstos empezaron a echar a la calle piezas de plata labrada. Y tanto se entusiasmaron las competidoras o rivales, que una de ellas, a la que no quedaba ya más vajilla, acudió a cierto mueble de uso privado, que era también de plata, y lanzolo con tan poco acierto que descalabró a su merced el personaje de la fiesta. Y ello verdad fue el sucedido, que Clorinda lo comprueba con documentos.

Los plañideros del siglo pasado

Apuntes literarios

Muy difícil era en los pasados siglos la publicación de un libro, ya por lo caro de su edición, ya por la escasez de imprentas. Baste decir en corroboración de este último aserto, que en 1821, al iniciarse la guerra de independencia, solo existían en Lima cuatro oficinas tipográficas, pobrísimas de letra y demás útiles, y que tres de ellas hacían uso de prensas de madera.

La imprenta se introdujo en Lima en 1583, justamente cincuenta años después que en México. Nuestro primer tipógrafo fue el italiano Antonio Ricciardi, natural de Turín, y sus primeras obras tres catecismos de doctrina cristiana en las lenguas aymará y quechua. La segunda ciudad del Perú que tuvo imprenta fue Arequipa, a fines del siglo pasado.

En los tiempos coloniales, únicamente los ricos, como Peralta, el conde de la Granja y algún otro, podían darse la satisfacción de imprimir sus obras literarias. Lo que abundaba era la impresión de sermones y libros devotos, amén de los certámenes, fiestas reales, exequias panegíricas, autos de fe, informes de los intendentes y corregimientos, y otras publicaciones que, como éstas, se hacían bajo el amparo oficial y a expensas del real tesoro.

El periodismo no nació sino en la última década del siglo con el Diario de Lima, al que sucedió el Mercurio Peruano; pues aunque en 1770 existía la *Gaceta*, ésta solo daba a luz noticias y documentos que la enviaban de palacio. Los poetas no tenían escenario donde exhibirse; y de allí venía la profusión de versos con que se tapizaban los muros de la espaciosa catedral en las funciones fúnebres por la muerte de los reyes. Los hijos e hijastros de Apolo aprovechaban la ocasión de ver sus nombres y producciones en letras de molde.

Otro tanto sucedía en el resto de la América española.

De la metrópoli nos llegaban abundantemente las comedias y romances que los ciegos pregonaban por las calles de Madrid; y en Lima se vendían a subido precio en los cajones de Ribera y en los tenduchos que hasta hace poco veíamos bajo los arcos de los portales.

En cuanto al teatro, fueron muchas las loas y alegorías que para él escribieron nuestros ingenios; y aun el virrey marqués de Castel-dos-Ríus, que tenía sus pespuntes de poeta, compuso por los años de 1708 una tragedia titulada *Perseo*, la cual nos afirman que existe impresa en Lima.

Para contribuir, pues, a dar una idea de lo que era la poesía en nuestra patria durante el pasado siglo, emprendemos esta ligera reseña de fiestas fúnebres, trabajo que nos prometemos completar con el de los certámenes que tenían lugar en la entrada de virreyes, nacimiento de príncipes y proclamación de monarcas.[5]

En estos apuntes no he hecho sino poner en orden materiales que otros más competentes que yo utilizarán algún día, cuando concienzudamente se escriba nuestra historia colonial. Estos apuntes pueden ser el esqueleto de un libro; así como mis *Tradiciones* darán, acaso, asunto para la novela y para el drama. Literariamente, tengo la manía de vivir en el pasado. El ayer siempre es poético: es una especie de Sol al que apenas se le ven manchas, porque está muy lejos.

La primera relación de exequias que se imprimió en Lima fue en 1613, con motivo de las que en 24 de noviembre de 1612 tuvieron lugar (y páseme el lector el galicismo) por la muerte de la reina doña Margarita, esposa de Felipe III, siendo virrey el marqués de Montesclaros don Juan de Mendoza y Luna. Es un volumen de 296 páginas en 4.º, escrito por el padre agustino fray Martín de León. Tiene de curioso una estampa del túmulo, lámina que es el primer grabado en acero que se hizo en Lima. El artista fue el padre agustino Francisco Bejarano. Como no entra en nuestro propósito ocuparnos del estado literario del Perú en el siglo XVII, pasaremos por alto esta y las demás relaciones hasta caer en las del siglo pasado.

PARENTACIÓN REAL al soberano nombre e inmortal memoria del católico rey de las Españas y emperador de las Indias el serenísimo señor don Carlos

---

5   En 1880 tenía ya el autor concluido este trabajo pero el manuscrito desapareció en Miraflores.

II, fúnebre solemnidad y suntuoso mausoleo que en sus reales exequias en la Iglesia Metropolitana de Lima su consagró a sus piadosos manes el excelentísimo señor don Melchor Portocarrero Lazo de la Vega, comendador de la Zarza en el orden y caballería de Alcántara, del Consejo de Guerra de su majestad, virrey, gobernador y capitán general de estos reinos y provincias del Perú, Tierra firme y Chile. Escríbela, de orden de Su Excelencia, el R. P. M. José de Buendía, de la Compañía de Jesús. En la imprenta Real del Santo Oficio y de la Santa Cruzada. Año de 1701. Un volumen de 180 páginas en 4.º

El 27 de abril de 1701, en momentos de salir de palacio el virrey conde de la Monclova para asistir a una función de catedral, recibió una carta en que le participaban la muerte de Carlos II el Hechizado, acaecida en Madrid el 1.º de noviembre de 1700; y el 6 de mayo, por un navío que llegó al Callao, se tuvieron las gacetas y despachos confirmatorios. Entonces se designó por la Audiencia el 27 de junio para la celebración de las exequias que, según el libro que a la vista tenemos, fueron muy pomposas.

Esta, como todas las relaciones de funerales regios, trae una magnífica lámina, grabada en acero, representando el túmulo.

Veamos la parte poética del libro:

El jesuita Buendía, cuya reputación ha llegado hasta nuestros tiempos y que es citado entre los hombres de talento y ciencia que ha producido el Perú, escribió el siguiente soneto:

> Viviste para Dios lo que reinaste,
> porque reinaste en Dios lo que viviste,
> que aunque más vida y reino mereciste
> en siglos de virtud lo desquitaste.
>
> En uno y otro mundo conquistaste
> dominios al la fe que estableciste,
> y de los lauros que a la paz cogiste
> aun más que a ti la religión laureaste.
>
> En un siglo y un mundo fue la suerte
> fatal que nos robó dueño tan santo,

y en otro mundo y siglo se revierte.

Porque inunda a los mundos dolor tanto
que, si un siglo ha acabado con tu muerte,
otro siglo principia con tu llanto.

El conde de la Granja, autor del celebrado poema de Santa Rosa, tenía por entonces un hijo colegial de San Martín. El limeño condesito escribió muchos versos, y no hubo certamen o descripción de fiestas reales en que su musa no campease. Desgraciadamente el hijo no hace, como poeta, honor al padre. Véase el principio de una de sus composiciones en honor de Carlos II:

Pira ardiente, nevado Monjibelo
tachonado de copos y centellas,
que a apagar subes o a encender estrellas,
llevando este jirón de cielo al cielo.

Dedúzcase por esta muestra lo que será el resto de la composición; pero aún es más original, si cabe, un soneto del mismo condesito don Luis Oviedo y Herrera, y no resistimos a la tentación de copiarlo. Extrañando que no hubiese aparecido en el cielo ningún cometa precursor de la muerte del rey, dice el vate:

Basilisco boreal, peste crinita
que inficionas voraz regios alientos,
y en ígneos caracteres macilentos
traes la sentencia de su muerte escrita.

¿A qué laurel tu aspecto no marchita
sus verdores con lauros cenicientos,
y al verte hacer de tronos monumentos
qué púrpura caduca no palpita?

¿Por qué antes de morir Carlos II,

no saliste a anunciar su fin preciso?
¿No osaste ser de tal rey homicida?

¿Fue por no anticipar la ruina al mundo,
o porque el cielo dar señal no quiso
de muerte al que la dio de eterna vida?

Por supuesto, que a esta andanada de preguntas el cometa no responde oxte ni moxte, aunque muy bien pudo contestar que si no salió a pasearse por el cielo fue porque no le dio su real gana. Muchos horrores ha producido la escuela romántica, pero los del gongorismo la aventajan.

Doña Violante de Cisneros, limeña, monja definidora en el monasterio de la Concepción y que gozaba de gran reputación como poetisa, escribió para estas exequias unos endecasílabos. Exhibamos un fragmento:

¡Oh tú, rey poderoso! Tú, rey santo
que adorado de pueblos y de nobles,
aun más que superior a tus vasallos
reinaste vencedor de tus pasiones.

¡Oh tú, en cuyo cadáver se encontraron,
al difundirte bálsamos y olores,
de que muerto viviste los indicios,
y de que vives muerto las razones!

¡Oh tú, de regio, plácido semblante,
cuyos labios, con mezcla de atenciones,
tal vez humanos y tal vez divinos
vertían majestades y favores!

Descansa en paz en este mausoleo,
ofrenda funeral del mayor conde
que en este rico, americano clima,
fue digno de tus veces y tus voces.

¿Qué tal la monjita? En sus cuatro penúltimos versos, bien sonoros por cierto, halaga más al virrey vivo que al rey muerto. Su reverencia entendía el arte de la lisonja cortesana.

El ilustre limeño Peralta escribió para estas exequias varios sonetos, un romance y composiciones en latín, francés e italiano. Su elegía francesa consta de ciento setenta alejandrinos, y es verdaderamente maravilloso que, sin haber viajado, sin roce con los hijos de la Galia y sin más profesor que los pocos libros que el Santo Oficio permitía venir de Europa, hubiese nuestro compatriota alcanzado a versificar correctamente en lenguas extrañas. Véanse algunos de sus alejandrinos:

> Numes, à qui la Peur a dressé des autels,
> Est-il vrai, dites-moi, que vos ciseaux cruels
> D' un sacrilègue coup ont déjà terminé
> Ce grand fil qui jamais devait être coupé?

> ...Jamais les grands malheurs,
> Pour être moins malins, ont de récits trompeurs.
> Hélas! que du Destin par une cruelle envie
> Mourons aprés la mort, vivons aprés la vie.
> Hélas! que la douleur occupant tout espace
> Ses mêmes expressions ne trouvent point de place.

> Des Louis et des Philippes en lui est amassé
> Un mixte majestueux, un divin composé,
> Et c´ est pour s´ acquérir un inmortel renom,
> Qu' il a des uns la stirpe et des autres le nom.

> Chantez donc, car pour moi ça serait un grand crime
> De vouloir enfermer dans un point un abime;
> Cessez, donc, de ravir la langueur de mon ame
> Car on ne peint un ciel par une rude flamme.

FÚNEBRE POMPA, demostración doliente, magnificencia triste, que en las altas exequias y tumulto erigido en la Santa Iglesia Metropolitana de la ciudad de Lima al serenísimo señor Francisco Farnese, duque de Parma y de Plasencia, mandó hacer el excelentísimo señor don José de Armendáriz, marqués de Castelfuerte, comendador de Montizón y Chiclana en el orden de Santiago, teniente coronel de Reales guardias de su majestad, virrey, gobernador y capitán general de estos reinos. Cuya relación escribe, de orden de su excelencia, el doctor don Pedro de Peralta, Barnuevo y Rocha, contador de cuentas y particiones de esta Real Audiencia y demás tribunales por su majestad y catedrático de Prima de Matemáticas en esta Real y Pontificia Universidad. Con licencia, en la imprenta de la calle de Palacio. Año de 1728. Un volumen de 264 páginas en 4.º

Al describir la pompa fúnebre, hace Peralta en este libro ostentación del gongorismo y erudición gerundiana característicos de su época. Hay versos de la Universidad, de los padres dominicos, mercenarios, jesuitas y franciscanos; de los profesores y colegiales de San Felipe y Santo Toribio; de los oidores, militares, empleados y particulares. Aquello es un aluvión de extravagancias y conceptos alambicados. Peralta escribió un romance, varias octavas, cuatro sonetos, muchos hexámetros latinos y, como muestra de su talento para versificar en varios idiomas, una canción italiana de ciento treinta versos. Reproduzcamos un fragmento de ella:

> E poiche eterno nel Olimpo vive
> (Oh del hispano impero
> Farnesa deità, che'l mondo adora)
> Cessin del regio cor le doglie schive;
> Cessi il pianto severo;
> Torni chiara a apparir tua augusta aurora,
> Il tuo lume ristora
> La medesma cagion di tuoi lamentl
> No'l miti qui, é pur vero;
> Ma poiche con riflessi piu lucentl
> Gli ochi de la tua luce alza o accende,
> Piu visibile stá chi piu risplende.

Como se ve, Peralta, versificando en italiano, es menos afectado que cuando lo hace en la rica lengua de Castilla.

Peralta, escribiendo en prosa o en verso, abusaba de las imágenes mitológicas, hacía gala de erudición, y su estilo era pretencioso y campanudo. Estos defectos, que fueron más de la época que del escritor, no nos impiden reconocer en el poeta de Lima fundada uno de los ingenios que mayor lustre dan a nuestra literatura. Peralta fue enciclopédico, y podría decirse que no hay materia del saber humano sobre la que su pluma no se hubiera ejercitado. Uno de sus biógrafos afirma que, además del español, griego y latín, poseía el francés, alemán, inglés, italiano y quechua, y que en todas estas lenguas compuso correctísimos versos.

El número de las obras que hizo imprimir en Lima se cuenta por el de las letras de su nombre, y a propósito de esto, no creemos fuera de oportunidad dar a conocer el catálogo:

El cielo del Parnaso.
Lima fundada.
Defensa de la pasión de Cristo.
Observaciones astronómicas.
Canto histórico.
Triunfos de Astrea.
Oración al certamen de Santo Toribio.
Relación de las fiestas al cardenal Molina.
Discursos sobre la fe.
Oración académica.
Nuevo beneficio de metales.
Poesías líricas.
El Júpiter olímpico.
Diálogo de la justicia y la verdad.
Rodoguna.

Oraciones de la Real Universidad.
Defensa de Lima.

El templo de la fama vindicado.

Poesías cómicas.

El origen de los monstruos.

Relación del gobierno de Castelfuerte.

Arte de ortografía.

Lima triunfante.

Teatro heroico.

Aprobaciones varias.

Bejamen.

Alegacías.

Restitución del oficio de Contador.

Nacimiento del infante don Carlos.

Universidad ilustrada.

Entre la honra y la vida.

Varios informes jurídicos.

Oraciones de mi rectorado.

Regulación del tiempo en 35 efemérides.

Oraciones al certamen del señor Villagarcía.

Canto panegírico.

Historia de España vindicada.

Aritmética especulativa.

Imagen política.

Buenos Aires fortificado.

Elogio del señor Armendáriz con solo la letra A.

Náuticas observaciones.

A Lima inexpugnable.

Vida y pasión de Cristo.

Isis y Júpiter.

Del gobierno del conde de la Monclova

Exequias del duque de Parma.

Sistema astrológico demostrativo.

En el Correo del Perú, precioso semanario de literatura, que se publicó en Lima por los años de 1871 a 1878, se encuentra un extenso y muy notable juicio sobre Peralta y sus obras, debido a la castiza pluma del literato argentino don Juan María Gutiérrez.

PARENTACIÓN REAL, sentimiento público, luctuosa pompa, fúnebre solemnidad, en las reales exequias del serenísimo señor don Luis I, católico rey de las Españas y emperador de las Indias. Suntuoso mausoleo que a su augusto nombre e inmortal memoria erigió en la iglesia de Lima el excelentísimo señor don José de Armendáriz, marqués Castelfuerte, virrey, gobernador y capitán general de estos reinos del Perú y Chile. Escríbela, de orden de Su Excelencia, el R. P. Tomás de Torrejón, de la Compañía de Jesús. Con licencia, en la imprenta de la calle de Palacio. Año de 1725. Un volumen de 159 páginas en 4.º

El mismo día que en Lima se celebraban fiestas por la proclamación de Luis I, falleció este joven monarca, víctima de la viruela. Muchos escritores de esa época refieren que cuando la ciudad festejaba el advenimiento al trono del nuevo soberano, una vieja dijo públicamente: «Aquí lo estamos celebrando y en Madrid lo están enterrando. Aquí repiques y allá dobles. ¡Qué bonito!».

Los mejores versos de esta corona fúnebre son los sonetos de don Pedro Bravo de Castilla y de don Pedro José Bermúdez de la Torre y Solier, así como el romance de un fraile agustino, describiendo una partida de tresillo entre el rey, la Vida y la Muerte.

Entre los acrósticos hay uno que es el colmo de la extravagancia; y en un figurón colocado cerca del túmulo, que representaba al río Rimac, se hace decir a éste:

> Si acaso murió Luis
> decídimelo, mortales;
> porque si Luis ha muerto
> con él me voy al mar a sepultarme.

La oración fúnebre fue pronunciada por el célebre jesuita Alonso Mesía, y tiene todo el sabor gerundiano de aquel siglo en que tan estragado anduvo el gusto literario.

PARENTACIÓN REAL, luctuosa pompa y suntuoso cenotafio que al augusto nombre y real memoria del serenísimo señor don Felipe V, católico rey de las Españas y emperador de las Indias, mandó erigir el excelentísimo señor don José Manso de Velasco, virrey, gobernador y capitán general de estos reinos, en la capilla Vicecatedral de Lima. Cuya relación escribe, de orden de su excelencia, el doctor don Miguel Sainz de Valdivieso Torrejón, abogado de esta Real Audiencia. Año de 1747. Un volumen de 119 páginas en 4.º

En 21 de febrero de 1747, cuando aún Lima se hallaba sobrecogida por el recuerdo del terrible terremoto que cuatro meses antes dejó la ciudad en escombros, llegó un correo de Quito, portador del siguiente despacho:

«El rey. Habiendo sido Dios servido de llevarse para sí el alma de mi amado padre y señor don Felipe V (que santa gloria haya); considerando que el amor, celo y fidelidad de los vasallos y naturales de esas provincias querrán, en ocasión de tanto dolor y sentimiento, hacer demostraciones que correspondan a su fineza; y porque es justo que éstas, sin faltar a lo preciso para la decencia, se moderen en todo lo posible, ha parecido conveniente ordenaros y mandaros, como lo hago, deis las órdenes necesarias en lo dependiente a ese gobierno para que, en lo que toca a los lutos, se ejecute puntualmente lo mandado observar por cédula de 22 de marzo de 1693, y por lo que mira a túmulos se moderen. A cuyo fin haréis se participe esta orden a quienes convenga, y de su ejecución me daréis cuenta. Del Buen Retiro, a 31 de julio de 1746.»

Como la catedral se encontraba en ruinas, fue preciso construir una capilla en la que el 7 de agosto de 1747 tuvieron lugar las exequias. Parece que los ánimos estaban aún impresionados con las escenas del terremoto, pues la inspiración de los vates castellanos anduvo escasa. En cambio hubo abundancia de versos latinos.

En el frontispicio de la capilla se leía esta décima, escrita por un colegial:

Hoy Dios nos arrebató
a Felipe V al cielo.
Se lo llevó a sí en un vuelo,
que su derecho le dio.
Su amor y su ley cumplió

llevando a los dos en pos;
su rapto estribó en los dos;
porque si manda la ley
que se pague el quinto al rey,
el quinto hoy se pagó a Dios.

RELACIÓN DE LAS EXEQUIAS y fúnebre pompa que a la memoria del muy alto y poderoso señor don Juan V el Fidelísimo, rey de Portugal y de los Algarbes, mandó erigir en esta capital de los Reyes el día 8 de febrero de 1752 el excelentísimo señor don José Manso de Velasco, caballero del orden de Santiago, conde de Superunda, gentilhombre de Cámara de Su Majestad, teniente general de los Reales Ejércitos, virrey, gobernador y capitán general de estos reinos del Perú. De cuya orden la escribe el R. P. M. José Bravo de Ribera, de la Compañía de Jesús. Imprenta de la calle de Palacio. Año de 1752. Un volumen de 354 páginas en 4.º

Más de doscientas páginas de esto libro ocupan las poesías, y a decir verdad, los ingenios estuvieron desgraciadísimos. No hallamos otro dato curioso que consignar sino el de la aparición de una poetisa limeña, de quien el padre Bravo de Ribera dice que «sus acostumbrados aciertos de la pluma la tienen constituida, por general aplauso, con el renombre de la limana musa». Llamábase la poetisa doña María Manuela Carrillo Andrade y Sotomayor, y pertenecía a una aristocrática familia. Véase una muestra de su vena:

Fúlgida niebla, sombra luminosa,
eclíptica a desmayos encendida,
Olimpo oscurecido de esplendores
que adusto luces y horroroso brillas,
¿por quién, ascua funesta, tanta lumbre
es negra emulación del claro día?
Di, ¿por quién abrasado sacrificio
entre incendios tus luces arden tibias?

De lo malo, poco. Los demás endecasílabos son tan detestables como este soneto de la misma autora:

Cifra del susto, imagen del espanto
que, en copia de esplendores pavoroso,
si eres de Manso duelo luminoso
de Bravo ostentas refulgente llanto;
Los lucientes fulgores que ese manto
argentado a su impulso generoso,
en lo que asombro viven prodigioso,
respiran los anhelos del quebranto.
Selle del Nilo el caudaloso acento,
con que por bocas siete se derrama
en lenguas de cristal sonoro aliento;
Y exprese el bronce alado de la fama
que ese altivo obelisco, real portento,
apaga los raudales con su llama.

Como se ve, la poetisa aprovechó la ocasión de dirigir un piropo al virrey Manso y otro al padre Bravo. Este, a fuer de agradecido, no podía hacer menos que llamarla musa limana.

PUNTUAL DESCRIPCIÓN, fúnebre lamento y suntuoso túmulo de la regia doliente pompa con que en la Iglesia Metropolitana de la Ciudad de los Reyes, corte de la América Austral, mandó solemnizar las reales exequias de la serenísima señora doña Mariana Josefa de Austria, reina fidelísima de Portugal y los Algarbes, el día 15 de marzo de 1756, el activo celo del excelentísimo señor don José Manso de Velasco, conde de Superunda y virrey del Perú. De cuyo superior mandato la escribe el R. P. F. Alejo de Alvites, del orden seráfico. Año de 1756. Un volumen de 247 páginas en 4.º

Doña María Bárbara, esposa de Fernando VI e hija de los reyes de Portugal don Juan V y doña María de Austria, debió quedar muy satisfecha de los honores fúnebres que en Lima se tributaron a sus padres. No quedó coplero que no contribuyese con los abortos de su musa en las exequias de doña María. Entre otras composiciones extravagantes, hay en el libro del padre Alvites una letrilla, digna de Perogrullo y Calaínos, que principia así:

La reina Mariana
falleció, ¡qué pena!
¡Ah terrible golpe!
de la Parca fiera!

Y los colegiales de Santo Toribio glosaron en espinelas o décimas esta pica-
resca redondilla:

Hoy las lágrimas se van
de Mariana hasta la estrella,
concha de Bárbara bella
y Venus del Quinto Juan.

Entre los adornos del templo, y debajo de un esqueleto, se leía esta décima
de un religioso agustino:

Muerte que cruel y atrevida,
usaste de tu poder,
robándonos el placer
y dejándonos sin vida,
hoy quiero ver, homicida,
¿en qué esta lo que ganaste?
Lograste, ¿mas qué lograste?
¿Rendir a Mariana? ¡No!
Ella se inmortalizó,
y tú mortal te quedaste.

A propósito de inscripciones, habiendo probado en la oración fúnebre el
padre Ponce de León, de la orden mercenaria, que la casa de Austria des-
ciende de Príamo, último rey de Troya, se hizo para inmortalizar este descu-
brimiento genealógico el epitafio que sigue, y que es portuguesada en forma:
«¡Caminante! Aquí fue Troya; pues yace su nobleza. La inmortalidad de
su origen no la preservó de caduca. ¿Qué aguarda el chopo cuando cae el
cedro?»

Versos en portugués, acrósticos, ecos y demás composiciones caprichosas, salieron a lucir en estas fiestas fúnebres; y una prueba de la tortura en que se ponía el numen son las octavas del licenciado Arcaya, asesor del Cabildo, en cada una de las cuales hace el gasto una letra del alfabeto. Copiemos la tercera:

> ¡Cielos! ¿Cómo Canciones Cantaremos
> Con Corazones Casi Consumidos?
> Con Causa Conveniente Callaremos
> Congojados, Confusos, Convenidos,
> Constante Compasión Conservaremos,
> Corran Copiosos Cauces Comprimidos.
> Considerando Cumbre Combatida,
> Caído Cetro, Corona Comprimida.

Para que nada hubiese que desear, un limeño, el licenciado don Juan Julián Capetillo, escribió estos seis versos en inglés:

> ¿Queen Ann's death is ere laught
> Is there Queen Ann wept.
> A beauty is less wept, rejoiced
> Loose her praise, than bemoaned.
> How many pictures of one nymph review
> All how unlike each other all how true?

Por supuesto que no podía faltar musa femenina: he aquí un regular soneto de sor Josefa Bravo de Lagunas, abadesa de Santa Clara:

> Cuando difunta admiro ¡oh fiel señora!
> de tu regio esplendor la luz primera,
> ¿qué esperanza la flor tendrá en su esfera,
> sabiendo que también muere la aurora?
> Desengaño a la vida le atesora
> ese espejo que mustio reverbera,

cuya eclipsada Luna es más severa
para quien si la ve no se mejora.
Descansa en paz; pues tu virtud me avisa
a corona mejor que te declara
el que allá en las estrellas te eterniza;
Que a mí para seguirte me prepara
el religioso saco en su ceniza
del fin postrero la verdad más clara.

RELACIÓN FÚNEBRE de las reales exequias que a la triste memoria de la serenísima majestad de la muy alta y muy poderosa señora doña María Bárbara de Portugal, católica reina de las Españas y de las Indias, mandó celebrar en esta capital de los Reyes, el día 4 de septiembre de 1759, el excelentísimo señor virrey don José Manso de Velasco, conde de Superunda. De cuya orden la escribió el R. P. dominico F. Mariano Luján. En la imprenta de la calle de Palacio. Año de 1760. Un volumen de 344 páginas en 4.º

De este libro hay que decir: «¡qué tiempo y qué papel tan mal empleados!». Una musa agustina empieza adulando al virrey en unos pareados.

Ya no quiero descanso
que estoy viendo llorar un río Manso,
que lágrimas liquida tan fecundas
que las vierte por cierto Superundas...

y otra exagera el dolor hasta el ridículo en una redondilla:

Ojos, bien podéis buscar
otro modo de sentir,
que ya no puedo sufrir
este continuo llorar.

La limana musa doña María Manuela Carrillo y Sotomayor se dirige a la Muerte, y en un romance indigesto la dice, entre otras lindezas:

¿Quién eres, luciente asombro,
que con reflexivas teas,
tantos respiras blasones
como lágrimas destellas?
¿Quién eres? Mas no lo digas
ni al caminante detengas:
ya te conozco, inflexible
ley de la naturaleza.

Un músico hace una pepitoria de los tecnicismos de su arte, y ensarta un romance que él llama heroico, acaso por la heroicidad del prójimo que acomete la empresa de leerlo íntegro. Véase un retazo de la pieza:

Alza el clamor, ilustre Enciclopedia,
sobreagudo el sollozo tanto exalta
que al sistema del llanto falten notas,
al ritmo del gemido pentagrama.
Llorad, astros; llevad el contrapunto
al metro, negra nota de mis ansias,
que bien se ve en mis ojos que instrumentos
trinan por muchos hilos de agua.

Algunas páginas más adelante, don Carlos Martín, tipógrafo de Lima, exhala su dolor en estas endechas que corren pareja con las heroicidades del músico:

En la oficina triste,
donde el conflicto es sombra,
solo los plomos hablen
pues son las lenguas y las cajas bocas.
En fiel componedor
las letras hoy se pongan,
y los cranes enseñen
la inscripción del pesar que amor informa.

135

Y de el a la galera
pasen con mil zozobras,
en donde estén remando
interjecciones de ternura todas.
Para que de allí iguales
se avengan en la forma,
y en mensura las planas
pase la confusión a hacer la proba.
Pero ¡oh Bárbara amada!
¡oh reina virtuosa!
La enmienda de los yerros
tus ejemplos ministran, reina hermosa.
Imítense, que es justo,
y vean en la losa
de la prensa esculpido
el aquí yace la beldad de Europa.

Tantas inepcias son más bien burla que expresión de congoja. Pero para hacer contraste con estas tonterías, hay en el libro un soneto de don Basilio García Ciudad, alférez de los batallones españoles que guarnecían Lima, soneto filosófico y que da una ventajosa idea del autor:

Es guerra, es llanto, es susto y es fatiga
lo que vida por todos es llamada:
muerte es la vida así considerada,
vida es la muerte que este mal mitiga.
Es guerra por tener quien la persiga:
es llanto, porque es ley nunca violada;
es susto, porque hoy duda en la jornada;
y es fatiga el engaño en que se obliga.
Si esta es vida, no lloren los reales,
cuando el juicio en su mérito no yerra,
libre Bárbara está de tantos males.
Pues, volviendo a la tierra lo que es tierra.

vive exenta, en delicias inmortales,
de susto, fatiga, llanto y guerra.

POMPA FUNERAL en las exequias del católico rey de España y de las Indias don Fernando VI. Nuestro Señor, que mandó hacer en esta Iglesia Metropolitana de Lima, a 29 de julio de 1760, el excelentísimo virrey don José Manso de Velasco, conde de Superunda. Descríbela, por orden de su excelencia, el P. Juan Antonio Ribera, de la Compañía de Jesús. Año 1770. En la imprenta de la calle de Palacio. Un volumen de 381 páginas en 4.º

El 24 de mayo de 1760 fondeó en el Callao un navío que habiendo zarpado de Cádiz el 11 de enero, realizó en cuatro meses y medio el viaje más rápido de que hasta entonces se tuviera noticia. Ese buque fue portador de pliegos que anunciaban el fallecimiento de Fernando VI en Villaviciosa.

Bastante pobre es la parte poética del libro en que se describen los funerales.

La hipérbole y el retruécano fueron las armas que más esgrimieron los vates.

Véanse algunas muestras:

> Siente de su rey Fernando
> callada Lima la muerte,
> porque es el sentir más fuerte
> el sentir y estar callando.
> Con su callar está, hablando
> Lima lo que la lastima;
> que no hay lima que más gima
> que la que no hace sonido,
> pues sin el trueno del ruido
> muerde más la sorda lima.

> Lima, si a tu soberano
> pacífico has de llorar,
> lágrimas pide a tu mar
> por ser Pacífico Océano.

Caminante, para y mira
este desengaño grave,
que darle sepulcro sabe
la muerte al Sol en la pira.
A las cuatro, hora en que gira
la primer luz su arrebol,
eclipsó su alto farol.
Admira, pues, cuando yace
ver que a la hora en que el Sol nace
se ha puesto también el Sol.

Un limeño, don José Martín de Aguilar, escribió un bonito romance, cuyo solo defecto es el de no ser propio de una corona fúnebre. Helo aquí:

Sentose Cloto a jugar,
porque pensó enriquecer,
con Bárbara y con Fernando
al juego del ajedrez.
Cloto, de luto vestida,
como reina negra fue:
Bárbara y Fernando hicieron
de las blancas el papel.
Como las calles cogidas
miraban a reina y rey,
entre confusos achaques
aviso les dio cortés;
mas, siendo en el rey preciso
paso adelante tener,
hacia la reina amagada
todo el movimiento fue.
Sobresaltado del lance,
fuera de su casa, al ver
perdida la pieza real

también, teme perderse él.
Aquí segundo repite
Jaque Cloto, que mate es;
porque sin reina, defensa
no puede el juego tener.
Todos los peones se turban
y los castillos también,
y los caballos engreídos
no pueden mover el pie.
A mate que no es ahogado
nadie se puede oponer,
y así Cloto ganó el juego
porque la vida juego es.

PARENTACIÓN SOLEMNE que al nombre augusto y real memoria de la católica reina de las Españas y emperatriz de las Indias la serenísima doña María Amalia de Sajonia, mandó hacer en esta santa Iglesia Catedral, de Lima, corte del Perú, el día 27 de junio de 1716, el excelentísimo señor don José Manso de Velasco, conde de Superunda, virrey, gobernador y capitán general de estos reinos del Perú y Chile. Y la escribe, por orden de su excelencia, el P. Victoriano Cuenca, de la Compañía de Jesús. En la imprenta real de la calle de Palacio. Año de 1761. Un volumen de 431 páginas en 4.º

Más de la mitad de este abultado libro ocupa la parte poética. Los jesuitas escribieron versos en español, latín, vascuence, francés, italiano, alemán, portugués, húngaro, catalán, inglés y mobima o lengua de los indios de Mojos. Diríase que trataron de sobreponerse en ilustración a las demás comunidades religiosas.

Como una curiosidad y por lo que pudiera interesar a los filólogos y americanistas, vamos a reproducir una poesía quechua que compuso uno de los padres de la Compañía de Jesús. Parece que el tema de estos versos, cuya traducción no conocemos, es un lamento de la ciudad de Lima al río que la baña, por la muerte de la reina:

Rimaccpa patampi llaquiscca carcamun

Limacc cipsipi yacunta ricuspa;
Mayo chica hauccaccta ricusparl
Hima rapurca.
Imataicum caypi chicata huaccanqui?
Hatum hatum llaquicuimi happimuan
Cusicnitapas manan ricunichu
Paiman ñicurccam.
Llaquijta hueqquetpi ricuchinaipacce
Yacuiquita achcata cconqui ñinquitacc
Mama Ccochamampas llapa punchaupl
Viccai yaycuspa
Yacuiquita achcata cconqui ñinquitacc
Amalia Ccoyanchicmi huañuncurccan
Chayhuan puticuspa huntachinaipacc
Sonccoi tocuita.

Tres limeñas concurrieron a esta especie de liza poética. Sor Rosa Corvalán, monja del monasterio de la Concepción, escribió unas décimas muy infelices.

Más afortunada anduvo, en nuestro concepto, doña Rosalía de Astudillo y Herrera, dama de la aristocracia limeña. Verdad que ni ella entendió lo que quiso decir... ni nosotros tampoco. Véase un fragmento de su composición:

¡Muerte! ¡Muerte! La victoria
de tu fatal vencimiento,
no está en llevarse el aliento,
sino en llevarse la gloria.
Si despojas y en ceniza
vienes la vida a dejar,
sus despojos saben dar
la vida que inmortaliza.

Por fin, aquella octava maravilla o musa limana, doña Manuela Carrillo Andrade y Sotomayor, escribió un romance, de cuyo mérito podrán los primeros versos dar idea:

Perífrasis luminoso,
cuya oscura inteligencia
solo entiende el sentimiento
y la congoja interpreta;
luciente ocaso donde arden
reverentes llanto y queja,
énfasis difuso y fausto
consagrado a nuestra reina...

RELACIÓN DE LAS REALES exequias que a la memoria de la reina madre doña Isabel Farnesio mandó hacer en esta ciudad de los reyes el excelentísimo señor don Manuel de Amat y Juniet, caballero del orden de San Juan, gentilhombre de la Cámara de su majestad, teniente general de los Reales ejércitos, virrey, gobernador y capitán general de estos reinos del Perú. De cuya orden la escribió don José Antonio Borda y Orozco, coronel del regimiento de Dragones de Caraballo. En la imprenta de la calle de Palacio. Año de 1778. Un volumen de 130 páginas en 4.º

El 12 de marzo de 1767 se recibió en Lima la siguiente real cédula:

«El rey. Virreyes y presidentes de mis Reales Audiencias del Perú y Nuevo Reino de Granada y gobernadores de las Provincias de Buenos Aires, Tucumán, Santa Cruz de la Sierra, Paraguay, Panamá, Cartagena, Popayán, Santa Marta, Trinidad de la Guayana y Maracaibo. El día 11 de julio próximo pasado, a las nueve y cuarto de la mañana, fue Dios servido de llamar a sí el alma de mi muy amada madre y señora doña Isabel Farnesio, que santa gloria haya. Lo que os participo, con todo el dolor que correspondo a la ternura de mi natural sentimiento, para que deis las órdenes convenientes para que en las ciudades, villas y lugares de vuestros respectivos distritos se hagan las honras, exequias funerales y sufragios que en semejantes ocasiones se acostumbra; poniéndose de acuerdo con el Diocesano en cuanto a moderación de lutos y túmulos. De San Ildefonso, a 7 de agosto de 1766.»

El 11 de julio de 1767 se efectuó la ceremonia célebre en la catedral de Lima, siendo el túmulo verdaderamente espléndido. En el templo solo se colocaron algunos dísticos latinos, y las musas castellanas enmudecieron por no disgustar al virrey, que se burlaba de aquella profusión de coplas que tanto dio que reír en las descripciones de exequias en los tiempos del buen conde de Superunda. Quizá nació de aquí la ojeriza que contra el virrey Amat tuvieron los poetas de Lima; pues no desperdiciaron ocasión de satirizarlo por sus aventuras amorosas con la Perricholi y demás pecadillos de que hablan las crónicas.

REALES EXEQUIAS que por el fallecimiento del señor don Carlos III, rey de España y de las Indias, mandó celebrar en la ciudad de Lima el excelentísimo señor don Teodoro de Croix, caballero de Croix, del orden teutónico, coronel del Regimiento de Reales guardias valonas, teniente general de los Reales ejércitos, virrey, gobernador y capitán general de las provincias del Perú y Chile. Descríbelas don Juan Risco, presbítero de la congregación de San Felipe Nerl. En la imprenta de los niños expósitos. Año de 1789. Un volumen de 169 páginas, folio.

El libro del padre Risco no contiene versos, y el autor da para no publicarlos una razón muy juiciosa.

«Pasaron de mil —dice— las poesías que cubrían el túmulo, estatuas, pilares y muros de la iglesia. En ellas mostraron su gusto y delicadeza los ingenios de la Real Universidad, Colegios, Comunidades religiosas y particulares.

»Su multitud dañó a su mérito; porque la preferencia de algunas habría sido odiosa y la impresión de todas habría formado un inmenso volumen.»

Mucha razón tuvo el padre Risco para no publicar los abortos de los poetas sus contemporáneos; pues el libro titulado Lamento métrico, en el que Terralla reunió todos los versos que escribiera con motivo de estas exequias, es a propósito para despertar la hilaridad en el ánimo menos dispuesto a la risa.

Terralla quiso que su obra pasara a la posteridad, y su publicación no es otra cosa que una protesta contra las corteses, significativas y sensatas palabras del padre Risco.

Gracias al virrey Amat y al padre Risco, en las descripciones de honras fúnebres por Carlos IV y la princesa de Asturias no campean ya rimas en que, con injuria de las musas y del buen sentido, se pinta un duelo de encargo o de pacotilla, con versos más o menos ampulosos y disparatados y a los que podía aplicarse la copla:

Papeles y pergaminos
enviaban a destajo...
¡Cuesta tan poco trabajo
el borronear desatinos!

En 1809, y por la imprenta de los niños expósitos, publicó el egregio poeta
don José Joaquín de Olmedo una oda a la muerte de la princesa de Asturias
doña Antonia de Borbón.

¡Cuánta diferencia entre esa composición y la de los elegíacos vates del
tiempo de Superunda!

Cómo no admirar el estro y la majestad de estos endecasílabos, en que
aludiendo a España, dominada a la sazón por los afrancesados y por las
bayonetas del emperador, dice Olmedo:

Aquella que llenó toda la tierra
con hazañas tan dignas de memoria,
en sus débiles hombros ya ni puede
sostener el cadáver de su gloria!

Con los albores del siglo XIX la poesía en el Perú deja de ser rastrera y gongo-
rina para convertirse en digna e inspirada; y aunque la oda no es de las más
felices producciones del poeta, cábele al inmortal cantor de Junín la gloria
de haber sido el primero que del ejercicio de las musas hizo un sacerdocio,
arrojando del templo de Apolo a los histriones que lo profanaban.

Sinfonía a toda orquesta

De cuanto y cuanto apolillado infolio
pude hacer monopolio
(afición y tarea de verdugo)
he sacado ya jugo.
Virreyes, frailes, damas, caballeros,
y ricos y pecheros,

143

mostraron, como en un calidoscopio,
traje y semblante propio.
Y ellos y yo charlamos sin lisonjas
ni escrúpulos de monjas,
y quedó toda su alma y su existencia,
para mí en transparencia.
¿Los vivientes de ayer fueron mejores
que los de hoy? —No, señores.
El hombre es siempre el mismo: cambia el traje,
pero nunca el pelaje.
Largo escribir pudiera del presente;
mas no es cuerdo que intente
en litigios meterme extemporáneos
con nuestros coetáneos.
Hay gente susceptible; y bien presume
que no ha de ser perfume
lo que podré quemar, de sus pretéritos
al relatar los méritos.
Mucho en mi siglo hallé, de bueno y malo;
pero no un varapalo
a llevar me resigno. Esta tarea
para otro siglo sea.
Tradicionista habrá que a lucir saque
a tanto badulaque
que hoy brilla en el político proscenio,
sin virtud y sin genio.
¡Cuántos que hoy buscan página en la historia
con un lampo de gloria
serán solo figuras de zarzuela,
tipejos de novela!
De apuntaciones guardo mamotretos1
que explotarán mis nietos
si se inclinan, mejor que a cascar nueces,
a rebuscar vejeces.

Lo que presente es hoy será pasado,
y ya no habrá menguado
que alce el moño y que salga haciendo el duelo
por un tatarabuelo.
El tocar hoy al siglo en que vivimos
es vid de agrios racimos;
¡y es lástima!, que hogaño hay cambullones
para mil tradiciones.
Yo lo intenté, confieso, y con ahínco;
y escribí cuatro o cinco,
y al punto me gritaron: —¡Caballero,
no toque ese pandero!
Ese de quien se ocupa fue mi tío;
sépalo, señor mío;
y si prosigue usted, con un trabuco,
¡por Dios!, que lo desnuco.
Con probar nada se echa en el bolsillo
que Fulano fue un pillo
o un santo, siquier sea de Pajares
o con nicho en altares.
Conque así, no nos arme zalagarda,
que es borrico de albarda
quien por la historia y la verdad se inmola...
¡Deje correr la bola!
No se exponga a que digan: «este Palma
bilis trae en el alma—,
y se complace en derramar veneno
sobre el renombre ajeno».
Siga usted siendo un buen pater-familias
y ayune las vigilias
si gusta, y no se afane dando guerra
a los que pudren tierra.
Bueno es que a usted, amigo, se le alcance
que se expone a un percance,

y poniendo la péñola en receso
probará su buen seso—.
¡Cierto! De hacerme odioso nada saco;
pues porque culto a Baco
dije que daba un prócer de la historia,
me vi hecho pepitoria.
Y eso que dije yo tan verdad era
como que hay en la esfera
celeste estrellas y astros infinitos
y cometas crinitos.
Dejemos, pues, pasar a otras edades
mentira por verdades:
no por andar rectificando errores
tengamos sinsabores.
Cuando aligero el tiempo se nos lleve
al siglo XIX,
pasarán cien pigmeos e ignorantes
por sabios y gigantes.
Pues la verdad camina al retortero,
no tantos cantó Homero
héroes, ni sabios consignaron otros,
cual tendremos nosotros.
Mentiras aceptamos a montones
en nombres y en acciones...
¡Oh siglo XIX de alta gloria,
así saldrá tu historia!
Comulgar, ¡siglo XX!, es tu destino
con ruedas de molino:
manducarás, ¡oh siglo mentecato!,
en vez de liebre... gato.

Guardemos, pues, la pluma. La serie esta
(de mis leyendas sexta)
la última acaso sea en que mi pluma

tinta y papel consuma.
Hacer yo me propuse populares,
hechos nada vulgares,
y exhumando esqueletos de difuntos,
a destajo hallé asuntos
para sacar del historial osario,
ya un tipo estrafalario,
ya una dama gentil, ya un hombre digno,
o ya un quidam maligno.
Cuantas de boca de locuaces viejas
pude escuchar consejas,
y cuantos en papeles, ya amarillos,
encontré chismecillos,
tantos fueron soberbios argumentos
para hilvanar mis cuentos;
y, al fin, según mi numen lo recela,
se me acabó la tela.
¿Hallaré filón nuevo? Dios lo sabe.
Por hoy cierro con llave
el arcón de crónicas henchido
y... ¡abur!... que me despido.

Ricardo Palma

Miraflores, diciembre de 1880.

El Demonio de los Andes (A Ricardo Becerra)
Noticias históricas sobre el maestre de campo Francisco de Carbajal

Arévalo, pequeña ciudad de Castilla la Vieja, dio cuna al soldado que por su indómita bravura, por sus dotes militares, por sus hazañas que rayan en lo fantástico, por su rara fortuna en los combates y por su carácter sarcástico y cruel fue conocido en los primeros tiempos del coloniaje con el nombre de Demonio de los Andes.

¿Quiénes fueron sus padres? ¿Fue hijo de ganancia o fruto de honrado matrimonio? La historia guarda sobre estos puntos profundo silencio, si bien libro hemos leído en que se afirma que fue hijo natural del terrible César Borgia, duque de Valentinois.

Francisco de Carbajal, después de haber militado más de treinta años en Europa, servido a las órdenes del Gran Capitán Gonzalo de Córdova y encontrádose con el grado de alférez en las famosas batallas de Ravena y Pavía, vino al Perú a prestar con su espada poderoso auxilio al marqués don Francisco Pizarro. Grandes mercedes obtuvo de éste, y en breve se halló el aventurero Carbajal poseedor do pingüe fortuna.

Después del trágico fin que tuvo en Lima el audaz conquistador del Perú, Carbajal combatió tenazmente la facción del joven Almagro. En la sangrienta batalla de Chupas y cuando la victoria se pronunciaba por los almagristas, Francisco de Carbajal, que mandaba un tercio de la alebronada infantería real, exclamó arrojando el yelmo y la coraza y adelantándose a sus soldados: «¡Mengua y baldón para el que retroceda! ¡Yo soy un blanco doble mejor que vosotros para el enemigo!». La tropa siguió entusiasmada el ejemplo de su corpulento y obeso capitán, y se apoderó de la artillería de Almagro. Los historiadores convienen en que este acto de heroico arrojo decidió de la batalla.

Vinieron los días en que el apóstol de las Indias, Bartolomé de las Casas, alcanzó de Carlos V las tan combatidas ordenanzas en favor de los indios, y cuya ejecución fue encomendada al hombre menos a propósito para implantar reformas. Nos referimos al primer virrey del Perú, Blasco Núñez de Vela. Sabido es que la falta de tino del comisionado exaltó los intereses que la reforma hería, dando pábulo a la gran rebelión de Gonzalo Pizarro.

Carbajal, que presentía el desarrollo de los sucesos, se apresuró a realizar su fortuna para regresar a España. La fatalidad hizo que por entonces no hubiese lista nave alguna capaz de emprender tan arriesgada como larga travesía. Las cualidades dominantes en el alma de nuestro héroe eran la gratitud y la lealtad. Muchos vínculos lo unían a los Pizarros, y ellos lo forzaron a representar el segundo papel en las filas rebeldes.

Gonzalo Pizarro, que estimó siempre en mucho el valor y la experiencia del veterano, lo hizo en el acto reconocer del ejército en el carácter de maestre de campo.

Carbajal, que no era tan solo un soldado valeroso, sino hombre conocedor de la política, dio por entonces a Gonzalo el consejo más oportuno para su comprometida situación: «Pues las cosas os suceden prósperamente —le escribió—, apoderaos una vez del gobierno y después se hará lo que convenga. No habiéndonos dado Dios la facultad de adivinar, el verdadero modo de acertar es hacer buen corazón y aparejarse para lo que suceda; que las cosas grandes no se emprenden sin gran peligro. Lo mejor es fiar vuestra justificación a las lanzas y arcabuces, pues habéis ido demasiado lejos para esperar favor de la corona». Pero la educación de Gonzalo y sus hábitos de respeto al soberano ponían coto a su ambición, y nunca osó presentarse en abierta rebeldía contra el rey. Le asustaba el atrevido consejo de Carbajal. El maestre de campo era, políticamente hablando, un hombre que se anticipaba a su época y que presentía aquel evangelio del siglo XIX: «a una revolución vencida se la llama motín; a un motín triunfante se le llama revolución: el éxito dicta el nombre».

No es nuestro propósito historiar esa larga y fatigosa campaña que con la muerte del virrey en la batalla de Iñaquito el 18 de enero de 1546, entregó el país, aunque por poco tiempo, al dominio del muy magnífico señor don Gonzalo Pizarro. Los grandes servicios de Carbajal en esa campaña los compendiamos en las siguientes líneas de un historiador:

«El octogenario guerrero exterminó o aterró a los realistas del Sur. A la edad en que pocos hombres conservan el fuego de las pasiones y el vigor de los órganos, pasó sin descanso seis veces los Andes. De Quito a San Miguel, de Lima a Guamanga, de Guamanga a Lima, de Lucanas al Cuzco, del Callao a Arequipa y de Arequipa a Charcas. Comiendo y durmiendo sobre el caballo, fue insensible a los hielos de la puna, a la ardiente reverberación del Sol en los arenales y a las privaciones y fatigas de las marchas forzadas. El vulgo supersticioso decía que Carbajal y su caballo andaban por los aires. Solo así podían explicarse tan prodigiosa actividad.»

Después de la victoria de Iñaquito, el poder de Gonzalo parecía indestructible. Todo conspiraba para que el victorioso gobernador independizase el Perú. Su tentador Demonio de los Andes lo escribía desde Andahuailas, excitándolo a coronarse: «Debéis declararos rey de esta tierra conquistada por vuestras armas y las de vuestros hermanos. Harto mejores son vuestros títulos que el de los reyes de España. ¿En qué cláusula de su testamento les legó Adán el imperio de los incas? No os intimidéis porque hablillas vulgares os acusen de deslealtad. Ninguno que llegó a ser rey tuvo jamás el nombre de traidor. Los gobiernos que creó la fuerza, el tiempo los hace legítimos. Reinad y seréis honrado. De cualquier modo, rey sois de hecho y debéis morir reinando. Francia y Roma os ampararán si tenéis voluntad y maña para saber captaros su protección. Contad conmigo en vida y en muerte; y cuando todo turbio corra, tan buen palmo de pescuezo tengo yo para la horca como cualquier otro hijo de vecino».

Entre los cuadros que hasta 1860 adornaban las paredes del Museo Nacional, y que posteriormente fueron trasladados al palacio de la Exposición, recordamos haber visto un retrato del Demonio de los Andes, en el cual se leían estos que diz que son versos:

> Del Perú la suprema independencia
> Carbajal ha tres siglos quería,
> Y quererlo costole la existencia.

Pero estaba escrito que no era Pizarro el escogido por Dios para crear la nacionalidad peruana. Coronándose, habría creado intereses especiales en el país, y los hombres habrían hecho su destino solidario con el del monarca. Por eso, al arribo del licenciado Gasca con amplios poderes de Felipe II para proceder en las cosas de América y prodigar indultos, honores y mercedes, empezó la traición a dar amarguísimos frutos en las filas de Gonzalo. Sus amigos se desbandaban para engrosar el campo del licenciado. Solo la severidad de Carbajal podía mantener a raya a los traidores. Tan grande era el terror que inspiraba el nombre del veterano, que en cierta ocasión dijo Pizarro a Pedro Paniagua, emisario de Gasca:

—Esperad a que venga el maestre de campo, Carbajal y le veréis y conoceréis.

—Eso es, señor, lo que no quiero esperar —contestó el emisario—; que al maestre yo le doy por visto y conocido.

En Lima estaba en ebullición la rebeldía contra Pizarro. El pueblo que en Cabildo abierto lo había aclamado libertador, que lo llamó el muy magnífico y que lo obligó a continuar en el cargo de gobernador, ya que él desdeñaba el trono con que le brindaran, ese mismo pueblo le negaba un año después el contingente de sus simpatías. ¡Triste, tristísima cosa es el amor popular!

Forzado se vio Gonzalo, para no sucumbir en Lima, a retirarse al Sur y presentar la batalla de Huarina. No excedía de quinientos el número de leales que lo acompañaban. Diego Centeno, al mando de mil doscientos hombres, atacó la reducida hueste revolucionaria; mas la habilidad estratégica y el heroico valor del anciano maestre de campo alcanzaron para tan desesperada causa la última de sus victorias.

La gran figura del vencedor de Huarina tiene su lado horriblemente sombrío: la crueldad. Difícilmente daba cuartel a los rendidos, y más de trescientas ejecuciones realizó con los desertores o sospechosos de traición.

Cuéntase que en el Cuzco, doña María Calderón, esposa de un capitán de las tropas de Centeno, se permitía con mujeril indiscreción tratar a Gonzalo de tirano, y repetía en público que el rey no tardaría en triunfar de los rebeldes.

—Comadrita —la dijo Carbajal en tres distintas ocasiones—, tráguese usted las palabras; porque si no contiene su maldita sin-hueso, la hago matar, como hay Dios, sin que la valga el parentesco espiritual que conmigo tiene.

Luego que vio la inutilidad de la tercera monición, se presentó el maestre en casa de la señora, diciéndola:

—Sepa usted, señora comadre, que vengo a darla garrote; —y después de haber expuesto el cadáver en una ventana, exclamó: «¡Cuerpo de tal, comadre cotorrita, que si usted no escarmienta de ésta, yo no sé lo que me haga!».

Por fin, el 9 de abril de 1548 se empeñó la batalla de Saxsahuamán. Pizarro, temiendo que la impetuosidad de Carbajal le fuese funesta, dio el segundo lugar al infame Cepeda, resignándose el maestre a pelear como simple soldado. Apenas rotos los fuegos, se pasaron al campo de Gasca el segundo jefe Cepeda y el capitán Garcilaso de la Vega, padre del historiador. La traición fue contagiosa y el licenciado Gasca, sin más armas que su breviario y su consejo de capellanes, conquistó en Saxsahuamán laureles baratos y sin sangre. No fueron el valor ni la ciencia militar, sino la ingratitud y la felonía, los que vencieron al generoso hermano del marqués Pizarro.

Cuando vio Carbajal la traidora deserción de sus compañeros, puso una pierna sobre el arzón, y empezó a cantar el villancico que tan popular se ha hecho después:

> Los mis cabellicos, maire,
> uno a uno se los llevó el aire.
> ¡Ay pobrecicos
> los mis cabellicos!

Caído el caballo que montaba, se halló el maestre rodeado de enemigos resueltos a darle muerte; mas lo salvó la oportuna intervención de Centeno. Algunos historiadores dicen que el prisionero le preguntó:

—¿Quién es vuesa merced que tanta gracia me hace?

—¿No me conoce vuesa merced? —contestó el otro con afabilidad—. Soy Diego Centeno.

—¡Por mi santo patrón! —replicó el veterano, aludiendo a la retirada de Charcas y a la batalla de Huarina—, como siempre vi a vuesa merced de espaldas, no le conocí viéndole la cara.

Gonzalo Pizarro y Francisco de Carbajal fueron inmediatamente juzgados y puestos en capilla. Sobre el gobernador, en su condición de caballero, recayó la pena de decapitación. El maestre, que era plebeyo, debía ser arrastrado y descuartizado. Al leerle la sentencia contestó: «Basta con matarme».

Acercósele entonces un capitán, al que en una ocasión quiso don Francisco hacer ahorcar por sospecharlo traidor:

—Aunque vuesa merced pretendió hacerme finado, holgáreme hoy con servirle en lo que ofrecérsele pudiera.

—Cuando le quiso ahorcar podía hacerlo, y si no lo ahorqué fue porque nunca gusté de matar hombres tan ruines.

Un soldado que había sido asistente del maestre, pero que se había pasado al enemigo, le dijo llorando:

—¡Mi capitán! ¡Pluguiera a Dios que dejasen a vuesa merced con vida y me mataran a mí! Si vuesa merced se huyera cuando yo me huí, no se viera hoy como se ve.

—Hermano Pedro de Tapia —le contestó Carbajal con su acostumbrado sarcasmo—, pues que éramos tan grandes amigos, ¿por qué pecasteis contra la amistad y no me disteis aviso para que nos huyéramos juntos?

Un mercader, que se quejaba de haber sido arruinado por don Francisco, empezó a insultarlo:

—¿Y de qué suma le soy deudor?

—Bien montará a 20.000 ducados.

Carbajal se desciñó con toda flema la vaina de la espada (pues la hoja la había entregado a Pedro Valdivia al rendírsele prisionero), y alargándola al mercader le dijo:

—Pues, hermanito, tome a cuenta esta vaina, y no me vengan con más cobranzas: que yo no recuerdo en mi ánima tener otra deuda que 5 maravedises a una bruja bodegonera de Sevilla, y si no se los pagué fue porque cristianaba el vino y me expuso a un ataque de cólicos y cámaras.

Cuando lo colocaron en un cesto arrastrado por dos mulas para sacarlo al suplicio, soltó una carcajada y se puso a cantar:

> ¡Qué fortuna! ¡Niño en cuna,
> viejo en una! ¡Qué fortuna!

Durante el trayecto, la muchedumbre quería arrebatar al condenado y hacerlo pedazos. Carbajal, haciendo ostentación de valor y sangre fría, dijo:

—¡Ea, señores, paso franco! No hay que arremolinarse y dejen hacer justicia.

Y en el momento en que el verdugo Juan Enríquez se preparaba a despachar a la víctima, ésta le dijo sonriendo:

—Hermano Juan, trátame como de sastre a sastre.

Carbajal fue ajusticiado en el mismo campo de batalla el 10 de abril, a la edad de ochenta y cuatro años. Al día siguiente hizo su entrada triunfal en el Cuzco.

He aquí el retrato moral que un historiador hace del infortunado maestro:

«Entre los soldados del Nuevo Mundo, Carbajal fue sin duda el que poseyó más dotes militares. Estricto para mantener la disciplina, activo y perseverante, no conocía el peligro ni la fatiga, y eran tales la sagacidad y recursos que desplegaba en las expediciones, que el vulgo creía tuviese algún diablo familiar. Con carácter tan extraordinario, con fuerzas que le duraron mucho más de lo que comúnmente duran en los hombres, y con la fortuna de no haber asistido a más derrota, que a la de Saxsahuamán en sesenta y cinco años que en Europa y América vivió llevando vida militar, no es extraño que se hayan referido de él cosas fabulosas, ni que sus soldados, considerándole como a un ser sobrenatural, lo llamasen el Demonio de los Andes. Tenía vena, si así puede llamarse, y daba suelta a su locuacidad en cualquiera ocasión. Miraba la vida como una comedia, aunque más de una vez hizo de ella una tragedia. Su ferocidad era proverbial; pero aun sus enemigos lo reconocían una gran virtud: la fidelidad. Por eso no fue tolerante con la perfidia de los demás; por eso nunca manifestó compasión con los traidores. Esta constante lealtad, donde semejante virtud era tan rara, rodea de respeto la gran figura del maestre de campo Francisco de Carbajal.»

Pero no con el suplicio concluyó para Carbajal la venganza del poder real.

Su solar, o casa en Lima, lo formaba el ángulo de las calles conocidas hoy bajo los nombres de la Pelota y de los Gallos. El terreno fue sembrado de sal, demolidas las paredes interiores, y en la esquina de la última se colocó una lápida de bronce con una inscripción de infamia para la memoria del propietario. A la calle se le dio el nombre de calle del Mármol de Carbajal.

Mas entre la soldadesca había dejado el maestre de campo muchos entusiastas apasionados, y tan luego como el licenciado Gasca regresó a España, quitaron una noche el ignominioso mármol. La audiencia verificó algunas prisiones, aunque sin éxito, pues no alcanzó a descubrir a los ladrones.

Poco después aconteció en el Cuzco la famosa rebeldía del capitán don Francisco Girón, quien, proclamando la misma causa vencida en Saxsahuamán, puso en peligro durante trece meses el poder de la Real Audiencia.

Derrotado Girón, fue conducido prisionero a Lima y colocada su sangrienta cabeza en la plaza Mayor, en medio de dos postes en que estaban las de Gonzalo Pizarro y Francisco de Carbajal.

Cerca de sesenta años habían transcurrido desde el horrible drama de Saxsahuamán. Un descendiente de San Francisco de Borja, duque de Gandia, el virrey poeta-príncipe de Esquilache, gobernaba el Perú en nombre de Felipe III. No sabemos si cumpliendo órdenes regias o bien por rodear de terroroso prestigio el principio monárquico, hizo que el 1.º de enero de 1617, y con gran ceremonial, se colocase en el solar del maestre de campo la siguiente lápida:

REINANDO LA MAJ DE PHILIPO III N. S. AÑO DE 1617 EL Excelentísimo SEÑOR DON FRANCISCO DE BORJA PRÍNCIPE DE ESQUILACHE VIRREY DE ESTOS REINOS MANDÓ REEDIFICAR ESTE MÁRMOL QUE ES LA MEMORIA DEL CASTIGO QUE SE DIO A FRANCISCO DE CARBAJAL MAESE DE CAMPO DE GONZALO PIZARRO EN CUYA COMPAÑÍA FUE ALEVE Y TRAIDOR A SU REY Y SEÑOR NATURAL CUYAS CASAS SE DERRIBARON Y SEMBRARON DE SAL. AÑO DE 1538. Y ESTE ES SU SOLAR.

Esta lápida, que nuestros lectores pueden examinar para convencerse de que, al copiarla, hemos cuidado de conservar hasta las extravagancias orto-gráficas, se encuentra hoy incrustada en una de las paredes del salón de la Biblioteca Nacional. Pero algunos años después, un deudo de Carbajal la hizo desaparecer de la esquina de los Gallos, hasta que un siglo más tarde, en 1645, fue restaurada por el virrey marqués de Mancera, como lo prueban las siguientes líneas que completan la del salón de la Biblioteca:

DESPUÉS REINANDO LA MAG. DE PHILIPO IIII. N. S. EL Excelentísimo SEÑOR DON PEDRO DE TOLEDO Y LEYVA MARQUÉS D MANCERA VIRREY DE ESTOS REINOS GENTIL HOMBRE DE SU CÁMARA Y DE SU CONSEJO DE GUERRA ESTANDO ESTE MÁRMOL OTRA VEZ PERDIDO LE MANDÓ RENOVAR. AÑO DE 1645.

Cuando el Perú conquistó su independencia, perdió su nombre la calle del Mármol de Carbajal. Los hijos de la República no podíamos, sin mengua, ser copartícipes de un ensañamiento que no se detuvo ante la santidad de la tumba.

Para que los lectores de esta sucinta biografía formen cabal concepto del hombre que, así en las horas de la prosperidad como en las del infortunio, fue leal y abnegado servidor del Muy Magnífico don Gonzalo Pizarro, vamos a presentarles en una docena de tradiciones históricas cuanto de original y curioso conocemos sobre el carácter y acciones del popular Demonio de los Andes.

I. Los tres motivos del oidor

El 27 de octubre de 1544 estaban los vecinos de Lima que no les llegaba la camisa al cuello. Y con razón, eso sí.

Al levantarse de la cama y abrir puertas para dar libre paso a la gracia de Dios se hallaron con la tremenda noticia de que Francisco de Carbajal, sin ser de nadie sentido, se había colado en la ciudad con cincuenta de los suyos, puesto en prisión a varios sujetos principales tildados de amigos del virrey Blasco Núñez, y ahorcado, no como quiera a un par de pobres diablos, sino a Pedro del Barco y Machín de Florencia, hombres de fuste, y tanto que fueron del número de los primeros conquistadores, es decir, de los que capturaron a Atahualpa en la plaza de Cajamarca.

Carbajal previno caritativamente a los vecinos de Lima que estaba resuelto a seguir ahorcando prójimos y saquear la ciudad, si ésta no aceptaba por gobernador del Perú a Gonzalo Pizarro, quien, con el grueso de su ejército, se encontraba esperando la respuesta a dos leguas del camino.

Componían a la sazón la Real Audiencia los licenciados Cepeda, Tejada y Zárate; pues el licenciado Álvarez había huido el bulto, declarándose en favor del virrey. Asustados los oidores con la amenaza de Carbajal, convocaron a los notables en Cabildo. Discutiose el punto muy a la ligera, pues no había tiempo que perder en largos discursos ni en flores de retórica, y extendiose acta reconociendo a Gonzalo por gobernador.

Cuando le llegó turno de firmar al oidor Zárate, que, según el Palentino, era un viejo chocho, empezó por dibujar una y bajo de ella, antes de estampar su garabato, escribió: Juro a Dios y a esta y a las palabras de los Santos Evangelios, que firmo por tres motivos: por miedo, por miedo y por miedo.

Vivía el oidor Zárate en compañía de una hija, doña Teresa, moza de veinte años muy lozanos, linda desde el zapato hasta la peineta, y que traía en las venas todo el ardor de su sangre andaluza, causa más que suficiente para barruntar que el estado de doncellez se la iba haciendo muy cuesta arriba.

La muchacha, cosa natural en las rapazas, tenía su quebradero de cabeza con Blasco de Soto, alférez de los tercios de Carbajal, quien la pidió al padre y vio rechazada la demanda; que su merced quería para marido de su hija hombre de caudal saneado. No se descorazonó el galán con la negativa, y puso su cuita en conocimiento de Carbajal.

¡Cómo se entiende! —gritó furioso don Francisco—. ¡Un oidor de mojiganga desairar a mi alférez, que es un chico como unas perlas! Conmigo se las habrá el abuelo. Vamos, galopín, no te atortoles, que o no soy Francisco de Carbajal o mañana te casas. Yo apadrino tu boda, y basta. Duéleme que estés de veras enamorado; porque has de saber, muchacho, que el amor es el vino que más presto se avinagra; pero eso no es cuenta mía, sino tuya, y tu alma tu palma. Lo que yo tengo que hacer es casarte, y te casaré como hay viñas en Jerez, y entre tú y la Teresa multiplicaréis hasta que se gaste la pizarra.

Y el maestre de campo enderezó a casa del oidor, y sin andarse con dibujos de escolar, pidió para su ahijado la mano de la niña. El pobre Zárate se vio comido de gusanos, balbuceó mil excusas y terminó dándose a partido. Pero cuando el notario le exigió que suscribiese el consentimiento, lanzó el buen viejo un suspiro, cogió la pluma de ganso y escribió: Conste por esta señal de la que consiento por tres motivos: por miedo, por miedo y por miedo.

Así llegó a hacerse proverbial en Lima esta frase: Los tres motivos del oidor, frase que hemos recogido de boca de muchos viejos, y que vale tanto como aquella de las noventa y nueve razones que alegaba el artillero para no haber hecho una salva: «razón primera, no tener pólvora», guárdese en el pecho las noventa y ocho restantes.

A poco del matrimonio de la hija, cayó Zárate gravemente enfermo de disentería, y en la noche que recibió la Extremaunción, llegó a visitarlo Carbajal, y le dijo:

—Vuesa merced se muere porque quiere. Déjese de galenos y bébase, en tisana, una pulgarada de polvos de cuerno de unicornio, que son tan eficaces para su mal como huesecito de santo.

—No, mi señor don Francisco —contestó el enfermo—, me muero, no por mi voluntad, sino por tres motivos...

—No los diga, que los sé —interrumpió Carbajal, y salió riéndose del aposento del moribundo.

II. El que se ahogó en poca agua

Dicen los fatalistas que la que está de condenarse, desde chiquita no reza; que a cerdo que es para boca de lobo, no hay San Antón que lo guarde, y que el que nació para ahogarse, pierde el resuello en un charco de ranas.

No parece sino que para dar razón a tal doctrina, matadora del libre albedrío y anatematizada por la Iglesia, hubiera Dios echado al mundo a Juan de Porras, soldado que acompañó a Pizarro en la proeza de Cajamarca y a quien tocó del tesoro acumulado para el rescate de Atahualpa una partija de ciento ochenta y un marcos de plata, cuatro mil quinientas cuarenta onzas de oro.

Juan de Porras blasonaba de hidalgo, y decía que el escudo de su familia era un perro negro atado a una maza o porra en campo de oro; y ciertamente que esas son las armas de los Porras en todos los libros de heráldica, que por incidencia hemos consultado.

Corriendo los días, Juan de Porras, que era de genio inquieto y revoltoso entre los revoltosos, pasose del bando del marqués al del adelantado don Diego, y como todos sus compañeros de desdicha, después de la batalla de las Salinas, tuvo que pasar la pena negra, porque el vencedor dio palo de firme a los vencidos. ¡Eso sí que fue argolla y no la de mi paisano!

Al fin reventó la cuerda, y armada en Lima la tremenda para asesinar a Francisco Pizarro, fue Porras uno de los que, con Juan de Rada, salieron del callejón de los Clérigos en demanda del gobernador. La mayor parte de los conjurados eran de aquella gente, malvada y fanática a la vez, que se persigna al ir a cometer un crimen y exclama: «Madre y señora mía del Carmen, que me salga bien dada esta puñalada, y te ofrezco un cirio de a libra para tu altar».

Gómez Pérez, otro de los conjurados, dio un rodeo para no meter los pies en un charco de agua, formado por la ligera lluvia o garúa con que el invierno se manifiesta en Lima, y Rada lo apostrofó con estas palabras:

—Cargado de hierro, cargado de miedo. ¡Vamos a bañarnos en sangre, y vuesa merced está huyendo de mojarse los pies! Andad y volveos, que no servís para el caso.

Juan de Porras también le clavó un puyazo a su compañero.

Vaya, Gómez Pérez, que estáis hecho una doña Melindres y que el charco se os antoja brazo de mar.

Y tras de echar un taco redondo, puso los pies en mitad del charco, diciendo:

—¡Caracoles! ¡Ahógueme yo en tan poca agua!

—¡Oígate Dios, compadre, y lo que dice tu lengua pague tu gorja! —le contestó Gómez Pérez, entre mohíno y zumbático; y obedeciendo la orden de Juan de Rada se regresó el muy cobardote al callejón de los Clérigos.

Gómez Pérez fue un pícaro de encargo, díscolo, fanfarrón y gallina, y que anduvo siempre más torcido que conciencia de escribano. Así lo pintan los historiadores. Pero es preciso convenir en que a veces Dios está con humor de gorja, porque oye hasta la plegaria de los pícaros.

Y si no, van ustedes a saber cómo oyó la de Gómez Pérez.

Cuando Gonzalo Pizarro, alzado ya contra el virrey Blasco Núñez de Vela, llegó a Lima para recibir de los oidores y vecinos el nombramiento de gobernador del Perú, fue uno de sus primeros actos echarse a perseguir a varios de los que, con razón o sin ella, eran tildados de desafectos a su causa, y entre ellos al capitán Garcilaso de la Vega, quien tomó asilo en el convento de Santo Domingo.

Don Francisco de Carbajal recibió la orden de allanar el convento y no dejar escondrijo sin registro, y para cumplirla acompañose de Porras y cuatro soldados. Cedamos aquí la palabra al cronista de Los Comentarios Reales, que él cuenta las cosas sin floreos y mejor de lo que nuestra pluma pudiera hacerlo. Así no tendrá nadie derecho para decirme que hablo a la birlonga.

«Alzó Carbajal los manteles del altar mayor, que era hueco, y vio a un infeliz soldado, Rodrigo Núñez, que también andaba fugitivo. Mas como no era Garcilaso, que era el que Carbajal tenía empeño en prender, soltó los manteles diciendo en alta voz: "No está aquí el que buscamos". En pos de él llegó Porras, y mostrándose muy diligente, alzó los manteles y descubrió al que ya Carbajal había perdonado, y dijo: "Aquí hay uno de los traidores". A Carbajal le pesó de que lo descubriese, y dijo con mal gesto: "Ya yo lo había visto". Mas como el pobre soldado fuese de los muy culpados contra Gonzalo, no pudo excusarse Carbajal de ahorcarlo sacándolo confesado del convento.

»Pero Dios castigó pronto al denunciante. Tres meses después salió Porras a desempeñar una comisión en Huamanga. El caballo, que iba caluroso, cansado y sediento, se puso a beber en un charquito pequeño donde el mismo Porras le guió para que bebiese, y habiendo bebido se dejó caer en el charco y tomó una pierna a su amo debajo, y acertó Porras a caer hacia la parte alta de donde venía el agua. No pudo salir de debajo del caballo ni tuvo maña para que éste se levantara, y así se estuvieron quedos hasta que se ahogó Porras con tan poca agua que no llegaba, con estar caído, ni al pescuezo del caballo. Vinieron otros caminantes, levantaron al animal y enterraron al jinete.»

Tan ridículo fin como Juan de Porras tuvo Diego Núñez de Mercado, factor de la Nueva Toledo y uno de los asesinos del marqués. Murió por consecuencia de un mordisco que le dio en el cuello su propio caballo.

Desde entonces quedó por refrán, entre los españoles del Perú, el decir, cuando un cristiano se atortola y mete en confusiones por asunto que no es de gravedad o que tiene fácil remedio:

«¡Eh! No hay que ahogarse en poca agua, como Juan de Porras», refrán que era de uso constante en boca de Carbajal.

III. Si te dieren hogaza, no pidas torta

Crueldades aparte, es Francisco de Carbajal una de las figuras históricas que más en gracia me ha caído.

Como en otra ocasión lo he relatado, nació Carbajal en Rágama (aldea de Arévalo), y el autor de los Mármoles parlantes dice, no sé con qué fundamento, que fue hijo natural del terrible César Borgia, y por ende nieto del papa Alejandro VI. A comprobarse este dato, no habrá ya por qué admirarse de la ferocidad de nuestro hombre, que en la sangre traía los instintos del tigre. La raza no desmintió en él.

Después de haber militado largamente en España, halládose en la batalla de Pavía, en el sitio de Ravena y en el saco de Roma con Borbón por Carlos V, como reza el romance, vínose a México, con su querida Catalina Leyton, en la comitiva del virrey Mendoza, conde de Tendilla y marqués de Mondéjar.

Fue Catalina una dama portuguesa y la única mujer que algún dominio ejerciera sobre el Demonio de los Andes. Sin embargo, no la trataba con grandes miramientos; pues habiendo en Arequipa convidado a comer a varios de sus amigos, éstos se excedieron en la bebida, y al verlos caídos bajo la mesa, exclamó doña Catalina: «¡Guay del Perú! ¡Y cuál están los que lo gobiernan!». Mas Carbajal atajó la murmuración de su querida, diciéndola con aspereza: «Cállate, vieja ruin, y déjalos dormir el vino por un par de horitas; que en disipándoseles la embriaguez, el que menos de ellos es capaz de gobernar, no digo el Perú, sino medio mundo».

A la llegada de Carbajal a América encontrábase don Francisco Pizarro en serios aprietos. La sublevación de indios era general en el Perú; y si los españoles del Cuzco soportaban un tremendo sitio, no era menor el conflicto de los de Lima, que veían el cerro de San Cristóbal coronado por un ejército rebelde.

El virrey de México, tan luego como tuvo noticia del peligro de sus compatriotas, dio a Francisco de Carbajal el mando de doscientos hombres aguerridos, y sin perder minuto lo envió en socorro de los conquistadores. Pero aunque Carbajal llegó al Perú cuando ya la tormenta había casi desaparecido, no por eso dejó de ser recompensado con profusión.

La liberalidad de Pizarro le conquistó para siempre el cariño de nuestro viejo capitán, que tenía el feo vicio de amar mucho el oro. Y tanto fue el afecto del capitán por el marqués, que puede decirse que sin él no habría sido vengada la muerte de Pizarro, en la batalla de Chupas, donde, como es sabido, solo a la pericia militar de Carbajal se debió la victoria contra las entusiastas tropas de Almagro el Mozo.

Cuando vino el primer virrey Blasco Núñez a poner en ejecución las ordenanzas reales, Carbajal, que acababa de perder a su querida, vendió sus bienes en 12.000 castellanos de oro, y se dispuso para regresar a España. Pero el hombre propone y Dios dispone.

Ni en el Callao ni en Nazca, Quilca y otros puertos de la costa, encontró don Francisco navío listo para conducirlo a la península. Fue entonces cuando, en un arrebato de rabia, exclamó: «Pues que tierra y mar no consienten que en tal coyuntura pueda yo escapar de esta madriguera, juro y prometo que de aquí para siempre jamás, hasta que el mundo se acabe, ha de quedar en el Perú memoria de Francisco de Carbajal».

¡Y vaya si dejó nombre!

Basta leer al Palentino o a cualquiera otro de los que sobre las guerras civiles de los conquistadores escribieron, para que se le ericen a uno los cabellos ante la sangre fría y el desparpajo con que Carbajal cortaba pescuezos, no diré a hombres de guerra, que al fin en ellos es merma del oficio el morir de mala muerte, sino hasta a frailes y mujeres.

Carbajal era una especie de ogro, un tipo legendario, un hombre enigma. En nuestra historia colonial no hay figura que más cautive la fantasía del poeta y del novelista. Grande y pequeño, generoso y mezquino, noble y villano, fue Carbajal una contradicción viviente. Con sentimientos religiosos que no eran los de su siglo, con una palabra en la que bullían el chiste travieso o el sarcasmo del hombre descreído, con una crueldad que trae a la memoria los sanguinarios refinamientos de los tiranos de la Roma pagana, hay que admirar en él su abnegación y lealtad por el amigo y la energía de su espíritu. Celoso de la disciplina de sus soldados y entendido y valiente capitán, la victoria fue para él sumisa cortesana. Sagaz y experimentado político, es seguro que a haber seguido sus consejos e inspiraciones, en vez de finar en el cadalso, otro gallo le habría cantado al muy magnífico señor don Gonzalo Pizarro.

Presentáronle una tarde a Carbajal cuatro soldados españoles, de los que seguían la bandera del virrey, y que acababan de caer prisioneros en una escaramuza habida cerca de Ayabaca. Después de breve interrogatorio a cada uno de ellos, don Francisco, cuya gordura picaba en obesidad, se cruzaba las manos sobre el abultado abdomen y concluía con esta horripilante frase:

—Hermanito, póngase bien con Dios, ya que conmigo no hay forma de composición.

Quedaba el último de los prisioneros, que era un mancebo de veinte años. Por supuesto, que el pobrete, viendo que iban a pelarles las barbas a sus tres compañeros, ponía la suya en remojo.

—¿Cómo te llamas, buena alhaja? —le interrogó Carbajal.

—Lope Betanzos, para servir a su señoría —contestó el soldado.

—¡Betanzos! Apellido es de buena cepa. ¿Y de qué tierra de España?

—De Vitigudino, en Castilla.

—Pues sábete, arrapiezo, que el señor tu padre fue el mayor amigo que en mis mocedades tuve, y que algunas bromas corrimos juntos en tiempo del condestable. El ser hijo de quien eres válete más que el ser devoto de algún santo para que el pescuezo no te huela a cáñamo.

Y volviéndose a uno de los que lo acompañaban, añadió Carbajal:

—Alférez Ramiro, numere vuesa merced en su compañía a este mozo, si es que de buen grado se aviene a cambiar de bandera.

El prisionero, que motivo tenía para contarse entre los difuntos, se regocijó como el que vuelve a la vida, y dijo de corrido:

—Señor, yo prometo de aquí adelante y juro por mi parte de paraíso servir a vueseñoría y al señor gobernador y derramar la sangre de mis venas en su guarda y defensa.

—Dios te mantenga en tan honrado propósito, muchacho, y medrarás conmigo; que por venir de quien vienes, te quiero como el padre que te engendró.

Y lo despidió dándole una palmadita en la mejilla, con no poco asombro de los presentes, que jamás habían visto al Demonio de los Andes tan afectuoso con el prójimo.

Pero condenada estrella alumbraba a Lope Betanzos; porque alentado con las muestras de cariño que le dispensara don Francisco, no giró sobre sus talones, sino que permaneciendo como clavado en el sitio, se atrevió a decir:

—Pues tanta merced me hace su señoría, quisiera que para que mejor pueda llenar mi obligación, mande que se me devuelva mi caballo, siquiera para que pueda alzar los pies del suelo.

Nunca tal deseo formulara el infeliz. A Carbajal se le inyectaron los ojos y murmuró con voz ronca:

—¡Hola! ¡Hola! ¿Dánle hogaza y quiere torta? Ya te lo dirán de misas, bellaco. Eres como el abad de Compostela, que se comió el cocido y aún quiso la cazuela.

Y volviéndose al negro que cerca de él ejercía funciones de verdugo, añadió:

—Mira, Caracciolo, ahórcame luego a este barbilindo, y sea de un árbol, y de manera que tenga los pies bien altos del suelo, todo cuanto él sea servido.

Lope Betanzos quiso reparar su imprudencia, y lleno de tribulación repuso:

—Perdóneme vueseñoría, que yo lo seguiré a pie y aun de rodillas; porque de la suerte que vueseñoría manda, no querría yo alzar los pies del suelo.

Pero Carbajal le volvió la espalda, murmurando:

—¡Habráse visto tozudo! La cuerda lo hará discreto.

Y se alejó canturreando una de sus tonadillas favoritas:

Mi comadre, mi comadre la alcaldesa,
nunca en la suya, siempre en mi mesa,
y cada año me endilga un ahijado.
¡Qué compadre tan afortunado!

IV. Comida acabada, amistad terminada

Tres meses antes de la batalla de Iñaquito, en que tan triste destino cupo al primer virrey del Perú, habían los partidarios de Gonzalo Pizarro puesto preso en la cárcel de San Miguel de Piura al capitán Francisco Hurtado, hombre octogenario, muy influyente y respetado, vecino de Santiago de Guayaquil y entusiasta defensor de la causa de Blasco de Núñez.

Cuarenta días llevaba el capitán de estar cargado de hierros y esperando de un momento a otro sentencia de muerte, cuando llegó a Piura Francisco de Carbajal, en marcha para abrir campaña contra Diego Centeno, que en Chuquisaca y Potosí acababa de alzar bandera por el rey.

El alcalde de Piura, acompañado de los cabildantes, salió a recibir a Carbajal, y por el camino lo informó, entre otras cosas, de que tenía en chirona, y sin atinar a deshacerse de él, al capitán Hurtado.

¡Mil demonios! —exclamó furioso don Francisco—. ¡Ah, señor Martínez! So cabello rubio, buen piojo rabudo. ¡Y qué poco meollo para oficial de justicia, tiene vuesa merced! Bien podía hacerle tina punta a la vara, que lleva y tirársela a un perro. ¡Cargar de hierros a todo un vencedor en Pavía! ¡Habrá torpeza! ¡Por vida de mi señor don Gonzalo, que no sé cómo no hago una alcaldada con el alcalde de monterilla! Corra vuesa merced y deje libre en la ciudad al capitán Hurtado, que es muy mi amigo y juntos militamos en Flandes y en Italia, y no es Francisco de Carbajal el alma de chopo que consiente en el sonrojo de hombre que tanto vale. ¡Voto va! ¡Por los gregüescos del condestable!

Y ante tal tempestad de exclamaciones iracundas, el pobre alcalde escapó como perro en juego de bolos, diciendo para sí: «Eran lobos de una camada, no haya miedo que se muerdan. Allá se avengan, que en salvo está el que repica».

Cuando Carbajal entró en Piura ya estaba en libertad el prisionero, quien se encaminó a la posada de su viejo conmilitón para darle las gracias por el servicio que le merecía. El maestre de campo lo estrechó entre sus brazos, manifestose muy contento de ver tras largos años a su camarada de cuartel; hicieron alegres reminiscencias de sus mocedades, y por fin, llegada la hora de comer, sentáronse a la mesa en compañía del capellán, dos oficiales y cuatro vecinos.

Ni Hurtado ni Carbajal trajeron para nada a cuento las contiendas del Perú. Bromearon y bebieron a sus anchas, colmando el maestre de agasajos a su comensal. Los dos viejos parecían, en sus expansivas manifestaciones de afecto y de alegría, haberse desprendido de algunas canas. Aquello sí era amistad, y la de Orestes y Pílades pura pampirolada.

Cuando después de dos horas de banquete y de pronunciar la obligada frase con que nuestros abuelos ponían término a la masticación «que aproveche, como si fuera leche» un doméstico retiró el mantel, la fisonomía de Carbajal tomó aire pensativo y melancólico. Al cabo, y como quien después de meditarla mucho ha adoptado una resolución, dijo con grande aplomo:

—Señor Francisco Hurtado, yo he sido siempre amigo y servidor de vuesa merced, y como tal amigo, le mandé quitar prisiones y sacar de la cárcel. Francisco de Carbajal ha cumplido, pues, para con Francisco Hurtado las obligaciones de amigo y de camarada. Ahora es menester que cumpla con lo que debo al servicio del gobernador mi señor. ¿No encuentra vuesa merced fundadas mis razones?

—Justas y muy justas, colombroño —contestó Hurtado, imaginándose que el maestre de campo se proponía con este preámbulo inclinarlo a cambiar de bandera, o por lo menos a que fuese neutral en la civil contienda.

—Huélgome —continuó Carbajal— de oírlo de su boca, que así desecho escrúpulos. Vuesa merced se confiese como cristiano que es, y capellán tiene al lado; que yo, en su servicio, no puedo hacer ya más que mandarle dar garrote.

Y Carbajal abandonó la sala, murmurando:

—Cumplí hasta el fin con el amigo, que buey viejo hace surco derecho. Comida acabada, amistad terminada.

V. El sueño de un santo varón

Llegados eran para el Muy Magnífico don Gonzalo Pizarro los días en que su prestigio y popularidad principiaran a convertirse en humo. Sus partidarios más entusiastas, los hombres más comprometidos en la rebeldía, eran los primeros en la deserción. Hasta Menocal el ballestero, un valiente de embeleco que ocho días antes dijera en pleno festín «Descreo en Dios si Dios no está con Gonzalo», había puesto pies en polvorosa y presentádose a La Gasca.

Para impedir que la desmoralización cundiera como aceite en pañizuelo, creyó Francisco de Carbajal oportuno dictar medidas terroríficas. Pena de la vida al soldado que sin su permiso enfrenase el caballo; pena de la vida al que vagase por los arrabales de la ciudad; pena de la vida al que murmurase de sus jefes; y, en una palabra, los pizarristas no ganaban para sustos, pues menudeaban las ordenanzas que les ponían la gorja en peligro de intimar relaciones con la cuerda de cáñamo.

Una mañana despertaron a Carbajal para avisarle que cuatro soldados habían sido detenidos fuera de los arrabales de Lima, lo que hacía sospechar en ellos propósito de pasarse al campo enemigo. Vistiose de prisa el maestre de campo, y acompañado del verdugo y una manga de piqueros, dirigiose al sitio donde estaban los presos.

Por el camino vio a un joven alférez que marchaba por la calle con las espuelas calzadas, y que procuró esquivar el importuno encuentro, perdiéndose tras una esquina.

—Venga acá, señor Martín Prado —le grito Carbajal—. ¿Dónde bueno tan con el alba?

—De paseo, señor Francisco de Carbajal —contestó con lengua estropajosa el interpelado.

—¡El virita de Meneses, cáscame acá esas nueces! —murmuró don Francisco, expresando su incredulidad con ese refrancito; y luego añadió en voz clara—: ¿Y para respirar el fresco aire de la mañana acostumbra usarced calzar las espuelas? Por el alma del condestable, que o el olfato me engaña o el señor Martín Prado trasciende a felón y tejedor.

La palabra tejedor, que después se ha generalizado aplicándola a los que no juegan limpio en política, era de uso en boca de Carbajal cuando hablaba de aquellos que, en esa guerra civil, huían de comprometerse, pensando solo en la manera de quedar bien con el que resultase vencedor, ora fuese San Miguel, ora el demonio. Conste así para que nadie, ni la Real Academia de la Lengua, dispute a Carbajal el derecho de propiedad sobre la palabrita.

Y continuó don Francisco interrumpiendo al alférez, que principiaba a balbucear una disculpa:

—Sígame el buen mozo, y por el camino acabaremos el ajuste de cuentas, que muy limpias han de ser para que yo le otorgue saldo y finiquito. Ya veremos si vuesa merced es tinaja de agua para estarse serenando.

Y Carbajal empezó a canturrear el estribillo jacarandino de la zarabanda, bailecito muy a la moda en España entre las sirenas del respingón y doncellitas contrahechas:

> Bullí, bullí, zarabullí,
> que si me gané, que si me perdí,
> que si es, si no es, si no soy, si no fui,
> por acá, por allá, por aquí, por allí.

Martín Prado púsose al lado de Carbajal, y durante la travesía hasta Cocharcas fue dando sus descargos, fundados en una vulgar historia de amoríos con una casada, devaneo que lo ponía en el compromiso de trasnochar; pero don Francisco encontraba tan soso el cuento, que de rato en rato se detenía, miraba a Prado en los ojos como si en ellos leyera, y luego proseguía el viaje murmurando:

Bueno va el canticio, seor galán... Tejer amores adúlteros o tejer traiciones, todo es tejer..., pero no hay tus-tus a perro viejo. Andallo, andallo, que fui pollo y ya soy gallo.

Las disculpas del pobre alférez no eran de las que podían hallar cabida en un hombre como el maestre de campo, que no era ningún bobo cuatralbo y regoldón, y para quien ni las necesidades premiosas de la naturaleza eran excusa legítima, estando de por medio la rigidez de la disciplina. Así refiere un cronista que, en cierta marcha, separose un soldado de las filas y escondiose por breve rato tras de unas rocas, urgido por la violencia de un dolor de tripas. Violo don Francisco, mandó hacer alto a la tropa, cruzó la pierna sobre la cabeza de su mula y esperó con toda pachorra a que el soldado, libre ya de su fatiga, volviese a ocupar su puesto.

Carbajal lo despojó entonces de armas y caballo, y lo despidió del servicio militar, diciéndole:

—Castígote así, ¡voto a tal!, porque no eres para este oficio, sino para fraile; que el buen soldado del Perú ha de comer un pan en el Cuzco y... echarle en el Titicaca.

En poder de hombre tal estaba, pues, irremediablemente perdido Martín Prado.

Llegados al sitio donde se encontraban amarrados a un tronco los cuatro prófugos, dijo Carbajal al verdugo:

—Cuélgame de ese árbol a estos pícaros, y en concluyendo con ellos, harás la misma obra con este hidalgo, ahorcándolo en la rama más alta, que algún privilegio ha de tener el alférez sobre los soldados.

Martín Prado se deshizo en súplicas, y convencido de que su jefe no le escuchaba, terminó por pedir que siquiera se lo diese un confesor.

—No se apure por eso, señor alférez —le contestó Carbajal—, que mancebo es, y escasa ocasión de pecar habrá tenido. Rece un credo, que para los pocos pecados que tendrá en la alforja, yo los tomo por mi cuenta, cierto de que no añadirán gran peso al bagaje de los míos, ¡Ea! Acabemos y sepa morir como hombre; que de mujerzuelas es, y no de barbados, eso de andar haciendo ascos a la muerte. Conmigo no vale dar puntada sobre puntada como sastre en víspera de pascua.

Y, sin más ni menos, el verdugo colgó de la rama más alta al infortunado alférez.

Luego, volviéndose hacia el oficial que había estado al cargo de los presos y a quien Carbajal tenía sus motivos para no creerlo muy leal, dijo con aire entre amenazador y zumbático:

—Señor Alonso Álvarez, roguemos a Dios muy de corazón que se contente con la migajita que acabo de ofrecerle.

Enseguida Carbajal tendió su capa, que era de paño veintidoseno de Segovia, al pie del árbol donde se balanceaban los cinco ahorcados, y acostose sobre ella, murmurando:

—¡Buen madrugón me he dado! Pues, señor, a gentil sombra estoy para echar un sueño.

Bostezó, hizo la cruz sobre el bostezo y se quedó dormido con el sueño de un bienaventurado que no trae sobre la conciencia ni el remordimiento de haber dado muerte a una pulga.

VI. Los postres del festín

Gran banquete daba en el palacio de Lima el Muy Magnífico señor Don Gonzalo Pizarro.

Pero antes de ir a la mesa se reunieron en el salón hasta sesenta de los personajes más comprometidos en la causa rebelde. Allí estaban entre otros, Don Antonio de Ribera, Francisco de Ampuero, Hernán Bravo de Lagunas, Martín de Robles, Alonso de Barrionuevo, Páez de Sotomayor, Gabriel de Rojas, Lope Martín, Benito de Carbajal y Martín de Almendras, gente toda principal y que, antes de quince días, debían decir: «A la vuelta lo venden tinto, voltear casaca y traicionar a su caudillo». Allí estaba también el capitán Alonso de Cáceres (¡gran traidor!), quien besando a Pizarro en un carrillo lo dijo: «¡Oh príncipe del mundo! ¡Maldito el que te niegue hasta la muerte!».

Gonzalo quería poner en conocimiento de ellos pliegos importantes de Gasca, oír consejo y sondear el grado de devoción de sus capitanes. Gasca prometía amplio perdón a Gonzalo y sus secuaces.

Terminaba la lectura de los pliegos, el licenciado Cepeda, que no era ningún necio de pendón y caldera, sino un pícaro muy taimado, dijo:

—Pues ven vuesas mercedes el trance dé cada uno con franqueza su parecer y voto, que el señor gobernador promete, como caballero hijodalgo, de no tocarlo en persona ni hacienda. Empero, mire bien cada uno lo que para después prometa y jure; pues el que quebrante la fe o ande tibio en los negocios de esta guerra, de pagarlo habrá con la cabeza.

Cuando calló Cepeda, reinó por varios minutos el más profundo silencio. Ninguno de los asistentes osaba ser el primero en expresar su opinión. Al fin, Francisco de Carbajal, viendo el general embarazo, dijo:

—Pues todos callan, seré yo el que ponga el paño al púlpito y lleve el gato al agua. Paréceme, señores, que esas bulas son buenas y baratas, y que vienen preñadas de indulgencias, y que las debe tomar el gobernador mi señor, y echárnoslas nosotros encima, y traerlas al cuello a guisa de reliquias. Por las bulas estoy y... he dicho. Cruz y cuadro.

Miráronse unos a otros los de la junta, maravillados de oír tan pacíficos conceptos en boca del Demonio de los Andes, que, por esta vez, habló con sinceridad, y sobre todo muy razonablemente.

El oidor Cepeda, recelando que la mayoría de los capitanes se inclinase en favor de la opinión de Carbajal, se apresuró a contestar:

Dios me perdone la especie; pero se me figura que el maestre de campo empieza a haber miedo del cleriguillo.

Carbajal brincó del escaño, que la cólera se le había subido al campanario, puso la mano en la empuñadura de su daga y con voz airada gritó:

—¡Miedo! ¡Miedo yo! ¿Quién lo dice?

Pero luego, reportándose, continuó con su habitual tono de burla:

—Mejor es tomarlo a risa. He dado mi parecer y voto, sin encontrar sacristán de amén que conmigo sea. Pero no tomaré las bulas, así me prediquen frailes descalzos, si todos mis amigos no las toman. Por lo demás, soy la última palabra del credo, y tan buen palmo de pescuezo tengo yo para el cabestro como el señor licenciado. Siga el carro por el pedregal y venga lo que viniere. Cruz y cuadro. He dicho.

Y se puso a canturrear esta tonadilla:

> Bien haya la niña,
> pues la van a ver dos paternidades
> y un vuesa merced.

Y con esto terminó la junta, deshaciéndose todos, menos el capitán Diego Tinoco, en protestas de adhesión a Gonzalo y juramentos de morir en la demanda. Al oírlos, Carbajal murmuraba entre dientes:

—Si como adoban guisan, bien andamos; pero ya saldremos con que se espantó la muerta de la degollada. Más puños y menos palabras quisiera yo.

Hallábanse los comensales a mitad de comida cuando un paje se aproximó a Gonzalo, hablole al oído y le entregó una carta. Pizarro la pasó a Carbajal, diciéndole muy quedo:

—Lea vuesa merced y haga justicia, que en esta mesa hay un Judas.

Carbajal se impuso del papel, quedose pensativo, y luego, como quien ha tomado una resolución, se levantó, tocó ligeramente en la espalda al capitán Tinoco y le dijo:

—Sígame vuesa merced, pues tengo que hablarle cuatro razones al alma.

Levantose el convidado, salió con Carbajal y ambos se entraron en uno de los aposentos de palacio.

Las libaciones menudeaban y el banquete crecía en animación. Todos brindaban por las glorias futuras de Gonzalo Pizarro, su caudillo, su amigo.

Y casi todos los que brindaban iban muy pronto a ser desleales con el amigo, traidores con el caudillo.

Si Shakespeare hubiera oído aquellos brindis, habría repetido indignado su famoso apóstrofe: ¡words! ¡words! ¡words!

—Un cuarto de hora después regresaba Carbajal al comedor trayendo una gran fuente cubierta, la que colocó en el centro de la mesa, diciendo:

A la sazón llegan los postres. Destape vuesa merced.

Martín de Robles levantó la tapa de la fuente, y todos, menos Gonzalo, lanzaron un grito de horror.

Allí estaba sangrienta, casi palpitante, la cabeza del capitán Diego Tinoco.

VII. Las hechas y por hacer

Andaba Francisco de Carbajal en persecución del capitán Diego Centono y cogiendo prisioneros a los rezagados que éste, en su precipitada fuga hacia Quilca, iba dejando.

Una mañana trajéronle sus exploradores dos de los soldados de Centeno.

Era el uno hombre de marcial y noble aspecto; y el otro, reverso de la medalla, mellado de un ojo y lisiado de una pierna, parecíase a Sancho Panza en lo ruin de la figura.

Carbajal procedía siempre sumariamente con los prisioneros. Un par de preguntas, y lo demás era tarea del verdugo.

En esta ocasión empezó el Demonio de los Andes por interrogar al hidalgo y terminó por sentenciarlo. El prisionero, sin revelar una debilidad indigna, protestó con estas palabras:

—Guárdeme, Dios, Señor Carbajal, de una felonía, y no me dice la conciencia que la haya cometido para merecer la muerte a que vueseñoría me condena. En estas guerras de españoles contra españoles empecé sirviendo al rey, sin cambiar nunca de bandera.

—Entiendo —contestó Carbajal con su acostumbrada ironía— que vuesa merced quiere dejar a sus herederos una ejecutoria limpia, y sepa que lo ahorco por hacerle favor; pues siendo vuesa merced tan leal servidor de su majestad, el rey habrá de reconocerlo así y premiará en los hijos el mérito del padre. Desengáñese que, muriendo, hace buena obra en provecho de los suyos y que de agradecérsela han. Conque así, siga a este hombre, rece un credo cimarrón y déjese matar sin hacer ascos.

Volviéndose luego al otro soldado le preguntó:

—¿Cómo te llamas, abejorro?

—Cosme Hurtado para servir a Dios y a vueseñoría —contestó el de la ruin estampa.

Carbajal, al oír el apellido, soltó una estrepitosa carcajada, y dijo:

—¡Hurtado! ¡Hurtado! ¡Por el alma del condestable! ¡Vaya un posma que no lo vi más feo en cuanto de la cristiandad tengo visto! Nómbrase hurtado, y no es bueno ni para hallado.

Y luego continuó:

—¿Cuál es tu oficio?

—Curandero.

—Cierto que, por la facha, eres más sucio que un emplasto entre anca y anca. ¿Y a muchos curas?

—Cúralos Dios, que no yo.

—Agudo eres, bribón, y eso te salva, que siempre gusté de hombres despiertos. Tómote a mi servicio para que cures las caballerías de mi escuadrón, y ten presente que te perdono las hechas y por hacer.

—Vengo en ello, que vueseñoría me cautiva con su generosidad perdonándome las hechas y por hacer —recalcó el homólogo de Sancho.

Corriendo los meses, volvió Centeno a tomar la ofensiva, y se presentó en Huarina con más de mil hombres aparejados para la batalla. Carbajal, cuyas fuerzas no excedían de la mitad, se dispuso también para el combate, confiando no en el número, sino en la mejor disciplina y armamento de los suyos. A pesar de las precauciones que el aguerrido maestre de campo adoptara, no pudo impedir que algunos descontentos se fugasen la víspera de la batalla al campo enemigo, y entre ellos encontrose Cosme Hurtado, antiguo soldado de Centeno.

Comprometida la batalla, Carbajal dio a sus arcabuceros esta voz de mando (que literalmente copiamos de varios cronistas):

—Hijos míos, no apurarse en hacer fuego, gastando en balde pólvora y plomo y puntería a los c...s.

Y tan acertada fue la orden, que a la primera descarga quedaron fuera de combate ochenta realistas y el pánico se apoderó de sus filas.

Perdida, pues, por Centeno la batalla, cayó nuevamente prisionero el albéitar Cosme Hurtado. Cuando lo llevaron a presencia de Carbajal, éste lo cogió de una oreja diciéndole:

—¡Hola, pícaro! Hoy te ahorco.

—No puede ser, Señor Don Francisco, que vueseñoría es hombre de palabra y empeñada la tiene para dejarme con vida —contestó con desparpajo el prisionero.

—¡Mientes por mitad de la barba, belitre!

—Sean jueces estos caballeros. Vueseñoría me dijo un día en público, y testificarlo han más de ciento, que me perdonaba las hechas y por hacer. Ahora, si vueseñoría quiere olvidarlo, ahórqueme enhorabuena, que mala será para su fama, sobre la que echará el feo borrón de no haber honrado su palabra.

—¡Miren por donde se apea el bellaco! —murmuró Carbajal—. Y lo peor es que dice cierto y que resguardo tiene en mi palabra de caballero.

Y el Demonio de los Andes, recelando que Hurtado tuviera en el estuche otras por hacer, lo puso en libertad, permitiéndole que fuera a reunirse con los realistas que, al mando del licenciado La Gasca, se aproximaban ya a Andahuailas.

Los españoles de aquellos tiempos, por depravados y descreídos que fuesen, llevaban hasta la exageración el cumplimiento de la palabra empeñada. Por esto se inventó, tal vez, el refrán que dice: «Al toro por las astas y al hombre por la palabra».

VIII. Maldición de mujer

Pacificado, en apariencia, el Perú con la muerte de Almagro el Mozo, encomendó Vaca de Castro a los capitanes Diego de Rojas, Felipe Gutiérrez y Nicolás de Heredia la conquista de Tucumán y Salta. Doscientos soldados se alistaron entusiastas para acometer esta arriesgada empresa, que duró más de tres años y en la que los expedicionarios tuvieron que sostener muy sangrientas batallas con los indios y pasar hambre, miseria y peligros sin cuento.

Muerto Diego de Rojas, que llevaba el título de gobernador, a consecuencia do una leve herida de flecha emponzoñada, vino la discordia a enseñorearse del campo español, y la mayoría resolvió deshacerse de Francisco Mendoza, valiente mancebo a quien Rojas dejara la herencia del mando, con agravio de Gutiérrez y de Heredia.

Empeñáronse algunos de los conquistadores en que Mendoza obsequiase con un caballo de que no hacía viso a Diego Álvarez, soldado que gozaba entre ellos de gran prestigio, pero a quien el gobernador tenía sus motivos para tratar con desapego. Contestó, pues, negativamente a los pedigüeños, y agregó en tono de burla:

—Mal dueño tendría el caballo, que Diego Álvarez por dormir no habría de cuidarlo.

Refirieron el dicho a Álvarez, quien se ofendió tanto, que en el acto organizó la conspiración; y dos noches después, acompañado de tres de sus amigos, entraba en la tienda del gobernador. Este despertó al ruido y preguntó sin alarmarse:

—¿Quién anda ahí?

—Quién ha de ser, señor don Francisco, sino Diego Álvarez que no duerme cuando no ha menester dormir.

Y sin dar tiempo a que Mendoza saltase del lecho, lo mató a puñaladas.

Aunque Nicolás de Heredia no había tenido arte ni parte en el motín, fue proclamado gobernador, y para evitar desastres tuvo, mal de su grado, que aceptar el cargo. Resolvió entonces volver al Perú, y con los ciento cincuenta hombres que lo seguían púsose en Santa Cruz de la Sierra, a órdenes de Lope de Mendoza, que acababa de alzar bandera contra Gonzalo Pizarro.

La historia conoce con el nombre de los de la Entrada a estos bravos soldados, calificando de heroicos su valor y sufrimientos. Y no solo ellos sino hasta sus mujeres realizaron verdaderas hazañas, que por tales tomamos las que escriben los cronistas de Leonor de Guzmán, esposa del alférez Hernando Carmona; de Clara Enciso, compañera de Fernando Gutiérrez, y de Mari-López, la querida entonces y mujer más tarde de Bernardino de Balboa. Ocasión hubo en que, mientras los hombres andaban diseminados buscando víveres, las mujeres defendieron el campamento batiéndose vigorosamente con los indios.

Francisco de Carbajal hallábase en Quito con Gonzalo Pizarro cuando se tuvo noticia de que Diego Centeno y Lope de Mendoza habían en Arequipa proclamado la causa del rey. Pizarro ordenó entonces a su maestre de campo que, con trescientos hombres, se dirigiese sobre los enemigos, sin darles tiempo para que organizasen elementos de resistencia.

Fue en esta campaña, prodigiosa por la rapidez de las marchas, donde Carbajal ostentó todas sus admirables dotes militares, conquistándose la reputación de gran capitán. A fuerza de hábiles maniobras estratégicas, derrotó primero a Centeno; y poco después, en Pocona, territorio de Santa Cruz de la Sierra, tomó prisioneros a Lope de Mendoza y Nicolás de Heredia que, como todos los de la Entrada, se batieron bizarramente.

En esta batalla el mismo Carbajal salió ligeramente herido en un muslo de un tiro de arcabuz, disparado contra él por uno de sus soldados, que se había comprometido con los realistas a matar a su jefe en el fragor del combate. El astuto Carbajal disimuló por el momento, procurando que ninguno de los suyos se advirtiese de lo ocurrido, pues hacerlo público era dar alas a la traición, con desprestigio propio y de la causa. Mas no por eso renunció a la idea de castigar al delincuente.

Dejó correr una semana, y al cabo de ella, hízose una tarde encontradizo con el soldado traidor, y después de hablarle afablemente, diole la comisión de ir con pliegos al Cuzco, sin pérdida de minuto. El soldado, que era dueño de algún caudal y que veía la imposibilidad de transportarlo consigo, le rogó que lo excusase.

Entonces Don Francisco, sin revelar pizca de enojo, le dijo:

—Pues, camarada, que no sea lo que yo quiero, que es ir, ni lo que vos queréis, que es quedar, sino que, como entre amigos, se tome un medio que ni vayáis ni quedéis. ¿Qué os parece?

—Que me place —contestó el soldado—. Vuesa merced discurra.

—Discurrido está. El medio es... es... —articuló Carbajal rascándose la punta de la nariz.

—¿Cuál, don Francisco?

—Que venga Cantillana y que lo ahorque sobre tabla; y no me diga el felón que ha menester confesarse, que de eso no se le dé nada; que yo tomo por mi cuenta sus pecados, que son muchos y gordos.

Y un minuto después, el infeliz emprendía viaje a la eternidad.

Cuando en Pocona lo presentaron herido y prisionero a Lope de Mendoza y a su segundo Heredia, díjoles Carbajal:

—¡Hola! ¡Hola! ¿Conque eran vuesas mercedes los malandrines que habían jurado ahorcarme por su mano? Pues ahora vamos a ver quién mata a quién.

Lope de Mendoza y su compañero levantaron con altivez la cabeza y se encerraron en un silencio despreciativo. Al fin se cansó Carbajal de apostrofarlos sin obtener de ellos una palabra, y dirigiéndose a la puerta gritó a un oficial que pasaba:

—Alférez Bobadilla, venga acá, si es servido, y mande dar garrote a este par de bellacos y que les corten la cabeza y tráigamelas, que holgareme de verlas separadas del tronco.

Cumplida la sentencia, el mismo Dionisio de Bobadilla partió para Arequipa conduciendo las dos cabezas, que debían ser puestas en la picota de la ciudad.

Sabido es que Carbajal quería infinito a su ahijada Juana Leyton, mujer de Francisco Voto, un tunante que traicionó más tarde al padrino pasándose a las filas realistas. Esta Juana era una muchacha portuguesa, hija adoptiva de doña Catalina, la querida que Carbajal trajo al Perú. Juana Leyton fue siempre, cerca del indomable Demonio de los Andes, un ángel que salvó muchas vidas e impidió no pocas atrocidades; pues el maestre de campo no desairó jamás ruego o empeño de su mimada Juana.

Al saberse en Arequipa la comisión que traía Bobadilla, fue Juana Leyton a la posada de éste y le dijo:

—Suplícoos, señor don Dionisio, que me hagáis merced de la cabeza de Lope de Mendoza para que yo la entierre lo mejor que pudiere, aunque no sea como ella lo merece. Mirad que de nada os sirve puesta en la picota.

—Duéleme, doña Juana, que no seáis por mí servida, que yo ni por Dios ni por sus santos tengo de desobedecer a mi señor don Francisco y arriesgarme a que, en justicia, me descuartice.

Insistió la dama, lloró, ofreció plata y agotó el arsenal de recursos que para casos tales puso el cielo a disposición de la mujer. Bobadilla era lo que se llama hombre de un sí y de un no. Cansada de bregar, saliose doña Juana del aposento, gritando con aire profético:

—Pues ponla muy enhorabuena, que mala será para ti, y poco vivirá quien no la viere quitar, para enterrarla con mucha honra, y poner la tuya en su lugar.

Bobadilla se echó a reír del pronóstico, y encaminose a la picota con el sangriento fardo. Al desenvolver las cabezas, uno de los ayudantes del verdugo hizo un gesto de asco, y dijo:

—¡Puf! ¡Y vaya si apestan!

—Mientes, pícaro —le interrumpió Bobadilla—, que cabezas de enemigos huelen a ambrosia.

Cuando dos años después, vencido el Muy Magnífico Gonzalo Pizarro, cayó prisionero Dionisio de Bobadilla, mandó La Gasca que le cortasen la cabeza y la colocasen en Arequipa, en el mismo sitio que había ocupado la de Lope de Mendoza, cuya memoria se honró con una gran misa fúnebre.

La verdad es que una maldición de mujer es tan atroz como maldición de gitano; pues no parece sino que las hijas de Eva tuvieran, a veces, el privilegio de deletrear en el libro del porvenir.

IX. Un hombre inmortal

Juan Morales de Abad, natural de Cuenca, en España, era por los años de 1546 uno de los ciento cincuenta valientes de la Entrada Y tan orgullosos (y con justicia) estaban del mote, que lo añadieron, como título de honor, a su apellido, y así firmaban Diego Pérez de la Entrada, Pedro López de la Entrada, etc.

Vencidos por Francisco Carbajal en Pocona, presentose el terrible caudillo en la tienda donde estaban heridos nueve de los soldados de la Entrada y les dijo:

—Arreglen vuesas mercedes sus cuentas con la conciencia, que el herido, después de sano, habrá de serme enemigo mayor. Usarcedes, los de la Entrada, gente sois de mucho brío y de grandes humos, y debo andarme con tiento.

—Arreglen vuesas mercedes sus cuentas con la conciencia, que el herido, después de sano, habrá de serme enemigo mayor. Usarcedes, los de la Entrada, gente sois de mucho brío y de grandes humos, y debo andarme con tiento.

Aquellos heroicos soldados no desmintieron su reputación, y sin humillarse ni exhalar una queja iban entregando el cuello al verdugo.

Tocole el turno al último de ellos, que era Juan Morales de Abad, el cual tenía la pierna derecha atravesada por una pelota de arcabuz. Fuese que su coraje hubiera desmayado al ver ajusticiados a sus ocho compañeros, o que de suyo fuera mandria, enderezose como Dios le ayudó, y dijo:

—Señor don Francisco, conmigo no reza el bando, que yo estoy sano, y apenas si tengo un rasguño que se cura con agua de la fuente.

—Señor Morales —le contestó Carbajal—, juro cierto que vuesa merced está malherido, y así no puede dejar de morir.

—Protesto, señor don Francisco.

—Pues, hermano de mi alma, la mejor protesta es que pruebe a andar, que por salvo le doy si de la puerta pasa.

Intentó el sentenciado dar un paso, y cayó exánime de dolor.

—Ahora que estáis convencido, señor Morales —continuó Carbajal—, concluyamos, y que Cantillana haga su oficio.

Parece que Juan Morales de la Entrada tenía gran apego a la vida, porque intentó ganar siquiera tiempo con esta súplica:

—Pues ya que ello ha de ser, concédame vuesa merced la gracia de que venga el padre Lucas a confesarme.

—¡Valiente descuido! ¿Seguís al traidor de Lope de Mendoza y no andabais confesado? Pues así habéis de ir, que no soy yo remediador de descuidos.

Inmediatamente Cantillana le dio garrote, y dejándole con la cuerda al cuello, arrojó el cuerpo al río.

Presumo que el verdugo sería novicio en la carrera; porque el ajusticiado, a quien arrastraba la corriente, volvió en sí, y haciendo un esfuerzo desesperado, se arrancó la soga del pescuezo y logró pisar la orilla.

Deparole su buena estrella que a pocos pasos estuviese la casa de Diego de Zúñiga el Talaverino, quien no solo albergó y atendió a la curación del resucitado, sino que le alcanzó la gracia de Carbajal.

—¡Ese hombre no tiene precio! —exclamó maravillado Carbajal—. ¡No le matan balas, no lo daña el garrote, no lo sofoca la cuerda ni lo ahoga el agua! Perdonado está, y dígale vuesa merced que lo tomo a mi servicio; pero que, si lo pillo más tarde en una felonía, ya sabré encontrar forma de que muera a la de veras.

Juan Morales se avino muy gozoso al cambio de casaca, y fue a Carbajal y sentó plaza en la compañía del capitán Castañeda.

Entre los prisioneros que Carbajal había dado de alta en sus filas, contábanse cuarenta de los de la Entrada, que se concertaron en Chuquisaca con algunos de los cabildantes para asesinar al maestre de campo el día de San Miguel; empresa que habrían llevado a buen término, si dos horas antes de la convenida no hubiera sido denunciada por un soldado.

don Francisco no se anduvo con pies de plomo para desbaratar el plan, y echose a hacer prisioneros. Por el momento, muchos de los conjurados lograron fugarse; pero los pocos que cayeron fueron, sin más fórmula, sentenciados a muerte, dándoseles una hora de plazo para prepararse a cristiano fin.

Pocos minutos faltaban para que expirase el término, cuando entró en la tienda de Carbajal el padre Márquez, dominico a quien el maestre estimaba en mucho, acompañado de una mozuela de buenos bigotes, conocida por Mariquita la Culebra.

—Señor, por amor de Dios, que vuesa merced me oiga —dijo el fraile.

—Hable su reverencia —contestó Carbajal.

—Ya sabe vuesa merced —continuó el dominico— que Alonso Camargo es de la tierra del señor gobernador Gonzalo Pizarro y que es muy servidor de su casa. Por ende, esto de que ahora se le acusa, sin falta levantado es. Suplico a vuesa merced le perdone, que de casar ha con esta mujer, en lo cual vuesa merced hará buena obra y la sacará de pecado.

Carbajal se fijó entonces en la muchacha, la tomó la barbilla y la dijo sonriendo:

—¡No eres mal bocado, grandísima pícara!

Y volviéndose al intercesor, añadió con sorna:

—Padre, a eso que su reverencia dice quiérole contar un cuento. Ha de saber que, en un pueblo, sucedió a un hombre honrado que quiso matar al corregidor, y que éste prendiole, y sabida la verdad, condenole. Y sacándole a justiciar los alguaciles, salió una p...rójima, muy bellaca y muy sucia y con una cuchilladaza por la cara, dando gritos: «No maten al señor Fulano y dénmelo por marido». Y en aquella tierra era ley que cuando una hembra de esa clase pidiese por marido a un condenado a muerte, no lo matasen si él quisiese casar con ella; y a los gritos que daba la mujer pararon los alguaciles, y dijeron: «señor Fulano, casaos con esta mujer y no moriréis». Y él volvió la cabeza, y como la vio y conoció que era de las de cinturón dorado, y como él era hombre honrado y caballero y de tanta presunción, contestó a los alguaciles: «Señores, ande el asno, que no quiero tal mujer». Así que, padre reverendo, el señor Alonso Camargo, vecino y regidor del Cabildo y merecedor de emparentar con duquesa, ha de decir lo que dijo aquel hombre honrado. Ello no tiene remedio y sin falta morirá, que ya otra vez perdonado lo hube. Y tú, lárgate, bribona, a pescar sin caña ni anzuelo, que anguila no te ha de faltar mientras te sobre desvergüenza.

Y Camargo y otros muchos fueron ajusticiados aquel día.

Juan Morales de Abad, después de andar una semana sin encontrar quien lo amparase, cayó en manos de la gente despachada en persecución de los fugitivos. Presentado a Carbajal, arrodillose ante él pidiéndole gracia o intentó besarle los pies.

—¡Cómo, señor Morales! —le apostrofó don Francisco—. ¿No me pudisteis matar y queréisme ahora morder? Pues yo os prometo que, aunque tengáis más vida que un gato, habéis de morir esta vez; porque, para que no resucitéis, os harán cuartos y ninguno llevarán al agua. Ya veremos si es obra de romanos el matar a vuesa merced.

Es popular en Chuquisaca la creencia de que, ni aun hecho cuartos, murió Juan Morales; pues en la noche de su suplicio desaparecieron sus restos. De aquí saca el pueblo como consecuencia, que los cuartos volvieron a juntarse, y que el cuerpo de este pobre diablo pasea de noche, embozado en una capa, por las calles de la ciudad.

X. ¡Ay cuitada! Y ¡guay de lo que aquí andaba!

Que el octogenario y obeso Francisco de Carbajal se pirraba por amontonar tejos de oro, es punto en que todos los cronistas convienen, sin referir de su merced un solo acto de largueza o desprendimiento. Súplicas o empeños no influían en su ánimo para que perdonase al enemigo, salvo cuando venían acompañados de argumentos de peso, es decir, de limpios ducados o barrillas de metal.

A inmediaciones del Cuzco sorprendió una noche a un rico vecino, cuyo delito no era otro que haber permanecido quieto en su casa, negándose a tomar partido por Gonzalo.

—¡Hola, seor tejedor! —le dijo don Francisco—. Tejida tiene ya Cantillana la cuerda con que ha de ahorcarle. Que no venga el padre Márquez y lo confiese.

El sentenciado que, aunque hombre de espíritu pacífico, no perdió la serenidad, acordose de que el maestre de campo tenía su lado flaco, y contestó:

—Antes que con el capellán, querría confesar con vueseñoría.

Y acercándose al oído de Carbajal, le dijo en voz muy baja:

—Doy 2.000 pesos de oro por rescate de mi vida. ¿Acomoda el trato?

Don Francisco guiñó un ojo, en muestra de aceptación, y volviéndose a los capitanes que lo acompañaban, exclamó:

—¡Loado sea el Señor, que ha inspirado a vuesa merced a tiempo para revelarme su secreto! Y, pues disfrutaba de privilegio de corona, vaya vuesa merced mucho con Dios, y esté seguro que, si somos contra el rey, no somos contra la Iglesia.

Con estas palabras se propuso Carbajal alejar de los suyos la sospecha del positivo móvil de su inusitada clemencia. ¡Bueno era él para guardar respetos a gente de iglesia, él que había ahorcado en Ayacucho al padre Pantaleón con el breviario al cuello!

Cuentan de Carbajal que, en el saco de Roma, mientras sus compañeros andaban a caza de alhajas y disputándose entre ellos las prendas del botín, don Francisco se ocupaba tranquilamente en trasladar a su posada los protocolos de un escribano. Éste, interesado en rescatar su archivo, pagó a Carbajal 1.500 ducados. La soldadesca, que lo había calificado de loco porque se apoderó de pergaminos y papeles viejos, tuvo que confesar que procedió con talento, pues nadie logró en el saco de Roma provecho mayor que el obtenido por nuestro Demonio de los Andes. Las monedas del cartulario sirviéronle para trasladarse a México.

Pero los tesoros del avaro Carbajal tuvieron siempre la mala suerte de que otro, y no él, los disfrutase. Así, aunque vencedor en el combate de Pocona, los derrotados cayeron, en su fuga, sobre el equipaje de don Francisco, haciendo cata y cala de los tejos de oro.

Mucho doliole al maestre de campo este percance, y pasó un mes practicando infructuosas diligencias para recobrar lo perdido. Al cabo recuperó un tejuelo. Veamos cómo.

Dados de alta entre los suyos varios de los vencidos, supo que uno de éstos, llamado Pero Hernández, estaba jugando a la dobladilla un tejuelo de oro. En la disciplina de aquellos aventureros, era el juego lícita distracción para el soldado, en las horas que el servicio dejaba libres.

Carbajal, que en el Perú por lo menos nunca manejó los dados, encaminose paso entre paso al garito, y entrando de rondón, dijo:

—Jueguen y huelguen los caballeros y este se queda esa moneda, que juro cierto que es muy buena.

Y puso la mano sobre el tejuelo, que pesaba quinientos castellanos, añadiendo alegremente:

—¡Ay cuitada! Y ¡guay de lo que aquí andaba! ¡A las crines, corredor! ¡Ahora, por mi vida, que te va el recuero!

Y después de pelotear entre las manos la barrilla, como para acabar de convencerse de que era una de las que viajaron en su equipaje, continuó:

—Venga acá, señor Pero Hernández, que quiérole contar un cuento.

El soldado, que no creía ya su cabeza muy firme sobre los hombros, obedeció al llamamiento.

—Habrá de saber, señor Pero Hernández, que una honrada dueña quería mucho a su marido, y muriose éste; y un día, barriendo la casa, topó con unas calzas viejas del difunto; y cortando la bragueta púsola en un agujero; y cada vez que barría la casa, cuando llegaba al agujero comenzaba a bailar, cantando: «¡Ay, cuitada! Y ¡guay de lo que aquí andaba».

Y Carbajal, imitando a la dueña, se puso a bailar, repicando con el tejuelo y repitiendo el malicioso estribillo.

—Dígame ahora, señor Pero Hernández, ¿qué es de una carga de oro que estaba con este tejuelo, pues me faltan otros veinte de la familia?

—Señor, yo no lo sé —contestó el soldado—, que este tejuelo me tocó en el reparto. En cuanto a los otros, que cada sacristán doble por su difunto, que yo no tengo por qué.

—Pues búsqueme a los hermanos y encuéntrelos, por su vida, ladroncillo de barjuleta.

Y Carbajal salió del garito canturreando muy alegre: «¡Ay, cuitada! Y ¡guay de lo que aquí andaba!».

> Porque un beso me has dado
> gruñe tu madre:
> toma, niña, tu beso,
> dila que calle.

En cuanto a Pero Hernández, aquella misma noche tomó el camino del humo, temeroso de que a don Francisco se le antojara más tarde cobrar en su pescuezo el precio de los tejuelos.

XI. La bofetada póstuma

Gran soldado y gran caballero fue el capitán Luis Perdomo de Palma, el mallorquín.

Leal a la causa del virrey Blasco Núñez de Vela, gastó cuanto poseía para equipar una compañía de piqueros y sobresalientes; mas en una ocasión, sus soldados estuvieron a punto de desbandarse, alegando que su capitán les era deudor de pagas cuyo monto subía a 1.000 ducados.

Súpolo Perdomo a buena sazón y se presentó en medio de los amotinados.

—¿Por qué me queréis dejar? —les dijo—. ¿Heos dado motivo de agravio? ¿No os traté siempre como a hijos?

—Perdone vuesa merced —contestó el cabecilla—. Bueno es servir al rey moneda sobre moneda; pero ni pizca de gracia nos hace esto de batallar al fiado. Si su majestad nos ha menester, que nos pague la soldada, que vida horra y de menos peligros trae la gente del gobernador. No a su campo vamos, que señor por señor, de rebelde es su bandera; pero sí a lo de la villa de la Plata en pos del descanso y de la holgura.

Luis Perdomo de Palma frisaba ya en los cincuenta y su cabello empezaba a blanquear. Había en su persona un sello tal de altivez y nobleza, que inspiraba respeto y amor en cuantos le trataban. Afeó con enérgicas razones la conducta de los amotinados; y éstos, arrepentidos del villano proceder, protestaron morir bajo la bandera del capitán y renunciar a las pagas.

—No en mis días —contestó su jefe—: esperad un rato que prométovos que poco he de valer o habéis de quedar pagados esta misma vegada.

Y Luis Perdomo se encaminó a casa de un mercader y solicitó de él un préstamo de 1.000 ducados por ocho días, tiempo en que esperaba recibir de su casa, convertidos en dinero, los últimos restos de su fortuna.

El mercader se encogió de hombros y contestó:

—Pobre prenda es una esperanza, que ella, señor capitán, puede marrar, y más en los tiempos de revuelta que vivimos. No me acomoda la prenda.

Ante la poca confianza que tan sin ambages le manifestaba el mercader, otro hidalgo lo habría echado todo a doce, tratádolo de perro y de judío y aun molídole las costillas. Pero el noble caballero se revistió de dignidad, y arrancándose un puñado de pelos de la barba, dijo:

—¿Queréis que os empeñe, por ocho días, estas honradas barbas?

El mercader era también hombre de gran corazón, y descubriéndose con respeto, contestó:

—Señor Luis Perdomo, con prenda tal podéis disponer de cuanto valgo y poseo. Venid que os cuente los 1.000 ducados.

Al vencimiento del plazo desempeñó el hidalgo los pelos de su barba.

¡Qué tiempos! Y ¡qué hombres! La semilla de éstos no ha fructificado.

¿Habrá, en el siglo XIX, no digo pelos, sino barba entera que, para un usurero, valga medio maravedí?

Después de la batalla de Iñaquito, anduvo Luis Perdomo de Palma, por dos años, a salto de mata y siempre en armas contra Gonzalo Pizarro.

Francisco de Carbajal era dueño de Chuquisaca.

Luis Perdomo, que vivía oculto en un monte, a pocas leguas de la ciudad, púsose de acuerdo con el alférez Betanzos, de las tropas de don Francisco, para matar a éste el día de San Miguel y levantar bandera por el rey.

Comprometiéronse en el complot Alonso Camargo, regidor de la ciudad, Bernardino de Balboa y muchos de los soldados de la Entrada.

El alférez Betanzos traía en las venas sangre de Judas; porque fuese a Carbajal y le denunció los pormenores del plan revolucionario. El Demonio de los Andes echó la zarpa encima a los principales conjurados, y encomendó a Betanzos que, pues él conocía el sitio donde se refugiaba Perdomo, fuese con cuatro hombres de su confianza y, muerto o vivo, lo trajese a Chuquisaca.

Era la del alba y el capitán dormía descuidado en la espesura del monte, cuando despertó sobresaltado por un ligero rumor que sintió entre las ramas.

A pocos pasos de él estaban Betanzos y sus cuatro hombres.

Perdomo desenvainó su daga y emprendió la fuga, batiéndose desesperadamente con sus perseguidores.

Había ya conseguido dejar a dos de éstos fuera de combate y logrado poner el pie sobre un grueso tronco, que servía de puente a un caudaloso arroyo de cinco varas de ancho y que corría encajonado en un profundo lecho, cuando alcanzó Betanzos a darle tan recia cuchillada en la mano derecha, que ésta quedó pendiente de un tendón o nervio.

Sin embargo, el fugitivo pudo llegar a la orilla opuesta y dar un puntapié al tronco, que fue arrastrado por la corriente.

Y aquel valiente, cuya energía no se doblegaba ante el dolor físico, se inclinó hacia el suelo, puso la planta sobre la desprendida muñeca, y haciendo un esfuerzo de sobrenatural desesperación, se arrancó con la izquierda la mano derecha y exclamó, lanzándola a la orilla opuesta:

—¡Maldita seas, mano que no has sabido defenderte!...

Y aquella mano sin vida fue a estrellarse en la mejilla del traidor alférez Betanzos.

Algunos días después el bravo y honrado capitán Luis Perdomo de Palma fue (según lo relata el Palentino en su crónica de las guerras civiles de los conquistadores) destrozado en el monte por los tigres.

XII. El robo de las calaveras

Por los años de 1565 no tenía la plaza Mayor de Lima, no digo la lujosa fuente que hoy la embellece, pero ni siquiera el pilancón que mandara construir el virrey Toledo.

En cambio, lucían en ella objetos cuya contemplación erizaba de miedo los bigotes al hombre de más coraje.

Frente al callejón de Petateros alzábase un poste, al extremo del cual se veían tres jaulas de gruesos alambres.

El poste se conocía con los nombres de rollo o picota. Junto al rollo se ostentaba sombría la *ene* de palo.

Cada una de las jaulas encerraba una cabeza humana.

Eran tres cabezas cortadas por mano del verdugo y colocadas en la picota para infamar la memoria de los que un día las llevaran sobre los hombros.

Tres rebeldes a su rey y señor natural don Felipe II, tres perturbadores de la paz de estos pueblos del Perú (tan pacíficos de suyo que no pueden vivir sin bochinche) purgaban su delito hasta más allá de la muerte.

El verdadero crimen de esos hombres fue el haber sido vencidos. Ley de la historia es enaltecer al que triunfa y abatir al perdidoso. A haber apretado mejor los puños en la batalla, los cráneos de esos infelices no habrían venido a aposentarse en lugar alto, sirviendo de coco a niños y de espantajo a barbados.

Esas cabezas eran las de

GONZALO PIZARRO, el Muy Magnífico.

FRANCISCO DE CARBAJAL, el Demonio de los Andes.

FRANCISCO HERNÁNDEZ GIRÓN, el Generoso.

La justicia del rey se mostraba tremenda e implacable. Esas cabezas en la picota mantenían a raya a los turbulentos conquistadores y eran a la vez una amenaza contra el pueblo conquistado.

Gonzalo Pizarro y seis años después Francisco Hernández Girón acaudillaron la rebeldía, cediendo a las instancias de la muchedumbre. Su causa, bien examinada, fue como la de los comuneros en Castilla. Si éstos lucharon por fueros y libertades, aquéllos combatieron por la conservación de logros y privilegios.

Los primeros comprometidos en la revuelta, los que más habían azuzado a los caudillos, fueron también los primeros y más diligentes en la traición.

Esto es viejo en la vida de la humanidad y se repite como la tonadilla en los sainetes.

Volviendo a la plaza Mayor y a sus patibularios ornamentos, digo que era cosa de necesitarse la cruz y los ciriales para dar un paseo por ella, cerrada la noche, en esos tiempos en que no había otro alumbrado público que el de las estrellas.

No era, pues, extraño que de aquellas cabezas contase el pueblo maravillas.

Una vieja trotaconventos y tenida en reputación de facedora de milagros, curó a un paralítico haciéndolo beber una pócima aderezada con pelos de la barba de Gonzalo.

Otra que tal, ahíta de años y con ribetes de bruja y rufiana, vio una legión de diablos bailando alrededor de la picota y empeñados en llevarse al infierno la cabeza de Carbajal; y añadía la muy marrullera que si los malditos no lograron su empresa fue por estorbárselo las cruces de los alambres.

En fin, no poca gente sencilla afirmaba con juramento que de los vacíos ojos de las calaveras salían llamas que iluminaban la plaza.

Estas y otras hablillas llegaron a oídos de doña Mencía de Sosa y Alcaraz, la bella viuda de Francisco Girón.

Como uniformemente lo relatan los historiadores, Girón y doña Mencía se amaron como dos tórtolas, y para ellos la Luna de miel no tuvo menguante. Doña Mencía acompañó a su marido en gran parte de esa fatigosa campaña, que duró trece meses y que por un tris no dio al traste con la Real Audiencia, y acaso el único, pero definitivo contraste que experimentó el bravo caudillo, fue motivado por su pasión amorosa; porque entregado a ella, descuidó sus deberes militares.

El 9 de diciembre de 1554 se promulgaba en Lima, a voz de pregonero, el siguiente cartel:

Esta es la justicia que manda hacer su majestad y el Magnífico caballero don Pedro Portocarrero, maestre de campo, en este hombre por traidor a la corona real y alborotador de estos reinos; mandándole cortar la cabeza y fijarla en el rollo de la ciudad, y que sus casas del Cuzco sean derribadas y sembradas de sal y puesto en ellas un mármol con rótulo que declare su delito.

Muerto el esposo en el cadalso, la noble dama se declaró también muerta para el mundo, y mientras lo llegaba de Roma permiso para fundar el monasterio de la Encarnación, se propuso robar de la picota la cabeza de su marido. Ella no podía encerrarse en un claustro mientras reliquias del que fue el amado de su alma permaneciesen expuestas al escarnio público.

Desgraciadamente, sus tentativas tuvieron mal éxito por cobardía de aquellos a quienes confiaba tan delicada empresa. Doña Mencía derrochaba inútilmente el oro, y era víctima constante de ruines explotadores.

También es verdad que el asunto tenía bemoles y sostenidos. La Audiencia había hecho clavar en la picota un cartel, amenazando con pena de horca al prójimo que tuviese la insolencia de realizar una obra de caridad cristiana.

Diez años llevaba ya la cabeza de Girón en la jaula y más de quince la de Carbajal y Gonzalo, cuando un caballero recién llegado de España fue a visitar a doña Mencía. Llamábase el hidalgo don Ramón Gómez de Chávez, y tan cordial y expansiva fue la plática que con él tuvo la digna viuda, que conmovido el joven español la dijo:

—Señora, mal hizo vuesa merced en fiarse de manos mercenarias. O dejo de ser quien soy, o antes de veinticuatro horas estará la cabeza de don Francisco en sitio sagrado y libre de profanaciones.

Media noche era por filo cuando Gómez de Chávez, embozado en su capa de paño de San Fernando, se dirigió a la picota, seguido de un robusto mocetón cuya lealtad había bien probado en el tiempo que lo tenía a su servicio. El hidalgo encaramose sobre los hombros del criado, y extendiendo el brazo alcanzó con gran trabajo a quitar una de las jaulas.

Muy contento fuese con la prenda a su posada de la calla del Arzobispo, encendió lumbre y hallose con que el letrero de la jaula decía:

ESTA ES LA CABEZA DEL TIRANO

Gómez de Chávez, lejos de descorazonarse, se volvió sonriendo a su criado y le dijo:

—Hemos hecho un pan como unas hostias; pero todo se remedia con que volvamos a la faena. Y pues Dios ha permitido que por la oscuridad me engañe en la elección, la manera de acertar es que dejemos el rollo limpio de calaveras; y andar andillo, que la cosa no es para dejada para mañana, y si me han de ahorcar por una, que me ahorquen por las tres.

Y amo y criado enderezaron hacia la Plaza. Y con igual fortuna, pues la noche era oscurísima y propicia la hora, descolgaron las otras dos jaulas.

Al día siguiente Lima fue toda corrillos y comentarios.

Y el gobierno echó bando sobre bando para castigar al ladrón.

Y hubo pesquisas domiciliarias, y hasta metieron en chirona a muchos pobres diablos de los que habían tomado parte en las antiguas rebeldías.

El hecho es que el gobierno se quedó por entonces a oscuras, y tuvo que repetir lo que decían las viejas: «que el demonio había cargado con lo suyo y llevádose al infierno las calaveras».

Gómez de Chávez, asociado a un santo sacerdote de la orden seráfica, enterró las tres cabezas en la iglesia de San Francisco.

Mírense en este espejo

Lima, como todos los pueblos de la tierra, ha tenido y tiene sus lugares consagrados al mentidero; y gente ociosa y de buen humor, que junto con el persignarse por la mañana, urde notición, bola o embuste que ha de lanzar después del almuerzo.

En 1675, bajo el gobierno del excelentísimo señor virrey don Baltasar de la Cueva, conde de Castellar, era una escribanía, establecida bajo la arcada del Cabildo, obligado mentidero y punto de donde nacía todo chisme escandaloso para hacer luego su camino por el vecindario con más velocidad que los modernos partes telegráficos; pues éstos, con frecuencia, traen paso de tortuga y llegan a su destino (cuando llegan) fuera de oportunidad. Así Dios no nos libre de digresión de poeta, de etcétera de escribano, de récipe de boticario y de cuenta de modistas, si estos forjadores de mentiras no son tan perjudiciales a la República como la viruela o el tifus.

Con las mentiras políticas, sobre todo, se repite la eterna historia de la bola de nieve, que empieza por un copo, y rodando, rodando, termina por un cerro. Dice usted, verbi gratia, que ha leído carta en la que se afirma que al Preste Juan le picó una hormiga en la punta de la nariz, y después de cinco minutos la noticia ha echado tanto bulto que ya no es hormiga sino serpiente de cascabel la de la picadura. El dragón de San Jorge, que al principio tuvo una vara de cola, y cola fue que, andando los días, alcanzó a medir una legua. Pasa con una bola lo que con la hija de mala madre, que a poco no la conoce ni el padre que la engendró.

Un día, por el mes de diciembre del antedicho año de 1675, cundió en Lima espantosa alarma. No había otra conversación en casas y calles, sino la novedad de que habían aparecido piratas en la costa. Empezose por hablar de una flotilla de cinco naves; pero al caer de la tarde ya eran treinta los buques corsarios, con diez mil hombres de desembarque y doscientas bocas de fuego. Dábanse pormenores minuciosos, y referíanse a cartas que, prolijamente averiguando, nadie había recibido. Quién contaba que los enemigos se habían presentado frente a Paita, y quién juraba saber de buena tinta que merodeaban por Arica. En fin, la bola era un Ilimani u otro nevado gigantesco.

Ítem. Todo títere se había convertido en gran capitán y forjaba su plan de combate, infalible para hacer pedir pita al enemigo; que, antaño como hogaño, los hombres de mi tierra pecamos por el lado de las pretensiones. Difícilmente, salvo que sea zapatero, encontraréis un peruano que se atreva a dar opinión sobre si el zurcido de una bota está bien o mal hecho; pero tratándose de gobernar el país, de dirigir y ganar batallas o de arreglar la hacienda pública, no hay hombre molondro, que con solo haber uno nacido en el Perú, ya es omnisciente y puede pronunciar fallos más inapelables que los de la Corte Suprema. Regla sin excepción. Mientras más ignorante sea un prójimo en ciencias políticas y administrativas, tanto más competente es para hablar sobre ellas y hasta para ser ministro; así como, para echarse a periodista, lo esencial es no saber gramática ni proponerse aprenderla.

Entretanto, el gobierno estaba en Babia; y así se cuidaba de los piratas como de las babuchas de Mahoma. El virrey se reía de la alarma de los candorosos limeños y les pedía que se tranquilizasen, pues él abundaba en motivos para asegurar que no había tales piratas ni pintados en la costa.

Viendo la pachorra de su excelencia y que no dietaba medida alguna para la defensa del territorio, tomó la murmuración proporciones alarmantes; y no se convirtió en motín o meeting, que allá se va todo, porque en ese siglo de oscurantismo no se había aún inventado la palabrita con que hoy sacamos de sus casillas, haciéndolos disparar y tirar piedras hasta a los gobernantes más flemáticos.

Pasaba el tiempo, y cada día una nueva y colosal bola venía a llenar de susto a la gente pacata y a jabonar la paciencia del mandatario, que no era hombre de los que creen en duendes ni en correo de brujas. Al cabo, la excitación popular le puso, como se dice, puñal al pecho, y tuvo su excelencia que contestar a una diputación de cabildantes:

—Pues la ciudad lo exige, vamos como don Quijote a batallar con los molinos de viento y a gastar el oro y el moro en preparativos de defensa; pero como yo descubra a los inventores de tamaño embuste, por el alma de mi abuelo, que tengo de escarmentarlos.

Y el excelentísimo señor don Baltasar de la Cueva desató los cordones del real tesoro y artilló naves e hizo maravillas.

Comprobando la agitación pública, dice el cronista a quien seguimos: «En la pampa llamada Calera del Agustino se reunieron el 15 de diciembre hasta seis mil hombres con armas, muy entusiastas y decididos a batirse con los piratas».

A la vez el conde de Castellar, sin descuidar los aprestos bélicos, seguía la pista a los forjadores de noticias que traían alarmado el país, y sus espías lo informaban de cuanto se mentía en la oficina del escribano. El virrey ataba cabos y se preparaba a desenredar la madeja.

En febrero de 1676 y después de dos meses que duraba la general zozobra, llegó al Callao el cajón de España y con él recibió su excelencia seguridad de que ni ingleses ni holandeses pensaban por entonces en correr aventuras marítimas por el Nuevo Mundo, y que, por ende, los vecinos de Lima podían dormir a pierna suelta sin temor de que los despertasen cañonazos. Gacetas y cartas de Madrid, llegadas a particulares, confirmaban también las tranquilizadoras noticias de carácter oficial.

Para entonces ya el virrey tenía en chirona a dos mozos sin oficio ni beneficio, que aguzando el ingenio se divertían en inventar bolas, y a dos indios pescadores que acaso por hacerse interesantes aseguraron una mañana en la escribanía haber visto a la altura de Chilca la escuadra de los piratas.

don Baltasar de la Cueva no se anduvo con chiquitas y les mandó aplicar en la plaza de Lima, atados al rollo y por mano del verdugo, veinticinco ramalazos.

Rigor fue extremado; pero... pero... dejemos la pluma en el tintero.

La excomunión de los alcaldes de Lima

I

En mitad de la calle del Milagro había por los años de 1717 una casa de humilde apariencia, vecina a la de Pilatos.

Ocupaba la casita del Milagro una vieja con más pliegues y arrugas que camisolín de novia, y su sobrina Jovita, la chica más linda para quien amasaban pan los panaderos de esa época.

Doña O, que tal era el nombre de la tía, era beata de la orden tercera y de aquellas que al andar por la calle se inclinan con frecuencia al suelo para separar las pajitas diciendo, como la ña Catita de una preciosa comedia de Manuel Segura:

> ...aquí hay una cruz:
> no la vayan a pisar.

Doña O no admitía en su casa más visita masculina que la de algunos frailes cogotudos y la de don Alonso Esquivel, con quien la vieja andaba en arreglos para casarlo con la sobrina. Pero Jovita se había encaprichado en no querer para marido a hombre que amén de peinar canas y sufrir de reuma gotoso, exhalaba olor a cera de sacristía. Decía la mocita que los viejos son como los cuernos: duros, huecos y retorcidos. Melindres aparte, yo diré a ustedes en confianza, que si la niña hacía fieros al cascado galán, era por tener sus dares y tomares con un buen mozo llamado don Juan Manuel Ballesteros, por quien doña O experimentaba más tirria que el diablo por el agua bendita. Jovita era tan firme en su querer, que no parece sino que para ella se escribieron estas coplas:

> El Padre Santo de Roma
> me dijo que no te amara,
> y le dije: —Padre mío,
> aunque me recondenara.
>   Y el padre Santo me dijo
> que te deje, que te deje,
> y contesté: —Padre mío,
> con la muerte, con la muerte.

El don Alonso Esquivel había sido secretario de cartas y favorito del virrey-arzobispo don fray Diego Morcillo Rubio de Auñón, en los cincuenta días que duró su gobierno hasta la llegada del príncipe de Santo-Buono, nombrado virrey en propiedad. Después del interinato político, pasó Esquivel a desempeñar el empleo de mayordomo de su ilustrísima, quien a la sazón se preparaba para regresar a su diócesis de La Plata. Además el de Esquivel blasonaba de nobleza y lucía escudo cortado: el primer cuartel en oro con un águila en sable, y el segundo en azur con cuatro barras de oro, que son las armas del apellido Esquivel. Como se ve, no era don Alonso ningún majagranzas pobretón, sine todo un personaje.

Entre la tía, que patrocinaba los amores de éste, y la sobrina, reacia en desahuciarlo, sosteníase diariamente cruda batalla. Baste, para formar idea del carácter de esa lucha, el oír parte de la conversación que en la tarde del 16 de junio de 1717 tenían en la puerta de calle la beata y su protegido:

—Fibra, mi señora doña O, mucha fibra, si no quiere usted que esa descocada y ese mozo libertino hagan chichirimico de nosotros. Córtele usted las trenzas, y al convento con ella, que ya la madre abadesa sor Estefanía de los Clavos está prevenida y se pinta sola para domeñar doncellitas levantiscas.

—Así se hará como vuesa merced me lo aconseja, mi señor don Alonso. Mañana mismo dormirá Jovita en las bernardas de la Santísima Trinidad.

—Amén, y hasta la noche que daré la vuelta, trayéndole la licencia del Vicario para que la moza sea recibida en el santo claustro. Beso a usted la mano, mi señora doña O.

—Acompañe Dios al caballero.

II

Tocaban las ocho en San Francisco cuando tía y sobrina salían de la salve de la Soledad.

En la plazuela, oscurísima como es de imaginarse en aquellos tiempos en que no se conocía en Lima sistema alguno de alumbrado público, encontrábase un embozado, quien con el disimulo propio de experto conquistador, se acercó a Jovita, la dio una carta y recibió otra. Por supuesto que doña O no echó de ver aquella actividad de estafetas, que gente moza y enamoradiza se la pega hasta al demonio en figura de beata y semisuegra. El galán siguió su camino y entró en la botica de la esquina, donde había constante tertulia de ociosos jugando a las damas o murmurando de la vida ajena. Allí a la luz del farolillo leyó este billetico: «Juan, sálvame por Dios. Mañana me encierra la tía en la Trinidad. Esta noche traerá don Alonso la licencia».

Ballesteros quedose gran rato pensativo, y luego, como quien ha adoptado una resolución, despidiose de los tertulios, que tenían sus cinco sentidos puestos en el tablero, engolfados en un lance de dama chancho, y enderezó a la calle del Milagro.

En ese instante don Alonso Esquivel llegaba a la puerta de la casa de Jovita, cuando se le interpuso un embozado.

—Una palabra, señor mayordomo.

—Hable, señor mío.

—Vuesa merced trae encima un papel que ¡por Dios vivo! ha de entregarme.

—Hablara vuesa merced con buenos modos, y acaso nos enredáramos de razones; pero mire cómo ha de ser, que yo a impertinencias tales no acostumbro dar respuesta.

Y don Alonso volvió la espalda y se dispuso a pasar el quicio de la puerta; mas Ballesteros lo cogió del brazo y le hundió en el pecho la hoja de su daga.

Esquivel se desplomó gritando:

—¡Muerto soy!... ¡Cristo me valga!

III

El asesino emprendió la fuga y tomó asilo en el convento de los padres descalzos, donde contaba con deudos y amigos que lo amparasen.

Alcalde del primer voto era don García de Híjar y Mendoza, conde de Villanueva del Soto, noble tan de primera agua, que en su escudo de gules ostentaba nada menos que las armas de Aragón y Navarra, favorecedor de Esquivel e íntimo amigo del trinitario Rubio de Auñón. Su señoría alborotó a los cabildantes, y los dos alcaldes ordinarios se dirigieron a los frailes descalzos reclamando la persona del reo, pero los religiosos contestaron con un arsenal de latines. Los alcaldes, a quienes poco se les alcanzaba de la lengua de Horacio y Cicerón, hicieron caso omiso de textos y versículos, y seguidos de escribanos y alguaciles encamináronse a los descalzos, pusieron esbirros en el cerrito de las Ramas y penetraron en la iglesia, donde Ballesteros se había refugiado al pie de un altar y abrazádose a un crucifijo. Los alcaldes nada respetaron, y el pobre don Juan Manuel, atado codo con codo, fue conducido a la cárcel de la Pescadería.

El arzobispo de Lima don Antonio de Zuloaga, y el cabildo eclesiástico, que por entonces tenían sus quisquillas con el Cabildo de la ciudad y que además no partían de un confite con el señor Rubio de Auñón (quien corriendo los años llegó también a ser arzobispo de Lima y les puso las peras a cuarto a los canónigos), tomaron la cosa muy a pechos, e inmediatamente mandaron tocar entredicho en todas las iglesias de Lima y notificar a los alcaldes, dándoles una hora de plazo para devolver el reo al santo asilo. Aquello era un proceder muy ejecutivo. Nada de pañitos calientes.

Aunque los alcaldes alegaron después, en su defensa, que no habían recibido en hora oportuna la notificación, la verdad es que se hicieron sordos a ella, y sin pararse en barras, sometieron al infeliz Ballesteros a cuestión de tormento, que no debió ser muy blando, porque el reo se les quedó entre las manos, tan muerto como Mahoma.

Pero a las ocho de la noche de este día, que fue el 21 de junio, sus señorías los alcaldes ordinarios sintieron frío de terciana, y estaban sin tener quien les valiese ni santo a quien encomendarse. «Con horror y estrépito nunca visto

—dice un cronista— efectuose esa noche la tremenda ceremonia de anatema, que se ejecutó procesionalmente con cruz alta y cirios verdes.»

Allí fue el crujir de dientes. Ni el virrey, ni los oidores, ni los cabildantes atinaban a salvar la situación.

Cuéntase del arzobispo-virrey, y aun creemos haberlo leído en la Vida de la madre Antonia, fundadora de nazarenas, que cuando le presentaron la real licencia para la erección del monasterio dijo: «¡No en mis días!, que las nazarenas son malas para beatas y peores para monjas». Y en efecto, la fundación vino a autorizarse en tiempos del virrey marqués de Castelfuerte, no sin oposición del arzobispo de Lima, que lo era a la sazón el que como mandatario político había dicho: «¡No en mis días!».

Hemos apuntado este hecho para probar que el señor Rubio de Auñón no contaba con muchas simpatías entre la gente devota, y por lo tanto la muerte de su mayordomo era menos lamentada por el pueblo que el infortunio de su matador. Los excomulgados alcaldes se vieron comidos de piojos, y gracias que libraron de que la beatería los hiciese trizas. Lima estaba casi amotinada contra ellos; y el virrey príncipe de Santo-Buono, que no las tenía todas consigo, empezaba a desesperar.

Por fin, el día 23 se reunió bajo la presidencia del arzobispo Zuloaga un consejillo de teólogos, el que, más por ruegos del virrey y porque no tomase mayores creces la turbulencia popular, convino tras larga y acalorada discusión en que el cura del Sagrario absolviese a los alcaldes.

Después de humillación tamaña, todavía les cayó otra más gorda a los alcaldes. El rey les envió un pax-christi de esos de chuparse los dedos de gusto; y como quien dice: «ahítate, glotón, con esas guindas», los privaba perpetuamente de ejercer cargos de justicia y los multaba en mil duros, amén de otras pequeñas gurruminas envueltas en frasecitas de acíbar y rejalgar.

IV

—Y ¿qué me dice usted de Jovita y de doña O?

—¡Hombre! ¡Vaya una curiosidad impertinente! Supongo que la chica se consolaría y que a la vieja se la llevaría pateta.

El chocolate de los jesuitas

I

No hace todavía una semana apocalíptica que tratándose de un ministro de Estado, oí en la tribuna del Congreso a un honorable diputado de mi tierra la siguiente frase: «Hágole a su señoría la justicia de reconocer que es hombre de peso como el chocolate de los teatinos».

Y el presidente de la Cámara, personaje más tieso que los palos de la horca, no agitó la campanilla, ni el ministro se dio por agraviado, y eso que era sujeto que no aguantaba pulgas.

El diputado que tal dijo era un venerable anciano, orador tan famoso por lo agudo de sus ocurrencias como por lo crónico de su sordera, achaque que lo obligaba a nunca separarse de su trompetilla acústica.

Muchacho era yo cuando oí la frase, y durante años y años no se me despintó de la memoria, cascabeleándome en ella a más y mejor. A haber podido yo entonces, sin pecar de irrespetuoso, pedir explicación al egregio autor de la Historia de los partidos, habríame ahorrado el andar hasta hace poco husmeando el alcance de sus palabras.

Ocurrióme por el momento pensar que el chocolate de los teatinos (nombre que primitivamente se dio a los clérigos regulares de la orden de San Cayetano, y con el que más tarde se engalanó también a los jesuitas) debió ser indigesto; pero viejos que lo saborearon, acompañado con bizcochuelos de Huancayo, me sostuvieron que sus paternidades lo gastaban del Cuzco, con canela y vainilla, cacao legítimo, sano y nutritivo. Ergo, dije para mí, si era pesado no sería porque los estómagos levantaran contra él acta plebiscitaria o de protesta. Hay, pues, que buscar la pesadez por otro camino, amén de que muy pulcro orador era don Santiago Távara (¡ya se me escapó el nombre!) para haberse tomado la franqueza de llamar indigesto a quien ceñía faja ministerial.

Tampoco debí suponer que un caballero de tan exquisita cortesanía como el ilustre diputado, hubiera querido decir que su señoría en hombre torpe, machaca o fastidioso, lo que habría sido antiparlamentario y grosero, y dado motivo justo para que el agraviado le rompiese por lo menos la trompetilla.

Gracias al asendereado oficio de tradicionista, he logrado a la postre aprender que cuando a un hombre le dicen en sus bigotes: «Es usted más pesado que el chocolate de los jesuitas», tiene éste la obligación de sonreír y darlas gracias; porque, en puridad de verdad, lejos de insultarlo le han dirigido un piropo, algo alambicado es cierto, pero que no por eso deja de ser una zalamería.

Según mi leal saber y entender, saco en limpio que el señor Távara quiso decir que el ministro era hombre de mucha trastienda, de hábiles recursos, de originales expedientes, de inteligencia nada común.

Y para que ustedes se convenzan, ahí va la tradición que difiere en poco de lo que cuenta el duque de Saint-Simón en sus curiosas Memorias.

II

Parece que allá por los años de 1765, el superior de los jesuitas de Lima andaba un tanto escamado con las noticias que, galeón tras galeón, le llegaban de España sobre la influencia que en el ánimo de Carlos III iba ganando el ministro conde de Aranda. Sospechaba también, y no sin fundamento, que entre el virrey del Perú don Manuel de Amat y Juniet y el antedicho secretario manteníase larga y constante correspondencia en que la Compañía de Jesús tenía obligado capítulo.

Sea de ello lo que fuere, lo positivo es que de repente dieron los jesuitas en echarla de obsequiosos, y consiguieron del virrey permiso para enviar de regalo a España, y sin pago de derechos aduaneros, cajoncitos conteniendo bollos de riquísimo chocolate del Cuzco, muy apreciado, y con justicia, por los delicados paladares de la aristocracia madrileña. No zarpaba del Callao navío con rumbo a Cádiz que no fuese conductor de chocolate para su majestad, para los príncipes de la sangre y para el último títere de la real familia, para los ministros, para los consejeros de Indias, para los obispos y generales de órdenes religiosas, y pongo punto por no hacer una lista tan interminable como la de puntapiés que gobiernos y congresos aplican a esa vieja chocha llamada Constitución. ¡Así anda la pobrecita que no echa luz!

Estómagos agradecidos defendían, pues, con calor, en los consejos de su majestad, la causa y los intereses de los hijos de Loyola. Una jícara de buen chocolate era lo más eficaz que se conocía por entonces para conquistarse amigos y simpatías. Y tanto y tanto menudeaban las remesas del cuzqueño, que hasta el rey empezó a mirar con aire receloso al conde de Aranda, único cortesano a quien no deleitaba el aroma de la golosina, y que tenía el mal gusto de desayunarse con un cangilón del vulgar soconusco, haciendo ascos al divino manjar que enviaban los jesuitas.

Aún estaba fresco el recuerdo de la famosa controversia, en que se enfrascaron los teólogos de la cristiandad, sobre si el chocolate quebranta o no el ayuno, controversia en que hasta dos grandes señoras, la princesa de los Ursinos y Madama de Maintenon, tomaron parte. No poco se escribió en pro y en contra, y la polémica duraría hasta hoy si no hubiera habido jesuitas en el mundo que declarasen que un bollo de chocolate en agua no quebranta el ayuno. Liquidum non frangit jejunium. Algo más: el papa concedió el capelo cardenalicio al padre Brancaccio, que en un libro titulado De usu et potu chocolæ diatriva, sostuvo la tesis de los hijos de Loyola.

En estas y las otras se les durmió una vez el diablo a los teatinos; y un aduanero dio, en secreto, aviso al virrey Amat de que uno de los cajoncitos pesaba como si, en lugar de bollos, contuviera piedras. El virrey quiso convencerse de si aquello era prodigio o patraña, y cuando menos se le esperaba, apareciose en el Callao y mandó abrir el sospechoso y sospechado cajoncito. En efecto. Lo que es bollos de chocolate... a la vista estaban: cuzqueño legítimo y exhalando perfume a canela y vainilla. Pero cada bollito pesaba como chisme de beata o interpelación al ministerio.

Ítem (y esto no lo digo yo, sino el duque de Saint-Simón) el cajón iba rotulado al muy reverendo padre general de la Compañía de Jesús.

—¡Cascaritas! —murmuró el virrey.

No estaba don Manuel de Amat y Juniet, Pianella, Aymerich y Santa Pan hecho de pasta para no recelar que bollos tales fuesen de imposible digestión.

—Dividatur —dijo su excelencia... y ¡saltó la liebre!

Dentro de cada bollito iba... iba... Una onza de oro.

Las brujas de Ica

I

Tierra de buenas uvas y de eximias, brujas llamaban los antiguos limeños a la que, en este siglo, fue teatro de los milagros del venerable fray Ramón Rojas, generalmente conocido por el padre Guatemala, y sobre cuya canonización por Roma se trata con empeño.

Yo no creo en más hechizos que en los que naturalmente tiene una cara de buena moza. Toda mujer bonita lleva en sus ojos un par de diablitos familiares, que a nosotros los varones nos hacen caer en más de una tentación y en renuncios de grueso calibre.

Pero el pueblo iqueño es dado a crecer en lo sobrenatural, y ni con tiranas carretas se le hace entender que es mentira aquello de que las brujas viajan por los aires, montadas en cañas de escoba, y que hacen maleficios, y que leen, sin deletrear, en el libro del porvenir, como yo en un mamotreto del otro siglo.

Verdad es que la Inquisición de Lima contribuyó mucho a vigorizar la fama de brujas que disfrutaron las iqueñas. Ahí están mis Anales, donde figuran entre las penitenciadas muchas prójimas oriundas de la villa de Valverde, y de cuyas marrullerías no quiero ocuparme en este artículo, porque no digan que me repito como bendición de obispo.

II

El primer brujo que floreció en Ica (allá por los años de 1611) merecía más bien el título de astrólogo. Era blanco, de mediana estatura, pelo castaño, nariz perfilada, hablaba muy despacio y en tono sentencioso, y ejercía la profesión de curandero.

Era el Falb de su siglo; gran pronosticador de temblores y muy diestro en agorerías.

Parece que aun intentó escribir un libro, a juzgar por las siguientes líneas extractadas de una carta que dirigió a un amigo:

«Modo de conocer cuándo un año será abundante en agua. —Se observa el aspecto que presenta el cielo el 1.º de enero en la tarde, y si éste es color caña patito será un buen año de agua.»

Explica, además, la abundancia del agua, cuando no concurre aquella condición, como prerrogativa de los años bisiestos.

Califica también los años de solarios o lunarios, según la mayor o menor influencia del Sol y la Luna.

«¿Cómo se sabrá cuándo pueda declararse una epidemia?

—Para esto —dice— no hay más que fijarse si en el mes de febrero se forman o no remolinos en el aire. En el primer caso es segura la peste, siendo de notarse que la viruela, por ejemplo, donde primero aparece es en las hojas de la parra.»

No deja de ser curiosa la teoría del astrólogo iqueño sobre las lluvias. «Las nubes —decía— no son otra cosa que masas semejantes a una esponja que tienen la cualidad de absorber el agua. Estas esponjas se ponen en contacto con el mar, y satisfecha ya su sed, se elevan a las regiones superiores de la atmósfera, en donde los vientos las exprimen y cae el agua sobre la tierra.» En cuanto a la gran cantidad de sapitos (ranas) que aparecen en Ica después de un aguacero, decía que eran debidos a que los gérmenes contenidos en las nubes se desarrollan antes de llegar a la tierra. Daba el nombre de penachería doble a toda aglomeración de nubes, y entonces el aluvión tomaba el calificativo de avenida macho.

Ello es que, como sucede a todos los charlatanes cuando se meten a explicar fenómenos de la naturaleza, ni él se entendía ni nadie alcanzaba a entenderlo, condiciones más que suficientes para hacerse hombre prestigioso.

«Solo teniendo pacto con el diablo puede un mortal saber tanto», decía el pueblo, y todos en sus dolencias acudían a comprarle hierbas medicinales.»

III

No porque las Cortes de Cádiz extinguieran en 1813 el tribunal de la Inquisición, desaparecieron de Ica las brujas. Pruebas al canto.

Hasta hace poco vivía mama Justa, negra repugnantísima, encubridora de robos y rufiana, muy diestra en preparar filtros amorosos, alfiletear muñecos y (¡Dios nos libre!) atar la agujeta. Mala hasta vieja la zangarilleja. Contra su sucesora ña Manonga Lévano no hubo más acusación formal de brujería que la de varias vecinas que juraron, por la Hostia consagrada, haberla visto volar convertida en lechuza.

La Lévano ejercía el oficio de comadrona. Llegaba a casa de la parturienta, ponía sobre la cabeza de ésta un ancho sombrero de paja, que ella decía haber pertenecido al arzobispo Perlempimpim, y antes de cinco minutos venía al mundo un retoño. No hubo tradición de que el sombrero mágico marrase.

Ña Dominguita la del Socorro vive aún, y todo Ica la llama bruja, sin que ella lo tome a enojo. Es una anciana, encorvada ya por los años, y que es el coco de los muchachos porque usa una especie de turbante en la cabeza. En el huertecito de su casa hay un arbolillo, que fue plantado por el padre Guatemala, el cual da unas florecitas color de oro, las que, según ña Dominguita, se desprenden el día de Cuasimodo; florecitas que poseen virtudes prodigiosas. Fue educada en el beaterio del Socorro, fundado en el siglo anterior por el dominico fray Manuel Cordero, cuyo retrato se conserva tras de la puerta de la capilla. Ña Dominguita odia todo lo que huele a progreso, y augura que el fierro-candil ha de traer mil desventuras a Ica. La víspera de la batalla de Saraja no solo pronosticó el éxito, que para eso no necesitaba ser bruja, sino quo designó por sus nombres a los iqueños que habían de morir en ella. Sus palabras son siempre de doble sentido, y admira su ingenio para salir de atrenzos.

Don Jerónimo Illescas, vecino y natural de Ica, blanco, obeso y decidor, era lo que se entiende por un brujo aristocrático. Sabía echar las cartas como una francesa embaucadora. Ño Chombo Llescas, como lo llamaba el pueblo, tenía, hasta hace pocos años que murió, pulpería en la esquina de San Francisco, y vendía exquisitas salchichas confeccionadas por Tiburcio, negro borrachín a quien don Jerónimo ocupaba en la cocina. El tal Tiburcio era también un tipo, pues había encontrado manera pan disculpar su constante embriaguez.

—¡Negro! ¿Por qué estás borracho? —preguntábale algún caballero del lugar.

—Mi amo —contestaba Tiburcio—, ¿cómo no quiere su merced que me emborrache de gusto, si las salchichas me han salido deliciosas?

Si al día, siguiente era también reconvenido, contestaba:

—¡Ay, mi amo! ¿Cómo no me he de emborrachar de sentimiento, si las salchichas se me han echado a perder y están malísimas?

La fama de don Jerónimo, como adivino, se había extendido de la ciudad al campo. Las indias, sobre todo, venían desde largas distancias y le pagaban un peso por consulta.

En Lima hay bobos que, por parecerse a Napoleón el Grande, pagan cuatro soles a la echadora de cartas.

IV

Como las brujas de Mahudes y Zugarramurdi, en España, son famosas en Ica las de Cachiche, baronía, condado o señorío de un amigo. Cachichana y bruja son sinónimos. Nadie puede ir a Cachiche, en busca de los sabrosos dátiles que ese lugar produce, sin regresar maleficiado.

Contribuye también al renombre de Cachiche la excelencia de los higos de sus huertas. Esos higos son como los de Vizcaya, de los que se dice que, para ser buenos, han de tener cuello de ahorcado, ropa de pobre y ojo de viuda; esto es, cuello seco, cáscara arrugadita y extremidad vertiendo almíbar.

Sigamos con las brujas de Cachiche.

Para no pecar de fastidiosos, vamos a hablar únicamente de Melchorita Zugaray, la más famosa hechicera que Cachiche ha tenido en nuestros tiempos.

El laboratorio o sala de trabajo de esta picarona era un cuarto con puerta de pellejo, y en el fondo oscuro de las paredes destacábase un lienzo blanco, sobre el cual proyectaban rayos de luz atravesando agujeros convenientemente preparados en el techo.

El que venía a consultarse con Melchora sobre alguna enfermedad, era conducido al laboratorio, donde después de ciertas ceremonias cabalísticas, lo colocaba la bruja frente al cuadro luminoso y lo interrogaba mañosamente sobre su vida y costumbres, sin descuidar todo lo relativo a amigos y enemigos del paciente. Cortábale enseguida un trozo del vestido o un mechón de pelo, citándolo para el siguiente día a fin de sacar muñeco. Concurría el enfermo, llevábalo Melchora al campo o a algún corral y desenterraba una figurilla de trapo, claveteada de alfileres. Pagaba la víctima una buena propina, y si no sanaba era porque había ocurrido tarde a la ciencia de la hechicera.

Otros, sobre todo las mujeres celosas y los galanes desdeñados, buscaban a Melchora para que los pusiese en relación íntima con el diablo. Vestíase la bruja de hombre, y acompañada del solicitante, encaminábase al monte, donde entre otros conjuros para evocar al Maligno (¡Jesús tres veces!) empleaba el siguiente:

> Patatín, patatín, patatín,
> calabruz, calabruz, calabruz,
> no hay mal que no tenga fin,
> si reniego de la cruz.

Por supuesto que el diablo se hacía el sordo, y la bruja, que previamente había recibido la pitanza, daba por terminado el sortilegio, diciendo que si Pateta no se presentaba era porque la víctima tenía miedo o falta de fe.

V

No hace cuatro años que los tribunales de la República condenaron a unos infelices de la provincia de Parapaca por haber quemado a una bruja, y creo que más recientemente se ha repetido la escena de la hoguera en otros pueblos del Sur.

En cuanto a Ica, consta en uno de los números de El Imparcial, periódico que en 1873 se publicaba en esa ciudad, que una pobre mujer de Pueblo Nuevo fue atada a un árbol por un hombre, el que la aplicó una terrible, azotaina en castigo de haberlo maleficiado. Cosa idéntica se había realizado en 1860 con Jesús Valle, negra octogenaria y esclava de los antiguos marqueses de Campoameno, a la que costó gran trabajo impedir que los peones de una hacienda la convirtiesen en tostón.

VI

Y para concluir con las brujas de Ica, que ya este artículo va haciéndose más largo de lo que conviene, referiré, el porqué José Cabrera el Chirote conquistó en Ica fama de catedrático en brujería.

Aconteció que la conjunta de un amigo de éste sintiose acometida de los dolores de parto, y mientras el marido fue en busca de comadrona, quedose el Chirote en la casa al cuidado de la mujer. Ésta chillaba y hacía tantos aspavientos, que Cabrera, a quien apestaban los melindres, la arrimó un bofetón de cuello vuelto. Recibirlo y dar a luz un muchacho fue asunto de dos segundos.

El marido, la matrona y las vecinas calificaron de brujo a ño Cabrera, y hoy mismo no hay quien le apee el mote de Chirote el brujo, a lo cual contesta él con mucha flema:

—Merecido lo tengo. Eso he ganado por haberme metido a hacer un bien.

Un caballero de industria

Primo tercero del excelentísimo señor virrey don Manuel Guirior era don Higinio Falcón, clérigo mozo, que con recomendación de su encumbrado deudo, se presentó al obispo de Arequipa solicitando un beneficio eclesiástico. Mientras llegaba la oportunidad de complacerlo, su ilustrísima lo destinó como auxiliar de una de las parroquias con los emolumentos precisos para que se sustentase con modestia.

don Higinio, que era madrileño y como tal graciosamente decidor, se hizo en breve querer mucho de los arequipeños, por lo alegre y expansivo de su carácter, amén de que traía pasaporte en la cara, que el cleriguito era buen mozo. A los tres meses era ya por lo menos compadre de diez vecinos notables. Un día encontrose necesitado de doscientos duros: ocurriole poner a prueba el afecto de los compadres, y les escribió solicitando de ellos un préstamo. Los unos se excusaron de servirlo, hablándole de la mala cosecha del año, y los otros ni siquiera contestaron a la carta. Don Higinio se tragó el desaire y continuó frecuentando la sociedad de sus compadres, pero decidido a hacerles una que les llegase a la pepita del alma.

Cundió una mañana la noticia de que el clérigo había amanecido gravemente enfermo y acudieron a visitarlo los compadres. En efecto, el estado de don Higinio era alarmante, y el curandero o matasanos declaró que el doliente las liaba sin vuelta de hoja.

—Cúmplase la voluntad de Dios. Para morir nacimos —murmuró el clérigo—. Compadres, háganme la caridad de llamar a un escribano para hacer mi testamento.

Llegado el depositario de la fe pública, y después de las cláusulas preliminares que poco interés ofrecen, dictó don Higinio las siguientes que copiamos del documento original:

«Ítem declaro: Que de la venta de mis bienes patrimoniales en la coronada villa de Madrid, he recibido la suma de 72.000 pesos ensayados, los mismos que depositados tengo en Lima en poder de mi primo el excelentísimo señor virrey don Manuel Guirior, según su recibo legalizado que, con los documentos del caso, se encuentra en el legajo que, sellado y lacrado, se agregará a este testamento.

»Ítem declaro: Que no teniendo herederos forzosos ni deudos, en condición menesterosa, es mi voluntad que los antedichos 72.000 pesos se distribuyan en calidad de legado y a razón de 4.000 pesos a cada uno de mis ahijados (aquí seguían diez nombres de niños) para su educación y mantenimiento. Y asimismo es mi voluntad que del remanente se repartan 10.000 pesos en limosnas para los pobres de Arequipa.»

Seguía señalando cantidades para misas, haciendo una fundación devota, y concluía nombrando albaceas a dos de los más ricos entre sus compadres.

Firmado el testamento, cuyas cláusulas, entre quejido y quejido, dictó públicamente el enfermo, los compadres y camaradas no se ocuparon más que de encomiar al moribundo y prodigarle cuidados y asistencia.

Siguió éste tres días entre si amanece o no amanece; pero al cuarto anunció el galeno que la enfermedad hacía crisis favorable, y crisis fue que entró don Higinio en el período de convalecencia. El hipócrates opinó entonces que para lograr completo restablecimiento necesitaba el enfermo tomar baños en el puerto de Quilca. Don Higinio habló sobre esto con uno de sus compadres, pero añadiendo:

—Me es imposible obedecer al médico, porque para mi viaje y curación en Quilca necesito siquiera quinientos duros, y mientras escribo a Lima para que me los mande el virrey de los que me tiene y mientras llega el comisionado con la respuesta, correrán un par de meses, y cuando el dinero venga ya estaré muy tranquilo en el hoyo.

—¡Ah, no compadre, que por plata no quede! —le contestó el visitante—. Hoy mismo tendrá usted esos reales.

—Gracias, compadre, y no esperaba menos de su bondad; pero por lo que potest, le daré un libramiento contra mi primo.

Y conversación idéntica iba teniendo don Higinio con los demás compadres, algunos de los cuales, dándola de rumbosos, le dijeron:

—¿Qué va usted a hacer con 500 pesos? Por si acaso, tome usted mil.

Y el clérigo aceptaba sin hacerse de rogar, firmando libranzas contra el virrey.

Los prestamistas se hacían el siguiente cálculo: «Mi dinero está seguro, que el virrey paga, y gano el que don Higinio, por gratitud, reforme el testamento mejorando al ahijado».

Dos días después el convaleciente emprendía su viaje a Quilca, llevándose en la maleta más de doscientas peluconas. Los compadres habían tragado el anzuelo. Cuando llegó a descubrirse el embrollo, ya don Higinio había pasado el Cabo de Horn.

De cómo a un intendente le pusieron la ceniza en la frente (A Manuel Aurelio Fuentes)

I

En el tomo primero de una de las series de Papeles varios de la Biblioteca de Lima, encuéntrase un alegato o relación de méritos que desde Cádiz, y con fecha 6 de abril de 1810, elevó a su majestad don Demetrio O'Higgins, gobernador intendente de Guamanga.

Ateniéndonos a ese documento, fue don Demetrio nacido en Irlanda, hijo de los condes de Coolabin y descendiente, por línea recta, de Muradach XVI, rey de la fértil Erin.

En 1782, y cuando apenas contaba quince años de edad, entró al servicio militar de España en clase de alférez; y en 1797, a pedimento de su tío el virrey del Perú don Ambrosio O'Higgins, pasó a Lima trayendo recomendación del monarca para que se le acordase la primera intendencia o prefectura, como hoy decimos, que vacara.

Mientras llegaba este caso, nombrolo el virrey capitán de su guardia de caballería, y poco después diole el mando del regimiento dragones de María Luisa, creado para impedir que desembarcasen en la costa los ingleses de la escuadrilla que, a las órdenes de Hugo Seymur, traían alarmado al país.

Estos señores ingleses nos han dado siempre (y tienen que darnos, que es lo peor del entripado) dolorcillos de cabeza.

Fallecido el intendente de Guamanga, Méndez de Escalada, fue en 22 de octubre de 1799 nombrado don Demetrio para sucederle, y consta de su ya citada relación de méritos que fue muy justiciero, que se condujo con celo y desinterés, que hizo construir puentes, abrir caminos reparar iglesias y otras obras de reconocida utilidad para Guamanga. Lo único que no consta es que fundara siquiera una escuela. ¡Ya se ve! Ni pizca de falta hacía el que los peruanos aprendieran a leer.

Fue casado don Demetrio con una bellísima limeña, doña Mariana Echevarría, la misma que, en segundas nupcias, casó con el infortunado marqués de Torre-Tagle. Doña Mariana acompañó a su esposo, cuando éste se encerró con Rodil en el Real Felipe del Callao, muriendo ambos en 1825, víctimas de la epidemia que se desarrolló en la plaza sitiada.

Volviendo a don Demetrio, cuando regresó a Europa en 1808 hízolo en compañía de don Tadeo Gárate, intendente de Puno; y es fama que todas las noches, y para distraer el fastidio de tan larga navegación, íbanse a conversar a la cámara del capitán, teniendo por delante una botella de abultado vientre y dos cuernecitos de plata que hacían el oficio de copas y que cada vez que el vástago de Muradach XVI sentía la necesidad de remojar el gaznate, acudía a este estribillo:

¡Qué mundo tan cochino, don Tadeo!
Páseme un cacho, que es contra el mareo.

Presentado el personaje, vamos a la tradición.

II

Tres meses llevaba ya de residencia en Guamanga el gobernador intendente don Demetrio O'Higgins, cuando llegó el miércoles de ceniza del año 1880.

Aquello de tener el pelo de un rubio colorado y de hablar el castellano con mucho acento de gringo, dio al principio motivo para que el pueblo no lo creyera muy católico-apostólico-romano. Contribuía a fortificar tal recelo la circunstancia de que aunque don Demetrio no faltaba a sermón ni a misa, sobre todo en los días de precepto, era poco festejador con la gente de iglesia.

Era ya casi mediodía, y no quedaba en Guamanga alma viviente que no hubiese acudido a la parroquia a tomar ceniza. Únicamente su señoría el gobernador no daba acuerdo de su persona.

El vecindario estaba escandalizado y todo era corrillos y murmuraciones.

—¿No lo decía yo? ¡Si es hereje! —afirmaba un zapatero remendón.

—La pinta no engaña —añadía una vieja contemporánea del arca de Noé—: es rubio como los judíos.

—Y tiene pico en la nariz —observaba un cartulario.

—Apuesto a que es circunciso —agregaba una mozuela marisabidilla.

—¡No podía ser por menos! Yo sé que ese hombre no reza el rosario —argüía un barbero.

—¡Ni el trisagio! —aumentaba otro.

—¡Ni la setena!

—¡Ni el trecenario!

—¡Y la Inquisición, que se ha echado a muerta! —murmuraba el vendedor de bulas, que fue probablemente quien en 1804 denunció a don Demetrio O'Higgins ante el Santo Oficio de Lima, como lector de obras prohibidas.

—¡Viva la religión! ¡Muera el judío! —clamaron todos en coro.

Y la gritería amenazaba ya convertirse en motín cuando asomó el cura revestido con sobrepelliz y estola, seguido del sacristán, que llevaba caldereta, hisopo y demás menesteres. El cura logró tranquilizar al pueblo, diciendo: que tal vez su señoría estaba indispuesto, y que por eso no habría acudido a cumplir como cristiano; pero que él se encaminaba a casa de la autoridad, para sin reparar en tiquis miquis ponerle la ceniza en la frente.

El pueblo nombró por aclamación a cuatro vecinos para que, acompañando al párroco, fuesen testigos de la ceremonia.

Llegados a casa del intendente, salió éste a la sala y le saludó el sacerdote.

—Dios guarde a useñoría.

—Y a su merced también. ¿Qué se ofrece?

—Vengo —prosiguió el cura— a evitar que su señoría dé motivo de escándalo, y cumpla delante de testigos con las, prácticas de todo fiel cristiano.

—Déjeme, padre cura, de sermones y vamos al grano.

—Pues el grano es que anualmente el día de hoy acostumbra la Iglesia marcar con una cruz la frente de los pecadores, para recordarles que son mortales y que se han de convertir en polvo y ceniza. Esto entendido, arrodíllese usía.

—¡Acabáramos, señor mío! —contestó don Demetrio poniéndose de hinojos.

El cura pronunció pausadamente el memento homo, y dibujó con mucha limpieza una cruz de a pulgada larga sobre la frente del irlandés.

Terminada la ceremonia, dijo el párroco:

—Ahora levántese useñoría.

Don Demetrio se puso de pie y preguntó:

¿No tenemos más que hacer?

—No, señor.

—Pues entonces... ¡God by! Lárguense ustedes con Dios, que el servicio del rey me espera.

III

Desde ese día fue don Demetrio O'Higgins el más popular de los gobernadores intendentes que tuvo Guamanga.

¿Y cómo no serlo si el pueblo soberano, por intermedio del cura, le había puesto la ceniza en la frente?

De esta capa, nadie escapa

I

«Quien lo hereda no lo hurta», dice el refrán, y a fe que a justificarlo bastaría la inmemorial costumbre que, generación tras generación, han tenido los muchachos de Lima de poner letreros en las paredes de las calles y de pintar en ellas mamarrachos. Esa propensión a ensuciar paredes la hemos adquirido los limeños con la primera leche, y ya se sabe que lo que entra con el capillo, solo se va con el cerquillo.

Hasta que dejamos de ser colonia española, no había en Lima casa en cuyo traspatio no se vieran pinturas de churrigueresco pincel. Por lo regular se copiaba un cuadro representando la prisión de Atahualpa, la revolución de Almagro el Mozo, una jarana en Amancaes, el auto de fe de Madama Castro, el paseo de Alcaldes, la procesión de las quince andas o cualquier otra escena histórica o popular. El artista (y perdón por el dictado) retrataba en esos frescos los tipos más ridículos y populares y la fisonomía de individuos generalmente conocidos por tontos.

En los paseos públicos, en las alamedas de Acho y del Callao, también veíanse idénticos cuadros. Así, en la primera existió hasta 1830 uno representando el mundo al revés, cuadro que, francamente, no carecía de originalidad y gracia, según me han dicho los viejos. Aparecían en él los escolares azotando al dómine; la res desollando al carnicero; el burro arreando al aguador; el reo ahorcando al juez; el escribano huyendo del gatuperio: el usurero haciendo obras de caridad; el moribundo bendiciendo al médico y la medicina, et sic de caeteris.

Además, muchos pulperos hacían pintar en sus esquinas un dragón, una sirena, un cupidillo desvergonzado u otro personaje mitológico. Algunos, y eran los menos, mandaban pintar un San Lorenzo sobre parrillas, un San Sebastián asaeteado, un San Pedro crucificado boca abajo, un San Cristóbal con el niño a cuestas o cualquier otro santo de su devoción. Así varias calles quedaron bautizadas con el nombre del adefesio pintado.

En las paredes campeaba Pasquino más que en Roma. Cada pared contenía, a veces, más injurias contra el prójimo que las que hogaño se regalan dos gacetilleros cuando rompen pajita. «El oidor tal es un borracho, el alcalde cual un pícaro y el corregidor *ene* un ladrón», eran los motes que más pululaban.

Ni las paredes de palacio estaban libres de Pasquino. Cuéntase que al dejar el mando Amat, apareció en uno de los corredores este pareado:

¡Juh! ¡Juh! ¡Juh!
Ya se te acabó el Perú.

Añaden los maldicientes que el socarrón virrey cogió un carboncillo y escribió debajo:

¡Jih! ¡Jih! ¡Jih!
Cinco millones me llevó de aquí.

A veces era el sinapismo una décima o una redondilla, en que a tal dama se agraciaba con las cuatro letras, y a cual marido con título peor si cabe.

El pasquín era la válvula de que disponía el pueblo para desfogar vapor.

Así lo reconocía el visitador Areche, según se desprende de cierta filípica en que acusaba a los frailes de Lima de mantener excesiva familiaridad con el pueblo, familiaridad que alentaba a éste en su obra de difamación.

En lo de garabatear paredes, a pesar de los bandos y demás medidas de la autoridad, estamos hoy, ni más ni menos, como en el siglo pasado. Un libro en folio mayor no bastaría para copiar todas las lindezas que hay escritas en los muros y asientos del palacio de la Exposición. Recomiendo la empresa a los holgazanes.

En tiempo de elecciones, todo ciudadano de club se cree con derecho para estampar en el blanco lienzo de pared su profesión de fe política. No hay calle en la que escrito con añil o carbón no se lea: «¡Viva Fulano! —¡Muera Zutano! —¡Perencejo o la muerte! —¡Abajo los tales por cuales! —A la horca los tales por cuales!» Por supuesto que, variando nombre de candidatos, se repite cada cuatro años el garabateo, con no chico enfado, de los propietarios, obligados a hacer borrar inscripciones subversivas. Antojósele no ha mucho a un chusco, en la víspera de un día de rebujiña, pintar con almagre crucecitas en las paredes, y los limeños pasamos durante veinticuatro horas la pena negra, dando y cavando en que aquel cementerio de cruces no podía significar sino el comienzo de una Saint-Barthelemy. ¡Al diablo el chusco y los hugonotes! Vamos con la tradición.

II

Creo haber contado en otra oportunidad, que Ramona Abascal era tan linda como mimada y melindrosa. Dios me perdone la especie; pero casi, casi me atrevería a jurar que fue ella la primera hembra que trajo a Lima la moda de los ataques de nervios y demás arrechuchos femeniles. La enfermedad era pegajosa, y ha cundido que es un pasmo.

¿Reventaba un cohete? ¿Pasaban la tarasca, los gigantes y papahuevos de la procesión del Corpus? ¿Chillaba un ratoncillo? Pues ya teníamos a Ramonica con soponcio, y a su buen padre, el excelentísimo señor virrey de estos reinos del Perú y Chile, gritando como loco y corriendo tras la hoja de congona, el frasquito de alcalinas o el agua de melisa.

¡Muy padrazo era el futuro marqués de la Concordia! Por miedo a los nervios de la chica, prohibió que se quemaran cohetes a inmediaciones de palacio y que saliesen penitentes pidiendo para la cera de Nuestro Amo y Señor de los Milagros.

A poco de la llegada de Abascal a Lima, salió una mañanita, de las de aguinaldo del año de 1806, a dar un paseo con su hija. Su excelencia y la niña iban de trapillo. Paseaban de incógnito, como quien dice, ni más ni menos que un honrado mercader de la ciudad con su pimpollo.

Ramona quería conocer el arrabal de San Lázaro, y en esa dirección la conducía el cariñoso y noble anciano.

Al llegar a la esquina de las Campanas, la niña comenzó a temblar como azogada, exhaló un grito agudo y ¡pataleta al canto!, cayó sobre el santo suelo. Acudió el pulpero, y con ayuda de los transeúntes transportaron a la doncellica a una casa vecina.

¿Qué causa había producido tamaño efecto en la delicada niña? Para adivinarla no tuvo Abascal más que fijarse en el figurón pintado en la esquina.

Representaba éste a un hombre en la actitud de embozarse en la capa, la cual se componía de un almácigo de cuernos superpuestos. En el sombrero del mamarracho leíase esta inscripción: De esta capa, nadie escapa.

Abascal, que en otra ocasión no habría parado mientes en lo inmoral de la alegoría, ni leído la complementaria inscripción, halló que aquello era abominable e indigno.

Cuando regresó con su hija a palacio, mandó llamar al alcalde del Cabildo y le indicó la conveniencia de hacer borrar ese y otros figurones indecentes que afeaban las calles. Avínose el cabildante, no sin manifestar recelo de que a los vecinos disgustase la providencia, e inmediatamente comunicó la orden del caso al maestro de obras o primer albañil de la ciudad.

El pulpero protestó enérgicamente, tan enérgicamente como un diputado dual contra las balotas negras. Dijo que el mandato de la autoridad era abusivo y contra ley, y atentatorio a un derecho adquirido y consentido; que le acarreaba lesión enormísima, pues de tiempo inmemorial era conocido su establecimiento con el nombre de pulpería de los cachos, y que al suprimirse el emblema no tendrían los nuevos parroquianos señal fija para acudir a su mostrador, lo que redundaba en daño suyo y provecho del pulpero del frente. Citó en su apoyo una ley de Partida, una real cédula y un breve pontificio, que el hombre era un tanto leguleyo y hablistán.

—Pues yo soy mandado para borrar el muñeco y no para oír alegatos. Eso allá a los estrados de la Real Audiencia —dijo el maestre de obras.

—¡Córcholis! —exclamó el pulpero—. Iré hasta el mismo rey con la queja, y puede que vaya usted a presidio, de por vida, como instrumento de injusticias.

—¡Cómo!... ¿Me viene usted a mí con valecuatro? ¡Recórcholis! —contestó amoscado el albañil—. Aunque se queje al Padre Santo de Roma, a borrar soy venido y borro. ¡Manos a la obra, muchachos!

Y los oficiales de albañil eliminaron en un dos por tres el grotesco figurón. El hombre de la capa desapareció de la esquina de las Campanas; pero ni Abascal ni los albañiles alcanzaron a borrar de la memoria del pueblo la consabida frasecilla: De esta capa, nadie escapa.

Los dos Sebastianes

No había en Lima, por los años de 1817, muchacha más pretendida que la linda Carmencita, hija única de la dos veces millonaria marquesa de X... Como se ve, no era ella de las que dicen:

> Si me caso contigo
> me da mi madre
> un olivar que tiene
> puesto en el aire.

Según aparece en el legajo número 9 del archivo del Consulado, entre los 158 coches y las 828 calesas que por entonces pagaban contribución fiscal, eran los vehículos de mi señora la marquesa los que figuraban en primera línea. Anualmente, el día de su cumpleaños daba la marquesa a sus amigos un almuerzo en Amancaes, almuerzo de cuya esplendidez se hacían lenguas los limeños. Y a propósito de Amancaes, queremos consignar aquí que ese paseo (que se inaugura el día de San Juan y concluye el de San Miguel) data casi desde la fundación de Lima. En 1549 don Andrés Cinteros, acaudalado minero de Potosí, vino a establecerse en Lima y fundó en el sitio donde más tarde se edificara el templo de Santo Tomás una capilla consagrada a San Juan de Letrán y en el cual se verificaba la recepción de los caballeros cruzados, los que después de la ceremonia de investidura iban a festejarlas en Amancaes. La capilla, con sus privilegios nobiliarios, se trasladó después a palacio. Esto es cuanto sobre el origen del paseo a la pampa de Amancaes hemos alcanzado a sacar en limpio, y que está en armonía con una sucinta noticia que consigna El Mapa, periódico que se publicaba en Lima en 1843.

Sigamos nuestra interrumpida narración.

Tras de premisas tales, adivinar se deja que Carmencita tendría un cardumen de aficionados. Dos millones en perspectiva despiertan el apetito.

Entre los pretendientes a la mano de la niña contábanse don Sebastián de Apezechea y don Sebastián de Encalada, caballeros ambos del hábito de Santiago. Era el de Apezechea hombre de cuarenta años, de aspecto nada simpático, de modesta fortuna y con fama de avaro. Jamás comió gallina por no desperdiciar las plumas.

En cambio, el de Encalada era el reverso de la medalla. Mozo de treinta años, elegante, rico y gastaba rumbosamente su dinero.

Los dos Sebastianes habían pedido a la marquesa la mano de su hija, y la anciana vacilaba en la elección. Lo acertado hubiera sido que, pues ella creía que ambos aspirantes eran dignos de entroncar con su familia, eligiese Carmencita marido a su regalado gusto. Pero en aquellos tiempos felices de la pajuela y la alhucema, las hijas no tenían voz ni voto.

Desvelábase la marquesa cavilando en las ventajas y desventajas de cada novio, y pasaba el tiempo, y los galanes la apuraban por respuesta. Ella terminó por pedirles una semana de plazo para resolver el empeño.

Cumplíase el plazo el día de San Sebastián, patrono de los dos aspirantes a cargar con mujer y suegra, y desde la víspera anduvo la marquesa en trajines de la cocina al comedor; pues ella misma se ocupó en arreglar dos fuentes de conserva de nísperos. Un criado, vestido con la librea de gala, se presentó en casa de Encalada, y le dijo:

—Dice mi amita la marquesa que los cumpla su merced muy felices, y que a su nombre reciba esta fineza.

Encalada no cabía en sí de gozo. El agasajo se le antojó afecto de suegra, y dando una palmadita al negro, contestó:

—Dile a tu ama que estimo su recuerdo, y que esta noche iré a ponerme a sus pies.

Y dejando una onza de oro en la mano del negro, añadió:

—Toma, para que eches un trago a mi salud.

El fámulo volvió contentísimo a casa de su ama, ponderando la generosidad del galán. La marquesa se sonrió, murmurando: «Veremos cómo se porta el otro».

El criado que fue con el zaine a casa de Apezechea, regresó con la cara más triste que un entierro. El de Apezechea le había dado por todo alboroque medio real de plata. La marquesa llamó entonces a Carmen, y la dijo:

—Entre un vanidoso derrochador, que hará cera y pábilo de tu hacienda, y un avaro, que si no la aumenta, sabrá conservarla para mis nietos, estoy por el segundo. Te casarás con Apezechea.

Y aquella noche, Encalada recibió calabazas fresquitas, y dijo con un poeta:

> Por ti de Dios me olvidé,
> por ti la gloria perdí,
> y a la postre me quedé
> sin Dios, sin gloria y sin ti.

La marquesa no estuvo errada en su augurio. Corriendo los años, el fastuoso Encalada llegó a pobre; y Apezechea dejó en su testamento tres millones, que sus descendientes creo quo han sabido triplicar.

Y no digo más... porque no digan que, más que una tradición he escrito una biografía contemporánea.

La catedral del Cuzco

El obispo de los retruécanos

Don José María Pérez y Armendáriz, vigésimo quinto obispo del Cuzco, nació en Paucartambo por los años de 1727. A la edad de catorce años entró de alumno en el seminario de San Antonio, del cual fue en 1769 nombrado rector. Cuando el señor Las Heras pasó a desempeñar el arzobispado de Lima, designó el rey para la mitra del Cuzco a Pérez Armendáriz, quien recibió las bulas pontificias en 1809, alcanzando a gobernar la diócesis hasta el 9 de febrero de 1819, fecha en que falleció.

Fue el señor Pérez muy caritativo, y tanto que su renta la distribuía en limosnas. Chocándole a uno de sus familiares ver que el obispo, tan desprendido del fausto y del dinero, conservaba una escupidera de oro, manifestole su extrañeza con esta pregunta:

—¿Cómo es que su señoría, que todo lo da a los pobres, no se ha desprendido de esta alhaja?

El señor Pérez satisfizo la impertinente curiosidad de su familiar, improvisando estos octosílabos:

Consérvola por ser de oro,
y no de metal sencillo,
que el oro debe un cristiano
usarlo... para escupirlo.

Fama han dejado en el Cuzco las agudezas del nonagenario obispo, que era gran improvisador de copias y muy dado a jugar con los vocablos. Vamos a apuntar aquellas muestras de su ingenio que la tradición se ha encargado de transmitir hasta nosotros.

Mucho sentimos no encontrar manera pulcra de referir la historia de un calembourg que hizo de las voces papel y piedra, a propósito de un coronel apellidado Piedra, que envió a mala parte un billete que el obispo le dirigiera solicitando la libertad de un recluta.

Español y caballero

> es Piedra y tócale a él
> hacer uso de papel
> para.............................
> Tal proceder no me arredra
> en semejante animal:
> yo soy indio, y como tal
> ....con Piedra.

La malicia del lector suplirá lo que nuestra pluma calla.

Cuando en 1811 estalló en el Cuzco la revolución encabezada por Pomacachua, proclamando la independencia del Perú, el obispo hizo ostentación de sus simpatías por la causa patriota. Así, al saber la derrota sufrida por el general realista Picoaga, única victoria que en esa tan sangrienta como desigual lucha alcanzaron los heroicos revolucionarios, dijo Armendáriz públicamente:

—Dios sobre las causas que protege pone una mano; pero en favor de la proclamada por el Cuzco ha puesto las dos.

Vencidos al cabo los patriotas por el mariscal de campo don Juan Ramírez y ajusticiados los caudillos Pomacagua y Angulo, cayó la ciudad nuevamente bajo la férula española, y Ramírez, hablando un día de la conducta revolucionaria del obispo, dijo:

—Ese viejo chocho me parece que ha perdido la cabeza.

A poco, cumpliendo con un deber de etiqueta, fue el obispo a visitar a Ramírez, y al despedirse fingió dejar olvidado el sombrero. El mariscal salió a darle alcance en el patio, para entregarle el abrigo capital, y le dijo:

—Mal anda esa cabeza, señor obispo.

Pérez Armendáriz contestó inmediatamente:

> Es cierto, mi general;
> aunque si bien considero,
> el que no tiene cabeza
> no necesita sombrero.

218

Pero si algo nos prueba, más que el talento, la elevación de espíritu del señor Pérez, es el siguiente sucedido.

Con motivo de una provisión de curatos, cierto clérigo que vivía muy pagado de su persona y méritos, envidioso de que se hubiera favorecido a otro con un buen beneficio de los de segunda nominación, le dijo al obispo:

—Probablemente su señoría no sabe qué casta de pájaro es Fulano. Básteme contarle que mantiene barragana y un celemín de hijos.

—¡Hola! ¡Hola! ¿Esas teníamos? Llámeme usted al secretario.

El chismoso salió a cumplir el encargo, reconcomiándose de gusto ante la idea de que el diocesano iba a inferir grave desaire al acusado.

Cuando se presentó el secretario, acompañado del denunciante, le dijo el señor Pérez:

—Dígame usted, don Anatolio, ¿cuál es el más pingüe de los curatos vacantes?

—Ilustrísimo señor, el mejor curato es el de Tinta.

—Pues nombre usted para Tinta al pájaro de quien tanto mal ha dicho el señor.

—¡Cómo, Ilustrísimo señor! —exclamó el chismoso dando un brinco.

Pero el obispo se hizo el desentendido y continuó como hablando consigo mismo:

—¡Pobrecito padre de familia! ¡Cargado de hijos! ¡Me alegro de saberlo! ¡Pobrecito! Que tenga recursos para llenar con decencia las obligaciones de su casa... ¡Sí, sí! ¡Pobrecito!...

Jamás chismoso fue tan magistralmente reprendido.

Sin embargo, el envidioso clérigo, que había sido el ojito derecho, el mimado del señor Las Heras, tuvo empaque para protestar con estas palabras:

—¡El antecesor de su señoría no me habría agraviado así!

—¿Cómo ha de ser, hijito? ¡Paciencia!

En tiempo de Heras,
  todo eras.
En tiempo de Pérez,
  nada esperes.

—Ve con Dios, que él te dé luz y, sobre todo, caridad con el prójimo.

La Virgen del sombrerito y el chapín del Niño

I

Los dominicos enseñan una estampa en que se ve a la Virgen María llevando, en vez de corona de oro, un sombrerito de piel, de esos que hoy llamamos de panza de burro; y he aquí la explicación que dan sobre la originalidad del adorno.

En inminente peligro de quiebra hallábase un honrado comerciante si, llegada cierta fecha, no echaba ancla en el Callao un navío que con mercaderías valiosas le venía consignado desde Cádiz. Cumpliose el plazo con exceso, ni noticias había del buque, y en un mismo día acudieron al comerciante tres de sus acreedores cobrándole una suma morrocotuda. El buen hombre ocurrió en tribulación tamaña a la Virgen, pidiéndola en préstamo su corona de oro y pedrería fina, prometiéndola que para la celebración de su fiesta anual se la devolvería mejorada. Accedió la Virgen a la petición de su devoto, y éste la dejó en prenda su sombrero, con el cual cubrió la cabeza de la imagen.

Lo verdaderamente milagroso es que la Virgen pasó algunos meses ensombrerada, sin que para los fieles fuese visible el sombrero.

Pero llegó la víspera de la fiesta, y el español, que con el oro y las piedras finas de la corona había oportunamente salido de cuitas, no daba acuerdo de su persona, y eso que acababa de tener la buena suerte de que el tan esperado navío llegase al puerto, pues su retardo lo motivaron vientos contrarios y otros accidentes de mar. El comerciante había redondeado su fortuna con el buen despacho del cargamento.

La Virgen no quiso aguantar trampas, y para hacer efectiva su acreencia y por vía de recorderis al pagador remiso, se mostró en el altar sin corona y con sombrero.

Imagínense ustedes el tole tole que se armaría en la cristiana y religiosa ciudad.

Al día siguiente, que era el de la fiesta, presentose el comerciante, al provincial de los dominicos llevando para la Virgen una corona superior en precio y trabajo artístico a la antigua, y que con otras joyas había sido traída de Europa por un platero genovés. Para el pueblo y para la comunidad todo pasó como obsequio de un devoto.

En cuanto al sombrero, entiendo que volvió a su primitivo dueño en calidad de agasajo o reliquia dada por los frailes.

II

Hace dos siglos que una pobre mujer se encontraba ante el alcalde del crimen en graves apuros, pues su señoría, después de tomarla declaración, dijo a los alguaciles que la llevasen a la cárcel de corte ínterin la reclamaba, como no podía dejar de suceder, la Santa Inquisición.

La infeliz, amenazada de habérselas con el terrible Tribunal de la Fe, que acaso la mandaría achicharrar en la hoguera, tenía por cabeza de proceso la acusación, ¡ahí es nada!, de robo sacrílego.

Habíase encontrado en poder de ella un chapincito de oro, esmaltado de piedras preciosas, perteneciente al Niño que en los brazos lleva la Virgen del Rosario. Ya ven ustedes que la cosa no podía ser más grave.

La mujer declaraba que habiéndose arrodillado ante el altar y pedido a la Santísima Virgen que aliviase su miseria (pues era viuda con un celemín de hijos y sin fuerzas para trabajar en la costura, que no le cundía por estar medio tísica), compadecido el Niño extendió el piececito y dejó caer el chapín.

El juez la llamó embustera y algo más; pero la mujer sostuvo con energía que no podía ser castigada sin que previamente declarasen la Virgen y el Niño.

La Justicia no desoyó tan legítima exigencia. Tenía por lo menos que llenar la fórmula. Sin embargo, la acusada fue por esa noche a dormir en chirona.

Al siguiente día, a las once de la mañana, los alguaciles la condujeron a Santo Domingo, en cuyo templo la estaban esperando el juez, el escribano y dos o tres padres graves del convento.

Empezó el alcalde por interrogar a la Virgen si era verdad lo que aquella mujer declaraba. La Virgen se mantuvo seria como si la cosa no fuera con ella.

—¡Ya lo ves, mentirosa! —dijo el juez dirigiéndose a la encausada.

—Pregunte usía al Niño, señor juez, pregúntele usía. Tal vez me hizo el obsequio sin pedir permiso a su Santa Madre, y por eso no habrá contestado ella.

El juez, sin disimular una sonrisa de incredulidad, formuló la pregunta, y no había aún terminado de hacerla, cuando el bellísimo Niño movió el pie y dejó caer el otro chapincito.

Ante tan maravilloso testimonio quedó la mujer absuelta de culpa y pena, y los dominicos engreídos con el milagrito realizado en su iglesia, le señalaron pensión de 6 reales diarios. Cuento, no comento, y

> Aleluya, aleluya, padre Gilito,
> que ya comen las monjas del pan bendito;
> y aleluya, aleluya, padre vicario,
> que ya suben las monjas al campanario.

El obispo Chicheñó

Lima, como todos los pueblos de la tierra, ha tenido (y tiene) un gran surtido de tipos extravagantes, locos mansos y cándidos. A esta categoría pertenecieron, en los tiempos de la República, Bernardito, Basilio Yegua, Manongo Moñón, Bofetada del Diablo, Saldamando, Cogoy, el Príncipe, Adefesios en misa de una, Felipe la Cochina, y pongo punto por no hacer interminable la nomenclatura.

Por los años de 1780 comía pan en esta ciudad de los reyes un bendito de Dios, a quien pusieron en la pila bautismal el nombre de Ramón. En éste un pobreto de solemnidad, mantenido por la caridad pública, y el hazmerreír de muchachos y gente ociosa. Hombre de pocas palabras, pues para complemento de desdicha era tartamudo, a todo contestaba con un sí, señor, que al pasar por su desdentada boca se convertía en chí cheñó.

El pueblo llegó a olvidar que nuestro hombre se llamaba Ramoncito, y todo Lima lo conocía por Chicheñó, apodo que se ha generalizado después aplicándolo a las personas de carácter benévolo y complaciente que no tienen hiel para proferir una negativa rotunda. Diariamente, y aun tratándose de ministros de Estado, oímos decir en la conversación familiar: «¿Quién? ¿Fulano? ¡Si ese hombre no tiene calzones! En un Chicheñó».

En el año que hemos apuntado llegaron a Lima, con procedencia directa de Barcelona, dos acaudalados comerciantes catalanes, trayendo un valioso cargamento. Consistía éste en sederías de Manila, paño de San Fernando, alhajas, casullas de lama y brocado, mantos para imágenes y lujosos paramentos de iglesia. Arrendaron un vasto almacén en la calle de Bodegones, adornando una de las vidrieras con pectorales y cruces de brillantes, cálices de oro con incrustaciones de piedras preciosas, anillos, arracadas y otras prendas de rubí, ópalos, zafiros, perlas y esmeraldas. Aquella vidriera fue pecadero de las limeñas y tenaz conflicto para el bolsillo de padres, maridos y galanes.

Ocho días llevaba de abierto el elegante almacén, cuando tres andaluces que vivían en Lima más pelados que ratas de colegio, idearon la manera de apropiarse parte de las alhajas, y para ello ocurrieron al originalísimo expediente que voy a referir.

Después de proveerse de un traje completo de obispo, vistieron con él a Ramoncito, y dos de ellos se plantaron sotana, solideo y sombrero de clérigo.

Acostumbraban los miembros de la Audiencia ir a las diez de la mañana a Palacio en coche de cuatro mulas, según lo dispuesto en una real pragmática.

El conde de Pozos-Dulces don Melchor Ortiz Rojano era a la sazón primer regente de la Audiencia, y tenía por cochero a un negro, devoto del aguardiente, quien después de dejar a su amo en palacio, fue seducido por los andaluces, que le regalaron media pelucona a fin de que pusiese el carruaje a disposición de ellos.

Acababan de sonar las diez, hora de almuerzo para nuestros antepasados, y las calles próximas a la plaza Mayor estaban casi solitarias, pues los comerciantes cerraban las tiendas a las nueve y media, y seguidos de sus dependientes iban a almorzar en familia. El comercio se reabría a las once.

Los catalanes de Bodegones se hacían llevar con un criado el desayuno a la trastienda del almacén, e iban ya a sentarse a la mesa cuando un lujoso carruaje se detuvo a la puerta. Un paje de aristocrática librea que iba a la zaga del coche abrió la portezuela y bajó el estribo, descendiendo dos clérigos y tras ellos un obispo.

Penetraron los tres en el almacén. Los comerciantes se deshicieron en cortesías, basaron el anillo pastoral y pusieron junto al mostrador silla para su ilustrísima. Uno de los familiares tomó la palabra y dijo:

—Su señoría el señor obispo de Huamanga, de quien soy humilde capellán y secretario, necesita algunas alhajitas para decencia de su persona y de su santa iglesia catedral, y sabiendo que todo lo que ustedes han traído de España es de última moda, ha querido darles la preferencia.

Los comerciantes hicieron, como es de práctica, la apología de sus artículos, garantizando bajo palabra de honor que ellos no daban gato por liebre, y añadiendo que el señor obispo no tendría que arrepentirse por la distinción con que los honraba.

—En primer lugar —continuó el secretario— necesitamos un cáliz de todo lujo para las fiestas solemnes. Su señoría no se para en precios, que no es ningún roñoso.

—¿No es así, ilustrísimo señor?

—Chí, cheñó —contestó el obispo.

Los catalanes sacaron a lucir cálices de primoroso trabajo artístico. Tras los cálices vinieron cruces y pectorales de brillantes, cadena de oro, anillos, alhajas para la Virgen de no sé qué advocación y regalos para las monjitas de Huamanga. La factura subió a quince mil duros mal contados.

Cada prenda que escogían los familiares la enseñaban a su superior, preguntándole:

—¿Le gusta a su señoría ilustrísima?

—Chí, cheñó —contestaba el obispo.

—Pues al coche.

Y el pajecito cargaba con la alhaja, a la vez que uno de los catalanes apuntaba el precio en un papel.

Llegado el momento del pago, dijo el secretario:

—Iremos por las talegas al palacio arzobispal, que es donde está alojado su señoría, y él nos esperará aquí. Cuestión de quince minutos. ¿No le parece a su señoría ilustrísima?

—Chí, cheñó —respondió el obispo.

Quedando en rehenes tan caracterizado personaje, los comerciantes no tuvieron ni asomo de desconfianza, amén que aquellos no eran estos tiempos de bancos y papel-manteca en que quince mil duros no hacen peso en el bolsillo.

Marchados los familiares, pensaron los comerciantes en el desayuno, y acaso por llenar fórmula de etiqueta dijo uno de ellos:

—¿Nos hará su señoría ilustrísima el honor de acompañarnos a almorzar?

—Chí, cheñó.

Los catalanes enviaron a las volandas al fámulo por algunos platos extraordinarios, y sacaron sus dos mejores botellas de vino para agasajar al príncipe de la Iglesia, que no solo les dejaba fuerte ganancia en la compra de alhajas, sino que les aseguraba algunos centenares de indulgencias valederas en el otro mundo.

Sentáronse a almorzar, y no los dejó de parecer chocante que el obispo no echase su bendición al pan, ni rezase siquiera en latín, ni por más que ellos se esforzaron en hacerlo conversar, pudieron arrancarle otras palabras que chí, cheñó.

El obispo tragó como un Heliogábalo.

Y entretanto pasaron dos horas, y los familiares con las quince talegas no daban acuerdo de sus personas.

—Para una cuadra que distamos de aquí al palacio arzobispal, es ya mucha la tardanza —dijo, al fin, amoscado uno de los comerciantes—. ¡Ni que hubieran ido a Roma por bulas! ¿Le parece a su señoría que vaya a buscar a sus familiares?

—Chí cheñó.

Y calándose el sombrero, salió el catalán desempedrando la calle.

En el palacio arzobispal supo que allí no había huésped mitrado, y que el obispo de Huamanga estaba muy tranquilo en su diócesis cuidando de su rebaño.

El hombre echó a correr vociferando como un loco, alborotose la calle de Bodegones, el almacén se llenó de curiosos para quienes Ramoncito era antiguo conocido, descubriose el pastel, y por vía de anticipo mientras llegaban los alguaciles, la emprendieron los catalanes a mojicones con el obispo de pega.

De eno es añadir que Chicheñó fue a chirona; pero reconocido por tonto de capirote, la justicia lo puso pronto en la calle.

En cuanto a los ladrones, hasta hoy (y ya hace un siglo), que yo sepa, no se ha tenido de ellos noticia.

¡Ahí viene el Cuco!

Ya he referido en otra ocasión que aquella bendita anciana que para unos muchachos era mi tía Catita, y para otros mi abuela la tuerta, acostumbraba en la noche de Luna congregar cerca de sí a todos los chicos y chicas del vecindario, embelesándolos, ya con una historieta de brujas o ánimas en pena, o ya con cuentos sobre antiguallas limeñas.

Una de esas noches antojósele a un nene llorar a moco tendido, pero lo hicieron callar con solo decirle estas mágicas palabras: «¡Ahí está el cuco!».

Pásenme ustedes el limeñismo. Un purista habría dicho el coco; pero los que nos hemos destetado con champuz de agrio y mazamorra (también un purista diría masamora que árabe es el manjar) nacimos oyendo hablar del cuco, y lo que entra con el capillo solo se va con el cerquillo, y ya estamos viejos para salir ahora, al cabo de los años mil, llamando coco al cuco.

El cuco es un personaje de capricho o fantasía, creado por el candor infantil y la marrullería de las viejas. Es un mochuelo que se le cuelga al vecino más feo del barrio o al sacristán de la parroquia que, farolito en mano y capa colorada sobre los hombros, pide para la cera de Nuestro Amo. Y cierto que por esas calles tropieza uno con fisonomías que parecen predestinadas para cucos o espantamuchachos.

Aquella noche, a propósito del «¡llamo al cuco!» nos contó la tía Catita, que cuando entró la patria comían pan en la calle Judíos nada menos que dos cucos. ¡Ave María Purísima!

Y como cada cuco fue sujeto de curiosa historia, con venia de ustedes le consagraré especial capítulo.

I. Ño veintemil

Hasta la época de San Martín ocupaba una de las que se denominaron Covachuelas, en las gradas de la catedral y calle de Judíos, un viejo español llamado don José de Ormaza y, Coronel; pero nadie lo conocía sino por el apodo de ño Veintemil, y tanto era feo el macrobio, que su solo nombre bastaba para hacer dar diente con diente a los hombrecitos del mañana. El anciano tenía conquistada su reputación de traganiños en cuatro cuadras a la redonda.

¿Cómo adquirió el apodo? Eso es lo único que me he propuesto relatar.

Don José de Ormaza y Coronel vino al Perú en los tiempos de Amat, y hallándose sin un maravedí ni de dónde le viniese, se encaminó una mañana a Palacio y solicitó audiencia del virrey. El mayordomo de servicio le preguntó su nombre para pasar aviso a su excelencia, y el visitante le contestó con mucha naturalidad:

—Anuncie usted a don José de Amat.

El fámulo, creyendo por el apellido que se las había con un deudo de su señor, no anduvo con pies de plomo; y el virrey, imaginando que le hubiera llegado de improviso algún sobrino catalán, no se hizo tampoco remolón. La antesala no pasó de un minuto, lo que es maravilloso, no digo tratándose de un virrey, de suyo autorizado para andar con moratorias y ceremonias, sino de un presidente de nuestra era, obligado a gastar republicana llaneza.

—Dios guarde a vuecelencia —dijo el don José.

—Y a usted también —contestó don Manuel—. ¿Conque es usted un Amat?

—Sí, señor... y no, señor.

—No lo entiendo ¿Es usted Amat por parte de madre o de padre?

Ni por la sábana de arriba, ni por la sabana de abajo.

—¡Cómo! ¡Cómo! —murmuró el virrey.

—¿Cómo? Como vuecelencia lo oye. Yo soy Amat por mi voluntad, y no por la ajena.

—Explíquese usted.

—Sí, señor. He renunciado a mi apellido para adoptar el de vuecencia: primero, por la mucha admiración y cariño que me inspira la ilustre persona del libérrimo prócer, del integérrimo gobernante, del...

—¡Basta, hombre, muchas gracias! Suprima lisonjas, que me apestan.

—Y segundo, porque aspiro a que vuecencia sea mi padre.

—¡Hombre! ¡Para paternidades estamos! ¡Buen zagalón de hijo voy a echarme encima! ¿Y sobre qué carga de agua y por qué? Vamos, explíquese usted pronto y claro, que el tiempo no me viene ancho, sino más estrecho que chupa de alguacil.

—Pues al grano, excelentísimo señor. Me han informado los paisanos de que vuecencia hace... así... por bajo de cuerda... sus negocillos...

—¡Yo! ¡Negocios! —exclamó el virrey empezando a perder los estribos.

—No hay para qué enfarolarse, señor excelentísimo. Tenga vuecencia confianza conmigo y no se me haga el de las malvas, que no soy ningún niño de la bola.

El virrey estaba alelado viendo tanta insolencia y sangre fría. El hombre continuó:

—Pues señor, los negocios limpios como el agua de pila. Traigo entre manos una especulación, que meses más, meses menos, nos dejaría un doscientos por ciento de provecho, y he venido a que para principiar me preste vuecencia 20.000 pesos, que yo se los pagaré con el interés que quiera señalarles...

—¿De modo, señor mío —interrumpió don Manuel de Amat y Juniet—, que para usted, el virrey del Perú es un comerciantito del codo a la mano que da plata a réditos?

—Por supuesto.

—¿Sí? Pues por descomedido o loco vaya usted a la cárcel, señor pariente, y busque otro padre a quien embaucar. ¡Vaya usted, ño Veintemil!

La escena se hizo pública y nació el apodo.

En su vejez era ño Veintemil lo que llamamos un loco manso; un ser inofensivo. Ocupábase en la venta de artículos de desecho, y pasaba la vida a tragos, debiendo a lo subido de su fealdad la reputación de cuco.

Vamos con su compañero de calle, que es personaje casi contemporáneo; pues viven muchos cristianos que lo conocieron y trataron.

II. Don Tadeo López, el condecorado

En la calle de Judíos existe todavía un callejón que todos los limeños conocemos con el nombre de callejón de López. Su dueño, por los años de 1813, era un indio rechoncho, feo como una pesadilla, mujeriego, parrandista y muy palangana y metido a gente. En las fiestas, un tantico revolucionarias, dadas por los vecinos de Lima al conde de Vista-florida (o Vista-torcida, como era en realidad), y en las cuestiones o turbulencias entre el virrey Abascal y el mariscal de campo Villalta (a quien, de paso, consignaremos que debe su nombre la calle de Villalta), desempeñó nuestro indio el papel de jefe de club popular y orador de plazuela.

don Tadeo López, que tal era su nombre, se desvivía por hablar sin ton ni son de política, y viniese o no a cuento, sacaba a lucir al noventa y tres y a Marat, Dantón y Robespierre, tuteaba a Voltaire y a Juan Jacobo, hablaba del libre examen y ponía al gobierno como trapo de cocina. Hoy pasaría don Tadeo por uno de los muchos eruditos de cajetilla de cigarros que politiquean en la puerta de un café.

Desde 1809 había entrado furiosamente en Lima la moda de conspirar, y Abascal se veía moro para desenredar marañas.

Así de paso, y como quien quiere y no quiere, apuntaremos la historia de cierta conspiración a la que Abascal cortó el vuelo valiéndose de un expediente burlesco y despreciativo. Supo el virrey que en la celda de un padre oratoriano o de la congregación de San Felipe Neri se reunían todas las tardes, después de las cinco y con el pretexto de tomar una taza de café y echar una tanda de chaquete, varios caballeros, notables por su elevada posición y por su vocinglería contra el gobierno. Abascal llamó a un capitán de encapados o de policía, el cual, armado de una linterna sorda, se plantó desde las ocho de la noche, hora en que principiaban a despedirse los de la tertulia, en la puerta de San Pedro.

El primero que salió fue el padre Molero, prior de los agustinianos. El capitán abrió la linterna, le enderezó un rayo de luz sobre la cara, y le dijo:

—De parte de su excelencia el señor virrey, que pase su paternidad muy buenas noches.

El reverendo no tuvo aliento ni para contestar: «Así se las dé Dios».

Salió después un canónigo de muchas campanillas y muy gran demagogo; el capitán repitió lo del linternazo y lo de

—Señor canónigo, de parte del virrey, que tenga vuesa merced muy buenas noches.

Al canónigo le entró frío de terciana y apuró el paso.

A éste siguió el conde de San Juan de Lurigancho, famoso propagandista de las ideas revolucionarias, y también el de la linterna le espetó un.

—De parte de su excelencia, que tenga usía buenas noches, señor conde.

Y el de Lurigancho se persignó como quien tropieza con el demonio.

Y tras del conde salió otro, luego otros, hasta el número de quince conspiradores, y todos recibieron el cortés saludo.

Como la conciencia no estaba limpia, se dieron por notificados, y la conspiración se ahogó en su cuna; pues los jefes de ella se escamaron y no volvieron a la celda del padre oratoriano.

Otro gobernante asustadizo habría echado la zarpa encima a cuantos prójimos saliesen de San Pedro, y provocado con ello alarma y escándalo; pero Abascal se conformó con hacer la del gato, que maúlla y espanta a los ratones.

Aunque López no tenía chirumen para escribir, se decidió, contando con la péñola de algunos colegiales, a fundar un periódico revolucionario; pero a las primeras diligencias tropezó con el obstáculo de que ninguna de las cuatro imprentas que la ciudad poseía se allanaba a correr albures con el gobierno.

Otro habría desistido del propósito; pero para don Tadeo López, fanatizado con la política, todo inconveniente era parvedad de materia. Los cabildantes de Lima, que a la sazón vivían en lucha abierta con el virrey, azuzaban a López y le ofrecían no solo el contingente de su influencia, sino también escritos de las primeras plumas del país. Además, el conde de la Vega del Ren, que era a las callandas el alma de la oposición, se comprometía a desatar la bolsa si llegaba el caso de que el editor necesitase acudir a ella. —El Peruano liberal no debía morir en proyecto. ¿Qué se habría hecho de López?

Don Tadeo buscó operarios, y como Dios le dio a entender, fundió tipos, empresa ardua y que hasta entonces jamás se había intentado en Lima. Y en justicia, pues tengo libritos impresos por López, debo apuntar que para ensayo la fundición salió bastante limpia.

Mérito y grande conquistose López por haber sido el primero que implantara en el país la fundición de tipos. Los amigos tocaron mucho bombo, platillo y chinesco, y el ilustre Cabildo de esta ciudad de los reyes, haciéndoles coro, en protección a la industria y en homenaje al ingenio decretó una medalla de oro con brillantes, en cuyo anverso se veía un cóndor y en el reverso esta inscripción:

EL CABILDO DE LIMA

A

DON TADEO LÓPEZ.
PREMIO AL MÉRITO.
AÑO DE 1813.

El Peruano liberal entró al fin en prensa. El artículo de fondo era una cantárida, como que lo había escrito sin encomendarse a Dios ni al diablo un muchacho fogoso, colegialito de San Carlos. Hablábase allí algo de autonomía y pueblo soberano, y de cadenas, y de águila caudal del pensamiento, y de Roma y de Esparta, y del buitre de Prometeo, y mucho de repiquetear nombres y símiles mitológicos,

«y aquello de las furias,
del león ibero y de las tres centurias»,

y todas esas frases de pirotécnica patriotera que echándolas a granel, sin orden ni concierto, producen, no un puchero ni una algarabía, sino un editorial del veintiocho de julio.

La calle estaba llena de gente esperando la aparición del periódico, don Tadeo iba y venía con cara de pascua y más hinchado que un pavo, dando órdenes a cajistas, tintador y prensista y...; pero mejor es que ceda aquí la palabra al señor de Mendiburu, que en el precioso artículo que consagra a Abascal en su Diccionario Histórico, dice: «Don Tadeo tomó el primer ejemplar estampado en raso blanco, como la primicia de los tipos fabricados en Lima, y seguido de pueblo con mucho alborozo y estruendo de cohetes, se dirigió al palacio con aquel presente, que visto por el virrey causó su justo enojo, despidiendo con rigor y amenazas a López, que tal vez ni había leído lo que iba impreso en el raso».

Mohíno regresó don Tadeo a la imprenta y se puso a trinar contra el déspota; pero consoláronlo sus correligionarios con la esperanza de que muy pronto se armaría la gorda, y que, pues él acababa de ser víctima del odio del tirano, la patria agradecida sabría recompensarlo dándole la tajada que él prefiriera llevarse a la boca.

El Peruano liberal no hizo huesos viejos, y López tuvo que consagrar los tipos a la impresión de cartillas y catones, novenas y trisagios.

Pero el Cabildo no le había dado al editor una medalla para que la dejase criar moho y telarañas; y don Tadeo pensó y caviló tanto en esto, que sacó en claro tener perfecto derecho para usarla.

Mandose hacer por el mejor sastre de Lima una casaca azul bordada de seda, y con pantalón a la rodilla, media filipina, zapato con virillas, espadín al cinto y sombrero de tres candiles, echose a la plaza un día de fiesta solemne, ostentando sobre el pecho la medalla. Creo que fue el Domingo de Ramos y en momentos de pasar por la catedral la procesión del borriquito, aquella en la que refieren que dijo un prójimo:

> Asno que a mi Dios lleváis,
> ¿quién tan feliz como vos?
> Quiero ¡oh mi Dios! que me hagáis
> como este burro en que vais...
> (y cuentan que lo oyó Dios).

López, vestido de mojiganga, fue rechiflado por los muchachos, y para colmo de desventura, el virrey, que acompañado de su hija doña Ramona veía desde la baranda de la plaza desfilar la procesión, se informó de lo que ocasionaba el alboroto y mandó venir a su presencia al enmedallado.

—¿Quién lo ha autorizado, señor López —le preguntó Abascal— para usar condecoraciones?

—¿Quién me ha autorizado? Quien puede, excelentísimo señor: el ilustre Cabildo de Lima —contestó López con insolente aplomo—, haciendo a mis méritos la justicia que no ha querido hacerles vuecencia.

Abascal no pudo contenerse, y arrancándole del pecho la medalla y pisoteándola, le gritó:

—¡Fuera! ¡Fuera! Lárguese antes que lo mande a la cárcel.

Y el pobrete salió de palacio alicaído y turulato.

«Al día siguiente (dice Mendiburu) Abascal le devolvió la medalla destruida a golpe de martillo, enviándole por separado los diamantes. Sobre todo esto hubo reconvenciones del virrey y explicaciones del Cabildo.»

Y López se quedó sin medalla y para acabar de ridiculizarlo lo tomó a cargo el clérigo Larriva, poeta festivo de aquel tiempo. Con el título de La ridiculez andando escribió Larriva un chistoso entremés, cuyo protagonista es el asendereado impresor, y una muy graciosa silva, titulada El reverso de la medalla, en la que también sale mal librado don Tadeo. Véase un fragmento de ésta:

Canto tu cara torva y de vinagre,
tus cortos brazos y tu cuerpo tieso;
canto tu boca, que es boca de bagre,
tus ojos tuertos y nariz sin hueso.
Cántote vestidito
con uniforme azul de cabildante,
honor que pretendiera este maldito
por la imprenta de que otro es fabricante.
Canto el final y digno paradero
que tuvo tu medalla el mismo día
de habértela plantado; y aquí quiero
poner fin al proemio, musa mía.

Don Tadeo López vivía aún en la época de Salaverry y había reemplazado a ño Veintemil en el empleo de ogro titular, traganiños o cuco de la calle de Judíos, con la diferencia de que éste no fue cascarrabias, como don Tadeo.

Resurrecciones

I

Después de erigidas las parroquias del Sagrario y de Santa Ana, creyó el arzobispo Loayza, en 1561, necesario fundar la de San Sebastián, en la que andando los tiempos, debía Santa Rosa de Lima recibir el agua del bautismo.

Solo dos años llevaba esta parroquia de creada cuando aconteció lo que vamos a referir.

Encontrábase en la feligresía un matrimonio en el que marido y mujer vivían siempre mal avenidos y arañándose como perro y gato, antes de que fray Martín de Porras realizara el milagro de hacerlos comer en la misma escudilla, acompañados de un pericote.

En una de las frecuentes peloteras, sufrió la mujer, que era de un geniazo de mil demonios, sofocón tan tremendo que se la convirtió en un tabardillo entripado; y no hubo más que administrarla, encerrar el cuerpo en el ataúd y conducir el bulto a San Sebastián.

El viudo, más alegre que unas pascuas, decía aquella misma noche a sus amigos: «Dios me ha venido a ver, librándome de esa serpiente de cascabel».

Y tan grande era su regocijo, que desató los cordones de la bolsa y pagó sin regatear un entierro de primera clase.

Era media noche cuando el sacristán fue muy alarmado a despertar al párroco, y le dijo que en el templo había ladrones o ánimas en pena, pues él acababa de sentir gran ruido y suspiros ahogados. Alarmose el cura, pidió auxilio a los vecinos, y acompañado de ellos penetró en la iglesia.

Ciertos eran los toros. La difunta se había escapado del ataúd y corría por la iglesia gritando como una loca.

Cuando, después de propinarla un cordial, lograron tranquilizarla y se convencieron los circunstantes de que la muerta, lejos de estarlo en regla, prometía vivir lo bastante para dar muchos malos ratos a su marido, resolvieron conducirla al domicilio conyugal.

Libre de penas roncaba el marido a pierna suelta, cuando el estrépito con que golpeaban la puerta lo hizo brincar del lecho y averiguar lo que ocurría. Casi se accidentó nuestro hombre al imponerse, no solo de que su conjunta había resucitado, sino de que estaba allí reclamando su sitio en el hogar.

No puede ser. Yo no he cometido ningún pecado gordo para que Dios me castigue condenándome a mujer que, si antes era mala, háganse cargo de lo que habrá de ser ahora con las mañas aprendidas en el otro mundo. Y pues muerta salió de casa, viva no la recibo ni a balazos, aunque se empeñe el Cabildo.

No valieron reflexiones para hacerlo cambiar de resolución y que descorriese el cerrojo. El hombre no quiso apearse de su asno.

La mujer tuvo, al fin, que irse a casa de una caritativa vecina; y del proceso ante la curia, y que a la vista hemos tenido, consta que el marido se allanó a pasarla una pensión alimenticia, resignándose ella a encerrarse en el recién fundado monasterio de la Encarnación.

Ni por Dios ni por sus santos quiso el pícaro volver a ayuntarse con la resucitada.

Consta también que ese fue el primer caso ocurrido en Lima de haber vuelto a la vida persona tenida ya por difunta en concepto de médicos.

El vulgo atribuyó el suceso a milagro hecho por el cura de San Sebastián, cuya fama de virtud y santidad era por todos acatada.

II

Apuesto cualquier cosa, lector limeño, a que has oído, por lo menos en boca de tu abuela, el nombre de ño Bracamonte.

Tócame, pues, hacerte conocer a este sujeto, que por los tiempos de Abascal comía aún pan en esta hoy ciudad de embuchados civilistas y frangollos nacionalistas.

Ño Bracamonte era un insigne tocador de arpa y guitarra.

La gente de la hebra no podía pasársela sin él. No se concebía jarana sin ño Bracamonte.

Donde él no estaba, la mejor parranda tenía el aspecto de un velorio.

Su nombre se recuerda todavía en unas coplas que canta el pueblo, y de las que solo conservo en la memoria estas dos estrofillas:

> Ño Bracamonte
> tiene un bastón
> de caña hueca
> con su listón.
> Ño Bracamonte
> tiene una china,
> y la mantiene con gelatina.

En 1806 fueron unos mozos truenos a buscar a ño Bracamonte para llevarlo a una jaraneta por las Cinco Esquinas y lo hallaron en la cama, rígido como un tronco. En media hora corrió la noticia de un extremo a otro de la ciudad, y es fama que, en señal de duelo, no se oyó aquella noche sonar una sola cuerda de guitarra.

Al otro día se celebraban sus funerales en la capillita del Cercado, con asistencia de mucha gente de la cuerda. Dos rascadores de violín amigos del difunto y un flautista sin orejas formaban la orquesta.

De repente sentose el muerto, y gritó:

—¡Déjense de contradanza! ¡Baile alegre! ¡Baile alegre!

Esta resurrección puso en las nubes la fama de ño Bracamonte y dio que hablar por quince días. El pueblo lo calificó de inmortal, a juzgar por esta coplilla:

> Ño Bracamonte
> no irá al choclón:
> con él no puede
> ni un torozón.

Cuatro o cinco años después ocurriósele volverse a morir. Esta vez parecía que la cosa iba de veras; pero al sacar el cuerpo de la iglesia de Santa Ana para conducirlo al cementerio, abrió tamaños ojos, y gritó:

—A mí no me gustan bufonadas, ¡canejo!

Los cargadores dejaron caer el cajón y se armó en la iglesia un barullo soberano.

Viejos existen en Lima que presenciaron el lance, y a su testimonio apelo.

A esta segunda resurrección se refiere la coplilla popular:

> Ño Bracamonte
> se morirá,
> cuando lo mande
> su voluntá.

Por fin, a la tercera fue la vencida. No protestó y lo enterraron.

Agua mansa

I

El teniente Mantilla, de húsares de Junín, habíase portado como un bravo en la guerra de Colombia y después en la del Perú. Era un llanero de las pampas de Venezuela, gran jinete y lanza certera. Nadie lo vio jugar en guarnición ni en campaña, y sus amigos se burlaban de él porque hacía ascos al aguardiente. Tan solo las hijas de Eva lo hacían pecar de vez en cuando, y eso al vuelo, que no era el teniente hombre de echar raíces en ningún jardín ni de poner casa con azulejos a ninguna moza.

Era lo que se llama un oficial cuartelero, respetuoso con los superiores, cumplidor de su deber, y tenía la ordenanza en la punta de la uña. Dotado de un carácter servicial y benévolo, bautizáronlo sus compañeros, de quienes era muy querido, con el apodo de Agua mansa.

Su bravura la empleaba solo en el campo de batalla; pero pasado el fragor de ésta, volvía a ser un buen muchacho, sin gota de hiel y listo siempre para hacer un favor a un camarada.

Tal es el retrato que de él me hizo el comandante Gatiesa, que fue alférez de su escuadrón.

Ahora voy a contar a ustedes el cómo de la mañana a la noche se convirtió el agua mansa en agua brava.

II

A principios de 1826, cuando la independencia del Perú era hecho consumado, pues apenas si quedaba en todo el territorio sombra de realista en armas, creyó el gobierno oportuno practicar arreglos en el personal del ejército, arreglos que por lo pronto dejaron sin colocación a una docena de oficiales.

El teniente Mantilla fue uno de los desventurados a quienes, por falta de padrino, la cesantía partió de medio a medio.

Pasó varios meses en Lima comiéndose los codos y esperando la bienaventuranza; es decir, que el gobierno lo destinase en filas, que para oficinista no tenía vocación ni aptitudes el llanero.

Una mañana apurole la gazuza, se abotonó el raído uniforme, y paso a paso fue a estacionarse de plantón en la puerta del ministerio de Guerra.

Era a la sazón ministro del ramo el general don Tomás Heres, antiguo capitán de Numancia y favorito de Bolívar, hombre de talento, audaz para la intriga, sereno en los combates y en ocasiones áspero de genio.

Ítem, Heres tenía un defecto físico: era tartamudo.

Monteagudo decía cariñosamente a Heres: «Es usted, amigo, un colombianito que amasa con todas las harinas», palabras con que elogiaba las buenas disposiciones de don Tomás para la intriga. Sus cartas a Bolívar, publicadas recientemente en la colección O'Leary, confirman la opinión de Monteagudo. Algo de profético y siniestro hay siempre en su estilo; pues mes y medio antes de que el estadista argentino cayera bajo el puñal de un asesino, escribía Heres desde Chancay el 8 de diciembre de 1824:

«El pobre Monteagudo está como los apóstoles en el nacimiento del cristianismo: donde no los ahorcaban, los apedreaban. ¡Ojalá que el apostolado de Monteagudo no lo conduzca algún día al martirio!» Pero como hasta los profetas por inspirados que sean se equivocan, la erró de medio a medio su señoría cuando escribió esta otra frase: «Esta tierra del Perú no dará nunca dos cosechas». Digan los cosecheros contemporáneos cuántas ha dado.

Aquella mañana traía el señor ministro los nervios sublevados, cuando le salió al encuentro Mantilla, y cuadrándose militarmente, le dijo:

—Dios guarde a usía, mi general.

—¿Qué dice el teniente?

—Señor, el teniente dice que no puede aguantar más miseria, que quiere volverse a Colombia, y ruega a usía que como paisano y jefe lo atienda y socorra mandándole dar las cuatro pagas que se le deben, para con ese dinerillo y la superior licencia, aviarse y no parar hasta su tierra.

—No hay plata —contestó con sequedad el ministro.

—¿Y cómo vivo, mi general?

—¡Qué sé yo! ¡Del aire!

—¿Del aire? —repitió Mantilla como interrogándose a sí mismo.

—Sí, señor, del aire... o échese usted a robar.

—¡Robar! —insistió escandalizado el llanero.

—¿Hablo latín? —repuso amoscado su señoría—. Sí, señor, métase a ladrón, que es un oficio como otro cualquiera.

—¿Sí, eh? Pues con su permiso, mi general.

Y el teniente Mantilla se llevó la mano a la gorra, saludó militarmente y se marchó a su posada.

III

Tres días después celebrábase en Lurín la fiesta de San Miguel, fiesta que duraba una semana, que era romería para los limeños, y en la que había corridas de toros, lidias de gallos, ancho jolgorio y timbirimba en grande. Hasta las ratas creo que emigraban de la capital.

El general Heres, que no sé si era jugador de ocasión o vicioso, estuvo en una de las bancas, y fuele tan halagüeña la suerte, que onza tras onza encerró doscientas peluconas en la maleta, colocó ésta en la grupa del caballo, y seguido de su ayudante y un par de soldados, emprendió a las seis de la tarde viaje de regreso a Lima, calculando hacer en cuatro horas y favorecido por la claridad de la Luna las seis leguas que hay de travesía.

Al pasar los viajeros por el sitio llamado la Tablada, se encontraron de improviso rodeados de un grupo de diez jinetes, armados de daga y trabuco.

—¡Alto y pie a tierra! —gritó el capataz de la cuadrilla.

Heres calculó que toda resistencia era inútil y obedeció la intimación.

Acercósele el bandolero y lo dijo:

—Buenas noches, mi general. Moléstese en pasarme la maleta.

—¡Usted, teniente Mantilla! ¡Un vencedor en Junín! ¡Usted, mi teniente! —exclamó don Tomás tartamudeando de sorpresa al reconocer al sujeto.

—Yo mismo, mi general. Usía me mandó que robase; y yo, que nunca puse peros a las órdenes del superior, he obedecido como previene la ordenanza. La subordinación antes que todo, mi general. Ahora conversemos menos y déme la mosca.

No hubo circunloquio valedero, y la maleta cambió de dueño.

IV

Tal fue el primer robo en despoblado que hizo el famoso capitán de ladrones Agua mansa, cuadrilla fue hasta 1829 el terror de los caminantes.

239

La afición a las ninfas del toma y daca lo perdió al fin. Una Dalila que habitaba un cuarto de reja en la acera fronteriza a la iglesia de Santo Tomás lo entregó inerme a la policía.

Quince días después fue fusilado Mantilla en la plaza de Santa Ana.

Una chanza de inocentes

Ha pocos días que cayó bajo mis ojos un artículo del escritor boliviano don C. Balsa, en que a propósito de los chascos a que el 28 de diciembre está expuesto el prójimo que no tiene el calendario en la punta de la uña, refiere la broma que tres lindas chuquisaqueñas le dieron nada menos que al Libertador Bolívar. Sabido es que en ese día conmemora la cristiandad la bárbara degollina de los inocentes, cuyo número, según San Juan, subió a la enorme cifra de ciento cuarenta y cuatro mil parvulitos, todos en condición de paladeo y destete.

El jueves de compadres y el 28 de diciembre son días en los que es lícito pegar un petardo, cuya grosería se disimula por medio de una décima o de un romancillo.

En el día de Inocentes no solo se impone contribución al bolsillo, sino que suelen sacarle a un hombre los colores a la cara haciéndole tragar confites de acíbar, beber té salado o mascar buñuelos de algodón. Y aguante usted la rechifla y sonríase al oír en una boca como un azucarillo estas palabras:

> Sea constante y corriente
> y quede ejecutoriado,
> sin correrse más traslado,
> que es usted un... inocente.

«Mal de muchos consuelo de bobos», dice el refrán, y yo digo que los pequeños no debemos rasgar sangre al ser víctimas de chanzas pesadas, cuando los prohombres han tenido que soportarlas, bien que refunfuñando y mordiéndose los labios. Y si no, oigan ustedes lo que cuenta Balsa y que yo referiré como Dios me ayude.

Días llevaba ya de permanencia en Chuquisaca don Simón Bolívar, cuando en la mañana del 28 de diciembre de 1825 y en momentos de sentarse a la mesa llegó hasta él un indiecito conduciendo una sopera de plata, y le dijo:

—Mis señoritas Calvimontes le envían a su merced este chupe de leche para el almuerzo.

Las señoritas Calvimontes pertenecían a una de las más ricas y aristocráticas familias del país.

Bolívar que, como es notorio, se pirraba por las hijas de Eva, feas o bonitas, pues sobre este punto era de anchas tragaderas, sonriose ligeramente y contestó:

—Di a tus patronas que estimo su cariño.

Y volviéndose hacia su ayudante, añadió:

—Coronel, déle a este muchacho un par de pesos.

El indiecito se retiró con cara de pascuas; mientras el Libertador y sus comensales daban principio al almuerzo.

Llegó el momento de embestir al chupe de leche, y destapada la sopera viose que el contenido de ella era de imposible masticación. La sopera encerraba una guirnalda de filigrana de plata, adornada con flores de oro. Don Simón dijo entonces:

—Estas Calvimontes son tan lindas como traviesas. Iré luego a visitarlas. Me llenan el ojo más que la guirnalda.

Pero en el fondo de la sopera había una tarjeta, y Bolívar empezó a leerla para sí. A medida que adelantaba en la lectura, la fisonomía del Libertador se alteraba, y al terminar estrujó entre sus manos la vitela, lanzando su favorita exclamación:

—¡La pim... pinela!

Bolívar se levantó de la mesa con marcado mal humor, y se dispuso, no para hacer una visita a las hechiceras Calvimontes, sino para abandonar la ciudad.

Al retirarse de Chuquisaca mandó devolver la guirnalda a las obsequiosas jóvenes. Véase la tarjeta que exaltó la bilis de don Simón:

EPITAFIO
Aquí yace la inocencia

241

en un letargo profundo:
no se la busque en el mundo
porque perdió la existencia.

   Pasajero, tu presencia
puede causarle rubor:
no perturbes el sopor
de sus generosos manes;
auséntate, no profanes
este túmulo de honor.

Los dos últimos versos, sobre todo, dice Balsa, se lo atragantaron a Bolívar y no los pudo pasar. «A buen entendedor, con media palabra basta.» El Libertador vio en la décima algo que no era chanza de inocentes angelitos.

A muerto me huele el godo

Como estribillo popular he oído muchas veces, en boca de las viejas, esta frase: A muerto me huele el godo, y averiguando su origen, hízome el siguiente relato un respetable anciano que fue alférez en el Imperial Alejandro, número 45. Tócame solo añadir que gran parte del relato está de acuerdo con los documentos históricos que he podido consultar.

Maestro de escuela en el pueblo de Pichigua, provincia de Aymaraes, era en 1823 un viejo de carácter extravagante y que llevaba cerca de veinte años de residencia en el lugar. Nadie sabía de dónde era oriundo, pues habíase aparecido en el pueblo como caído de las nubes, y obtenido de la autoridad 10 pesos de sueldo al mes por la tarea de enseñar primeras letras y doctrina cristiana a los muchachos.

Pichigua en 1823 era un pueblecito habitado por ochocientos indios. Hoy su población apenas alcanza a la mitad. Por aquel tiempo presentose una mañana en el pueblo el coronel don Tomás Barandalla con dos compañías del regimiento Imperial Alejandro; y los indios de Pichigua, que eran tenaces realistas, lo recibieron con entusiastas aclamaciones.

Barandalla vino al Perú en 1815 como capitán de Extremadura, regimiento que, a fines de ese año y por cuestión de pagas, se amotinó en Lima, volviendo al orden, gracias a la energía de Abascal. El virrey castigó a los sublevados, y para restablecer la disciplina disolvió el cuerpo, dejando subsistentes solo dos compañías que sirvieron de base para formar el Imperial Alejandro, del que ya en 1823 era Barandalla coronel.

Hallábase éste, luciendo sus bigotes a la borgoñona y vestido de gran uniforme, en el corredor de la casa del cura don Isidro Segovia, recibiendo las felicitaciones de los principales vecinos de Pichigua, cuando se detuvo en la puerta de calle un vejezuelo envuelto en una raída capa de bayetón del Cuzco. Cerca de él había un grupo de indios con la cabeza descubierta y contemplando alelados al bizarro coronel.

El viejo permaneció sin quitarse el sombrero, y mirando a Barandalla con aire despreciativo, dijo a los del grupo:

—A muerto me huele el godo —y aludiendo a la, intimidad que parecía existir entre el cura Segovia y el jefe español, añadió—: Abad y ballestero, mal para los moros.

Oyolo un espía del coronel, y acercándose a éste, le dio el chisme. Barandalla miró hacia la puerta y se fijó en el viejo, que continuaba con el sombrero encasquetado y sonriendo desdeñosamente.

—¿Quién es ese hombre de capa? —preguntó el coronel a uno de los vecinos.

—Señor, un pobre diablo: es el maestro de escuela.

—Cara tiene de insurgente —y volviéndose a uno de sus oficiales, añadió Barandalla—: tómelo usted y fusílelo.

El cura y algunos vecinos se atrevieron a despegar los labios abogando por el sentenciado; pero Barandalla se mantuvo firme. El dómine no opuso la más leve resistencia, y se dejó amarrar, murmurando siempre:

—A muerto me huele el godo...

—Pues el que huele a muerto es el viejo insolente, y tanto que voy a fusilarlo —le interrumpió el oficial.

—¡Bueno, bueno! —contestó el viejo sin inmutarse—. El que yo huela a muerto no quita lo otro —y volviéndose al grupo popular, dijo en voz alta—: Hijos míos: no me mata Barandalla, sino la justicia de Dios. Hoy cumplen veinte años que en Huaylas maté a puñaladas a mi mujer, a mi suegra y a mis hijos. El que le hizo que la pague, y Dios se apiade de mi alma.

Un mes después el virrey La Serna firmó en el Cuzco algunos ascensos, y Barandalla obtuvo el de brigadier, quizá en premio de sus feroces acciones. Barandalla fue, el fusilador del cura Cerda, párroco del pueblo de Reyes, en Junín. El hombre era como para pagarlo por diezmo al diablo.

Pero desde el día en que el maestro de escuela le avisó que olía a muerto, empezó a sufrir de una extraña dolencia que lo llevó a la tumba en 1824, poco antes de la batalla de Ayacucho y justamente al cumplirse al año del fusilamiento del viejo.

Origen de una industria

Pueblo reacio para adherirse a la causa de la independencia fue el de Moyobamba. Los moyobambinos, azuzados por el obispo de Maynas Rangel, tenían a orgullo ser más realistas que el rey. El obispo había excomulgado a los patriotas, y el moyobambino no quería perder su parte en el cielo por meterse en novelerías de patria y libertad, invenciones de los herejes insurgentes, como predicaba el buen mitrado.

Cuando San Martín desembarcó en Pisco, presentósele don Pedro Noriega, comerciante de Moyobamba, quien ofreció al Protector atraer a sus paisanos a la buena causa. San Martín lo autorizó para que, al pasar por Cajamarca, tomase cuarenta soldados y con ellos acometiese la que se creía facilísima empresa.

Noriega, ocupó el cuartel que le abandonaron los doce hombres de la guarnición realista, que en ese día se encontraban en Moyobamba. La guarnición del territorio de Maynas era de ciento treinta soldados, distribuidos en diversas poblaciones.

El vecindario acogió con frialdad a Noriega, y aquella misma noche armáronse los doce realistas, cayeron de improviso sobre los expedicionarios, que dormían a pierna suelta, y dieron cuenta de ellos. Noriega logró escapar por el momento y esconderse dentro de un horno; pero descubierto al día siguiente, fue fusilado por el pueblo.

El sargento Cárdenas, que mandaba la guarnición de Putumayo, creyó propicia la oportunidad para emprender campaña contra los patriotas de Chachapoyas y Cajamarca. En poco tiempo organizó una columna de ochocientos hombres, y se apoderó por pocas horas de la ciudad de

Chachapoyas, después de cruda resistencia de los moradores. Socorridos éstos por dos compañías del batallón Numancia, destacadas de Cajamarca, trabose nuevo combate en Igos-urco, quedando derrotados los realistas y muerto el sargento Cárdenas.

Después de este desastre, los moyobambinos tuvieron que gritar «¡viva la patria!». Mas apenas se alejaron las tropas insurgentes, cuando estalló la reacción a la voz de «¡viva el rey!» El comandante Alvariño logró someterlos a la obediencia, pero al retirarse para Cajamarca, tuvo aviso de nueva revolución. Esta fue, un mes más tarde, sofocada por el comandante Egúzquiza, pero para repetirse con mayores bríos en 1824.

El gobierno dispuso entonces que el coronel don Nicolás Arriola, al mando de seiscientos veteranos, fuese a someter a los belicosos moyobambinos.

Arriola se situó en Rioja, a cinco leguas de Moyobamba, y envió un parlamentario a la ciudad. Una señora de la aristocracia del lugar, doña Eulalia Ríos, proclamó a sus paisanos excitándolos a la resistencia, e inmediatamente los vecinos, con excepción de niños y gente decrépita, corrieron a armarse. Encabezados por don Fernando Sánchez y don Eustaquio Babilonia, salieron a buscar al enemigo y muy resueltos a presentar batalla; pero en la marcha les cayó un tremendo chaparrón, y viéndose con las municiones mojadas se detuvieron en La Habana, esperando poder secar allí la pólvora o renovar el parque. Mas Arriola, que permanecía en Rioja, pueblo distante tres leguas de La Habana, tuvo oportunamente aviso del contratiempo y no les dejó espacio para nada, pues a las cinco horas se les apareció con su aguerrida tropa. Los realistas mayobambinos se batieron desesperadamente; mas viéronse en breve arrollados y puestos en fuga, cayendo prisionero el cabecilla Sánchez, quien fue fusilado sin ceremonia.

Inmediatamente avanzó Arriola sobre Moyobamba; encontró la ciudad casi desierta, y sus soldados destruyeron la casa que había habitado el obispo Rangel, casa cuyo terreno forma hoy la plaza del Mercado.

Al retirarse el tremendo Arriola, el azote de los realistas en esas regiones, dejó por gobernador a don Damián Yepes, quien después de Ayacucho fue reemplazado por el sargento mayor don Damián Nájar, natural de Guayaquil. Si querido fue Damián primero, no tuvo menor fortuna Damián segundo, a juzgar por esta copla que cantaban las moyobambinas.

Damián de Damián renace,
como el fénix en su nido:
pues el Damián que ha venido
siempre en todo nos complace.

Era el nuevo gobernador don Damián Nájar hombre de carácter sagaz, y supo conquistarse el cariño del vecindario, cariño que acabó de afianzar por su matrimonio con una moyobambina, hija de familia tan principal e influyente como era la de doña Eulalia, la entusiasta defensora de la causa de su majestad.

Este enlace vino a ser como una fusión entre realistas y republicanos. Desde ese día nadie volvió a acordarse en Moyobamba de Fernando VII.

Sucedíanse los mandatarios en la capital del Perú, y ninguno hasta 1850 pensó en relevar a Nájar, quien parecía nacido para gobernador perpetuo de Moyobamba. Verdad es que tampoco le daban un ascenso en su carrera militar, lo que prueba que Moyobamba era tenida por el último rincón de la casa, creencia de todo punto infundada.

Por entonces, y parece que huyendo de la justicia de su país, llegaron a Moyobamba tres guayaquileños, a los que su paisano Nájar acogió con benevolencia y comprometió para que se avecindasen en el lugar.

El oficio que los nuevos vecinos habían ejercido en Guayaquil era el de tejedores de sombreros, y encontrando a las márgenes del Mayu abundancia de la paja llamada bombonaje, decidieron ocuparse en su antigua industria. Nájar les pidió que enseñasen a los muchachos del pueblo; y siendo fácil y entretenido el aprendizaje, antes de un año hasta las mujeres eran diestras tejedoras de sombreros.

Moyobamba cambió como por encanto, pues tuvo una fuente de riqueza en la nueva industria. Hasta 1850 la producción anual de sombreros fluctuaba entre veinticinco y treinta mil, que se expendían en Huánuco, Huaraz y Lima, extendiéndose tal comercio hasta los puertos de Chile.

Y pues de industrias se trata, demos a la ligera noticia de unir que actualmente es la que más pingües rendimientos produce. La industria azucarera.

La caña de azúcar no era conocida en el Perú en tiempo de la conquista, y fue en 1570 cuando tuvimos las primeras plantaciones. El azúcar que consumíamos en Lima era traído de México.

El primer ingenio se estableció en una hacienda del valle de Huánuco; mas no pudiendo competir el azúcar que él producía con la mexicana por su abundancia y baratura, recurrió el dueño del ingenio a un hábil ardid; y fue éste enviar a México un navío cargado de azúcar huanuqueña. Los productores mexicanos tragaron el anzuelo; porque supusieron que para enviarles del Perú azúcar, que era como quien dice enviar rosarios a Berbería, se requería que la producción fuese abundantísima y que en cuanto a precio estuviese por los suelos. Cesaron, pues, de venir cargamentos de Acapulco, y la industria azucarera empezó a florecer; y ha progresado tanto, que hoy decir azucarero equivale a decir millonario.

Bajo la administración del presidente general Echenique empezó para Moyobamba una lluvia de oro que duró hasta 1871. El tratado con el Brasil, a la vez que hacía práctica la navegación de los ríos, daba franquicias aduaneras a los ribereños para la exportación de productos. Don Ireneo Evangelista de Souza, hoy barón de Maguá, estableció una línea de vaporcitos brasileros, y los moyobambinos tuvieron en la plaza del Pará un espléndido mercado para la venta de sombreros. La producción no bajó en ninguno de esos años de cien mil sombreros, que dejaban al comerciante moyobambino un provecho neto de sesenta por ciento.

Sombrero manufacturado en Moyobamba hemos visto por el que se pagó en el Pará la suma de 250.000 reis. Tan delicado era el tejido y tan consistente el batán.

Hoy la industria decae por la competencia que la paja de Italia hace al bombonaje, y los inteligentes y laboriosos moyobambinos buscan en la agricultura el restablecimiento de su pasada prosperidad. Tenemos fe en que lo alcanzarán. Omnia labor vincit.

Una aventura amorosa del padre Chuecas

I

Sí, señor, ¿y por qué no he de contar aventuras de un fraile que si pecó, murió arrepentido y como bueno? Vamos a ver, ¿por qué?

Vaya. ¡Pues no faltaba más! Coronista soy, y allá donde pesco una agudeza, a plaza la saco; que en mi derecho estoy y no cobro alcabala para ejercerlo.

Dejo para otros ingenios la tarea de escribir la biografía del padre Chuecas, que, ni abundo en datos ni en voluntad por ahora. Sin embargo, consignaré lo poco que sobre su vida he alcanzado a sacar en limpio de los apuntamientos que existen en el archivo de los padres seráficos.

Fray Mateo Chuecas y Espinosa nació en Lima el 20 de septiembre de 1788, y vistió el hábito de novicio el 8 de julio de 1802. A los dieciocho años de edad era tenido por uno de los primeros latinistas de Lima, y manejaba el hexámetro y el pentámetro con el mismo desenfado que el mejor de los poetas clásicos del Lacio.

Desgraciadamente, desde los claustros del noviciado, empezó a revelar, con la frecuencia de sus escapatorias escalando muros, tendencia al libertinaje.

Apenas ordenado de subdiácono, hizo tales locuras que el provincial, por vía de castigo, tuvo que enviarlo a las misiones de la montaña, donde en una ocasión salvó milagrosamente de ser destrozado por un tigre y en otra de ahogarse en el Amazonas.

Regresó a su convento algo reformado en costumbres, recibió la orden del sacerdocio, y durante el primer año desempeñó el cargo de maestro do novicios; pero cansose pronto de la vida austera y se lanzó a dar escándalo por mayor.

La sociedad que él prefería era la de los militares, lo que prueba que su paternidad había equivocado la vocación.

Del padre Chuecas podía decirse lo que el tirano Lope de Aguirre, refiriéndose a los frailes del Perú en 1560, consigna en la célebre carta que dirigió al rey Felipe II: La vida de los frailes es tan áspera, que cada uno tiene por cilicio y penitencia una docena de mozas.

Jugador impertérrito y libertino como un Tenorio, encontrábase rara vez en su convento y con frecuencia en los garitos y lupanares. Manejaba la daga y el puñal con la destreza y agilidad de un maestro de armas; y cuando en una jarana se armaba pendencia y él estaba en copas, no escapaban de puñalada recia y corte limpio ni las cuerdas de la guitarra.

Gran parte del año la pasaba el padre Chuecas recluso por mandato de sus superiores en la Recolección de los descalzos. Entonces consagrábase al estudio y robustecía su reputación de profundo teólogo y no eximio humanista. Él, que por su talento e ilustración era digno de merecer las consideraciones sociales y de aspirar a los primeros cargos en su comunidad, prefirió conquistarse renombre de libertino; pues tan luego como era puesto en libertad, volvía con nuevos bríos a las antiguas mañas. La moral era para Chuecas otra tela de Penélope; pues si avanzaba algo en el buen camino durante los meses de encierro, lo desandaba al poner la planta en los barrios alegres de la ciudad.

El que esto escribe conoció al padre Chuecas (ya bastante duro de cocer, pues frisaba en los sesenta) allá por los años de 1860. El franciscano no era ya ni sombra de lo que la fama vocinglera contaba de él. Casi ciego, apenas si salía de su celda; y gustaba conversar sobre literatura clásica, en la que era sólidamente conocedor. Evitaba hablar de los versos que hablar escrito, y hurgado un día por nuestra entonces juvenil cháchara, nos dijo: «Las musas, y las mozas fueron mi diablo y mi flaco: hoy las abomino y hago la cruz: basta de escándalo». El padre Chuecas estaba en la época del arrepentimiento y de la penitencia: había condenado a la hoguera sus versos latinos y castellanos. Debímosle el obsequio de un libro, ingenioso por la abundancia de retruécanos, titulado Vida de San Benito escrita en seguidillas. Recordamos que el poeta autor del libro se apellidaba Benegassi Luján, y que las seguidillas, que excedían de trescientas, nos parecieron muy graciosas y muy bien ejecutadas.

Fue el padre Chuecas quien nos contó que para, catequizar a un *curaca* salvaje, lo llevaron a una capilla en momentos de celebrase misa, y concluida ésta le preguntaron que le había parecido la misa.

—Tiene de todo su poquito —contestó el *curaca*—. Su poquito de comer, su poquito de beber y su poquito de dormir.

Las producciones del padre Chuecas se han perdido, y apenas si algunas de sus chispeantes letrillas se conservan en listines de toros, en la memoria del pueblo o en el archivo de tal cual aficionado a antiguallas. Ocho o diez de sus composiciones religiosas existen manuscritas en poder de un franciscano.

En nuestro archivo particular conservamos autógrafa la siguiente glosa, bellísima bajo varios conceptos:

> En esta vida prestada,
> que es de la ciencia la llave,
> quien sabe salvarse, sabe,
> y el que no, no sabe nada.
>
> ¿Qué se hicieron de Sansón
> las fuerzas que en sí mantuvo,
> y la belleza que tuvo
> aquel soberbio Absalón?
> ¿La ciencia de Salomón
> no es de todos alabada?
> ¿Dónde está depositada?
> ¿Qué se hizo? ¡Ya no parece!
> Luego nada permanece
> en esta vida prestada.
>
> De Aristóteles la ciencia.
> del gran Platón el saber,
> ¿qué es lo que han venido a ser?
> ¡Pura apariencia! ¡Apariencia!
> Solo en Dios hay suficiencia;
> solo Dios todo lo sabe;
> nadie en el mundo se alabe
> ignorante de su fin.
> Así lo dice Agustín,
> que es de la ciencia la llave.
>
> Todos los sabios quisieron
> ser grandes en el saber;

que lo fueron, no hay que hacer,
según ellos se creyeron.
Quizás muchos se perdieron
por no ir en segura nave,
camino inseguro y grave
si en Dios no fundan su ciencia,
pues me dice la experiencia
quien sabe salvarse, sabe.
   Si no se apoya el saber
en la tranquila conciencia,
de nada sirve la ciencia
condenada a perecer.
Solo el que sabe obtener,
por una vida arreglada
un asiento en la morada
de la celestial Sión,
sabe más que Salomón,
y el que no, no sabe nada.

El autor de un bonito y espiritual artículo, que con el título Bohemia literaria apareció en un almanaque para 1878, dice: «¡Aquí está el padre Chuecas! Y un murmullo de contento y admiración recorría el círculo de color honesto que formaba una jarana. Y tenían razón. Nadie como el padre Chuecas sabía improvisar esos sencillos y elocuentes cantares, que son el lenguaje con que expresa el pueblo su pasión amorosa. Sus canciones animaban en el acto la tambarria, y repetidas a golpe de caja, arpa y guitarra por los concurrentes, pasaban a todos los arrabales de Lima. Tenía algunos puntos de contacto con el célebre cura que pinta Espronceda en su Diablo-Mundo, y sus consejos, que no escaseaba a los poetas populares, tenían gran analogía con los que daba el padre de la Salada al imberbe Adán».

El padre Chuecas, si la memoria no nos engaña, vivió hasta 1868, poco más o menos. Su muerte fue tan penitente como licenciosa había sido su juventud.

Todavía existe en el convento de los descalzos un fresco, de pobre pincel, representando a Cristo sentado en un banquillo y apoyado el codo sobre una mesa. Debajo se lee esta redondilla del padre Chuecas:

> El verme así no te asombre,
> porque es mi amor tan sin par,
> que aquí me he puesto a pensar
> si hay más que hacer por el hombre.

Pasemos a la tradición, ya que a grandes rasgos queda dibujado el protagonista.

II

Por los tiempos en que el padre Chuecas andaba tras la flor del berro y parodiando en lo conquistador a Hernán Cortés, vivía en la calle de Malambo una mocita, de medio pelo y todavía en estado de merecer. De ella podía decirse:

> Mal hizo en tenerte sola
> la gran perra de su madre;
> preciosuras como tú
> se deben tener a pares.

Llamábase la chica Nieves Frías, y no me digan que invento nombre y apellido, pues hay mucha gente que conoció a la individua, y a su testimonio apelo. Su paternidad el franciscano bailaba el Agua de nieve por adueñarse del corazón de la muchacha, y en vía de cantar victoria estaba, cuando se le atravesó en la empresa un argentino, traficante en mulas, hombre burdo, pero muy provisto de monedas.

Llegó el cumpleaños de Nieves Frías, que era bonita como una pascua de flores, y como era consiguiente hubo bodorrio en la casa y zamacueca borrascosa.

Habíanse ya trasegado a los estómagos muchas botellas del buscapleitos, cuando antojósele a la vieja, que viejas son pedigüeñas, pedir que brindase el padre Chuecas.

—Eso es, que diga algo fray Mateo —exclamaron en coro las muchachas, que gustan siempre de oír palabritas de almíbar.

—¡Acurrucutú manteca! —añadió haciendo piruetas un mocito de la hebra—. Y que brinde con pie forzado.

—¡Sí! ¡Sí! ¡Que brinde! ¡Que le den el pie! —gritaron hombres y mujeres.

El padre Chuecas, sin hacerse de rogar, se sirvió una copa y pidió el pie forzado. La madre de la niña, que por aquello de dádivas quebrantan peñas, favorecía las pretensiones del ricachón argentino, dijo:

—Padre, tome este pie: Córdoba del Tucumán.

El franciscano se paró delante de la Dulcinea y dijo con clara entonación:

Brindo, preciosa doncella,
porque en tus pómulos rojos,
jamás contemplen mis ojos
de las lágrimas la huella.
Brindo, en fin, porque tu estrella
que atrae como el imán
a tanto y tanto galán
que se embelesa en tu cara,
nunca brille alegre para
Córdoba del Tucumán.

Un aplauso estrepitoso acogió la bien repiqueteada décima, y el satirizado pretendiente, aunque tragando saliva, tuvo que sonreír y dar un ¡bravo! al improvisador. Llegole turno de brindar, y quiso también echarla de poeta o payador gaucho con esta redondilla o quisicosa sin rima ni medida, pero de muy explícito concepto:

Brindo por el bien que adoro,
y para que sepan todos
que el amor se hizo para los hombres,
y para los frailes se hizo el coro.

Ello no era verso, ni con mucho, pero era una banderilla de fuego sobre el cerviguillo de Chuecas. Éste no aguantó la púa y corcoveó en el acto:

> Cordobés infelice que al Parnaso,
> por numen chabacano conducido,
> pretendiste ascender... ¡detente, huaso!
> no profanes sus cumbres atrevido,
> advierte que la lira no es el lazo;
> pues, quizá temerario has presumido
> que son las Musas, a las que haces guerra,
> las mulas que amansabas en tu tierra...

Una carcajada general y un ¡viva el padre! contestaron a la valiente octava. El argentino perdió los estribos de la sangre fría, y desenfundando el alfiler o limpiadientes, se fue sobre el fraile, quien esperaba la embestida daga en mano. Armose la marimorena: chillaron las mujeres y arremolináronse los hombres. Por fortuna la policía acudió a tiempo para impedir que los adversarios se abriesen ojales en el pellejo y los condujo a chirona.

El padre Chuecas pasó seis meses de destierro en Huaraz. A su regreso supo que la paloma había emprendido vuelo a Córdoba de Tucumán.

Entre libertador y dictador (A Julio S. Hernández)

I

Estando de sobremesa el Libertador Bolívar en Chuquisaca, allá por los años de 1825, versó la conversación sobre las excentricidades del doctor Francia, el temerario dictador del Paraguay.

Lo que algunos comensales referían sobre aquel sombrío tirano, que se asemejaba a Luis XI en lo de tener por favorito a su barbero Bejarano, despertó en el más alto grado la curiosidad de Bolívar.

—Señores —dijo el Libertador—, daré un ascenso al oficial que se anime a llevar una carta mía para el gobernador del Paraguay, entregarla en propia mano y traerme la respuesta.

El capitán Ruiz se puso de pie y contestó:

—Estoy a las órdenes de vuecelencia.

II

Al día siguiente, acompañado de una escolta de veinticinco soldados, emprendió Ruiz el camino de Tarifa para atravesar el Chaco. Después de un largo mes de fatigas, llegaron a Candelaria en el alto Paraguay, donde existía una guardia fronteriza que desarmó a la escolta sin permitirla pasar adelante. El oficial paraguayo, custodio de la frontera, envió inmediatamente un chasqui al gobierno con el aviso de lo que ocurría.

Francia le mandó instrucciones; y el capitán Ruiz, acompañado de dos jinetes paraguayos, que no hablaban español, sino guaraní, continuó viaje hasta la Asunción, sin que en el tránsito se le dejara comunicar con nadie.

Pasó Ruiz por algunas calles de la capital hasta llegar al palacio del dictador, donde sin permitírsele apear del caballo, tuvo que entregar al oficial de guardia el pliego de que era conductor.

Una hora después salió éste. Dio a Ruiz una carta sellada y lacrada, que contenía la respuesta del dictador a Bolívar, y el sobre del oficio, con estas palabras de letra del autócrata paraguayo:

Llegó a las doce. Despachado a la una, con oficio. FRANCIA.

III

El capitán volvió grupa, escoltado por los dos vigilantes paraguayos, que no se apartaron un minuto de su lado hasta llegar a Candelaria, donde lo esperaban los veinticinco hombres de su escolta.

Después de mil contratiempos, naturales a camino tan penoso como el del desierto Chaco, puso Ruiz en manos del Libertador la ansiada correspondencia, y obtuvo el ascenso, leal y honrosamente merecido.

Los compañeros de armas de Ruiz acudieron presurosos a su alojamiento, esperando oír de su boca descripciones pintorescas del país paraguayo y estupendos informes sobre la persona del enigmático dictador.

—¿Qué ha visto por allá, compañero?

—Árboles, arroyos y dos soldados que me custodiaban.

—¿Nada más?

—Nada más.

—¿Qué ha oído en ese pueblo? ¿Qué se dice de nosotros?

—No he oído más que el zumbar del viento; con nadie he hablado; solo mis dos guardianes hablaban; y como lo hacían en guaraní, no les comprendí jota.

—¿Y Francia? ¿Qué tal se portó con usted? ¿Es bajo? ¿Es alto? ¿Es feo? ¿Es buen mozo? En fin, díganos algo.

—¿Qué les he de decir, si yo no he conocido al dictador, ni he pasado del patio de su casa, ni visto de la ciudad sino cuatro o cinco calles, y eso al galope, más tristes que un cementerio?

El despotismo extravagante del doctor Francia estuvo más arriba que la curiosidad burlesca del Libertador.

IV

La biografía del dictador paraguayo y las vagas noticias que de las atrocidades que ejecutó han llegado hasta nosotros los peruanos, dan a ese personaje y a su pueblo un no sé qué de inverosímil y fabuloso. El libro del médico suizo Rengger, el del literato español don Ildefonso Bermejo, el del inglés Robertson y el opúsculo del argentino don Pedro Somellera, enemigo político y personal del doctor Francia, era cuanto medianamente autorizado podíamos consultar para formarnos concepto del Paraguay y del régimen dictatorial que, a poco de la caída en 1811 del gobernador español don Bernardo Velasco, implantara un doctor en teología.

Realizada la independencia del Paraguay, se confirió el gobierno del país a dos cónsules: el comandante don Fulgencio Yegros, que se sentaba en un cómodo sillón de vaqueta llamado la curul de Pompeyo, y el doctor don Gaspar Rodríguez Francia, que ocupaba la curul de César.

En 1814 César echó la zancadilla a Pompeyo, y se erigió dictador. «Desde ese momento —dicen sus imparciales biógrafos Rengger y Longchamp— Francia cambió de vida, abandonando por completo el juego y las mujeres, y ostentando, hasta la muerte, la mayor austeridad de costumbres en su existencia doméstica.»

En los primeros años de su gobierno, el dictador profesaba la doctrina de la inviolabilidad de la vida humana: no levantaba cadalsos, pero aplicaba el tormento a sus enemigos, y hacía ostentación de refinada crueldad. Pidió un preso que se le mandase cambiar de grillos, y Francia contestó: «Si quiere esa comodidad, que se los haga fabricar y que le cuesten su plata». Corriendo los tiempos, rara fue la semana en que, por lo menos, no decretara un fusilamiento.

Llama la atención que habiéndose Francia educado para sacerdote, hubiera estimado en poco a la gente de iglesia; si bien la mayoría de ésta, en el Paraguay, era corrompidísima. El prior de los dominicos se jactaba de ser padre de veintidós hijos, y eso tuvo en cuenta el mandatario para decretar la secularización de los frailes y aun para pretender la abolición del celibato sacerdotal. A dos religiosos que en el púlpito se ocuparon de política, les mandó rapar la cabeza, y los puso a vergüenza pública vestidos con una hopalanda amarilla.

Un cura procesó a una mujer acusada de bruja, proceso que desaprobó el doctor Francia, diciendo: «¡Véase para lo que sirven los sacerdotes y la religión! ¡Para hacer creer a las gentes en el diablo más bien que en Dios!». Desde ese día Francia se declaró jefe de la iglesia, nombraba y destituía párrocos, y prohibió procesiones, dejando subsistente solo la de Corpus.

—Si el Papa viniera al Paraguay, puede ser que lo nombrara mi capellán; pero bien se está él en Roma, y yo en la Asunción —decía don Gaspar, familiarmente, a su barbero Bejarano y a su médico Estigarribia.

Hasta 1820, Francia oía misa los domingos y días de obligatorio precepto; pero en ese año dio de baja a su capellán, y no volvió a entrar en los templos. El comandante de una nueva fortaleza le pidió permiso para poner ésta bajo la advocación de un santo. «¡Idiota! —le interrumpió el dictador—. Para guardar las fronteras, los mejores santos son los cañones.»

A los pocos europeos que llegaban a la Asunción solía decirles: «Haced aquí lo que gustéis, profesad la religión que os acomode, nadie os inquietará; pero estad prevenidos que os va el pellejo si os mezcláis en las cosas del gobierno». Y efectivamente, envió a la eternidad a no pocos de esos aventureros que se meten a patriotas en patria ajena. Solo por esto querría yo un Francia en el Perú, harto como estoy de ver a gente de extranjis tomar cartas y doblar baza en juego en que debieran hacer, a lo sumo, papel de mirones. Esto de que un hereje quiera ser más papista que el Papa... no está en mi mano... ¡Vamos!... me carga, se me estomaga y me hace vomitar bilis.

Como los cuákeros, el doctor Francia daba a todos el tratamiento de tú; pero idesgraciado de aquel que, por distracción, dejase de, decirle excelentísimo señor!

Por fin, para dar una idea del terrorífico respeto que inspiró a su pueblo, bástenos copiar las palabras que dirigió un día a un centinela que había tolerado a una mujer que mirase por una ventana los muebles de una de las habitaciones de palacio. «Si alguno de los que pasen por la calle se detuviere fijándose en la fachada de mi casa, haz fuego sobre él; si le yerras, haz otro tiro; y si todavía le yerras, ten por seguro que mi pistola no ha de errarte.» Así, cuantos pasaban por el fatídico antro de la fiera lo hacían bajando los ojos al suelo.

El 20 de septiembre de 1840, a la edad de ochenta y seis años, terminó la existencia de ese déspota verdaderamente fenomenal.

A los que deseen conocer con más amplitud el tipo caracterizado por el doctor Francia, les recomendamos la lectura del libro recientemente escrito por el ilustrado médico bonaerense Ramos Mejía, titulado Las neurosis célebres.

V

La nota del Libertador Bolívar al tirano Francia se limitaba a proponerle que sacase al Paraguay del aislamiento con el resto del mundo civilizado, enviando y recibiendo agentes diplomáticos y consulares. La contestación, de que fue conductor el capitán Ruiz, no puede ser más original, empezando por el título de patricio que da al general Bolívar, Hela aquí tal como apareció en un periódico del año 1826:

Patricio: Los portugueses, porteños, ingleses, chilenos, brasileros y peruanos han manifestado a este gobierno iguales deseos a los de Colombia, sin otro resultado que la confirmación del principio sobre que gira el feliz régimen que ha libertado de la rapiña y de otros males a esta provincia, y que seguirá constante hasta que se restituya al Nuevo Mundo la tranquilidad que disfrutaba antes que en él apareciesen apóstoles revolucionarios, cubriendo con el ramo de oliva el pérfido puñal para regar con sangre la libertad que los ambiciosos pregonan. Pero el Paraguay los conoce, y en cuanto pueda no abandonará su sistema, al menos mientras yo me halle al frente de su gobierno, aunque sea preciso empuñar la espada de la justicia para hacer respetar tan santos fines. Y si Colombia me ayudase, me daría un día de placer y repartiría con el mayor agrado mis esfuerzos entre sus buenos hijos, cuya vida deseo que Dios Nuestro Señor guarde por muchos años. Asunción 23 de agosto de 1825. GASPAR RODRÍGUEZ DE FRANCIA.

Bolívar leyó y releyó para sí; sonriose al ver que el suscriptor lo desbautizaba llamándole Patricio en vez de Simón, y pasando la carta a su secretario Estenós, murmuró:

—¡La pim... pinela! ¡Haga usted patria con esta gente!

Cosas tiene el rey cristiano que parecen de pagano

I

Lector, tengo el honor de presentarte (aunque dudo mucho guardes en casa sillas para tanta gente) al señor don José Matías Vázquez de Acuña, Menacho, Morga, Zorrilla de la Gándara, León, Mendoza, Iturgoyen, Lisperguer, Amasa, Román de Aulestia, Sosa, Gómez, Boquete, Ribera, Renjifo, Ramos, Galván, Caballero, Borja, Maldonado, Muñoz de Padilla y Fernández de Ojeda, vástago de conquistadores por todos sus apellidos, caballero de la orden de Santiago, gentilhombre de Cámara con entrada, elector de la abadía de San Andrés de Tabliega en la merindad de Montijo, patrón en Lima del convento grande de Nuestra Señora de Gracia, del orden de ermitaños de San Agustín y de su capilla del Santo Cristo de Burgos, patrón asimismo del Colegio de San Pablo que fue de la Compañía de Jesús, regidor del Cabildo de Lima, capitán del batallón provincial y sexto conde de la Vega del Ren, título creado en 1686 por Carlos II a favor de doña Josefa Zorrilla de la Gándara, León y Mendoza, con la condición de, que a la muerte de la condesa recayese el título en su esposo don Juan José Vázquez de Acuña, Menacho, Morga y Sosa Renjifo. Los condes de la Vega usaban en su escudo esta divisa: Se ha de vivir de tal suerte, que vida, quede en la muerte.

A pesar de sus monárquicas tradiciones de familia y de lucir la llave de oro con que en los días de besamanos se presentara en el palacio, de O'Higgins, Avilés y Abascal; a pesar de sus blasones heráldicos y de que su nobleza era tan aquilatada que, según un rey de armas, venía por línea recta, como los

Lastra de Chile, nada menos que de uno de los tres reyes magos de Oriente que rindieron tributo y vasallaje al Divino Niño, nacido en el humilde establo de Belén; a pesar de tantos y tan empingorotados pesares, el señor conde no fue ningún liberalito de agua tibia, sino un patriota de camisa limpia y a quien costó no poco la independencia del Perú.

Cuando, entre nosotros, apenas si se pensaba en tener patria, el conde de la Vega del Ren era el centro de una vasta conjuración. Rico hasta dejarlo de sobra, pues en él se habían remitido las fortunas de cinco casas solariegas, intentó en 1814 dar a España el golpe de gracia. Contaba para conseguirlo con la popularidad y prestigio inherentes a su cargo de capitán de milicias del Número, que así se llamaba un precioso batallón, compuesto de ochocientos artesanos, criollos todos, y por consiguiente aficionados al barullo. Las milicias del Número que eran, como decimos hoy, cuerpos de cachimbos o de nickels, si usted gusta, el regimiento real «Fijo, de Lima», que más tarde cambió de nombre por el de «Infante don Carlos», 5.º de línea, disponían de la simpatía popular. Compruébalo el hecho de que en las noches de retreta la turba favorecía con una silbatina mayúscula a los músicos del lujoso batallón Concordia, cuerpo que, teniendo por primer jefe al virrey, poseía excelente instrumental y palmoteaba furiosamente a los malos ífanos, ramplones cornetas, peores pistones y detestables tambores de milicias.

Los conciliábulos se sucedían en casa del conde y la conjuración iba viento en popa. Pero el diablo hizo que de repente llegara de la península el navío. Asia con su cargamento de bandidos o de talaveras, y que alebronado algún conspirador fuera con la denuncia al mismísimo Abascal.

Además de la denuncia que hizo el torero Esteban Corujo, el beletmita fray Joaquín de la Trinidad, el padre Echeverría, prior de San Agustín, el canónigo Arias y el franciscano Galagarza revelaron al virrey que, bajo secreto de confesión, una mujer les había descubierto el complot revolucionario, facultándolos para dar aviso a su excelencia. La conspiración debía estallar en el Callao el 28 de octubre a la hora en que la procesión del Señor del Mar estuviese dentro de la fortaleza del Real Felipe. Contábase con sorprender la guardia en los diversos cuarteles y apoderarse de la persona del virrey, tarea facilísima si se atiende a que todos estaban ajenos de recelos. En el juicio se comprobó que una misma mujer fue la confesada de los cuatro sacerdotes.

Fue el conde de la Vega el primer hombre que en el Perú y a las barbas del virrey tuvo coraje para llamar soberano al pueblo. Dábase una corrida de toros en Acho, y la autoridad había ordenado encerrar un bicho. El público insistía en que el animal fuese estoqueado, y el señor conde, que se despepitaba por todo lo que era popularidad o populachería, erigiose por sí y ante sí en personero del concurso y encaminose a la galería del alcalde. Éste no dio su brazo a torcer, y el de la Vega exclamó exaltado:

—Obedezca usía, que se lo manda el soberano pueblo.

De más está decir que el alcalde hizo un corte de mangas al soberano y a su intruso representante, y que el toro fue al corral.

Abascal, que no se andaba por las ramas tratándose de insurgentes, que envió de regalo a Goyeneche el sable de su uso, y que a estar en sus manos, habría recompensado con un virreinato al felón de Guaqui (frase textual), se lo tuvo todo por sabido y plantó en una casamata al señor conde, alma de la proyectada rebelión. Como Abascal era título de Castilla de muy reciente data, los nobles de antiguo cuño y de abolengo impajaritable, se rebelaron contra la medida, calificándola de despótica y atentatoria a la limpieza de los pergaminos, tanto más, cuanto que del sumario no resultaba nada en claro contra el de la Vega del Ren. El virrey recibió un memorial con treinta y dos firmas de condes y marqueses, en el cual se protestaba ocurrir a la corona si inmediatamente no era puesto en libertad el preso. Algún canguelo debió entrarle a Abascal, pues mandó sobreseer en la causa, aunque, por sí o por no, se hizo el de flaca memoria y no devolvió al sospechado el mando de la compañía. Ochenta días había tenido al condesito guardado del relente y la garúa.

El conde de la Vega del Ren se estuvo quedo en su casa y conspirando a la sordina hasta 1821. Su firma, como el lector puede comprobarlo, ocupa el noveno lugar en el acta solemne de jura de la independencia. Junto con él suscribieron el precioso documento los condes de San Isidro, de las Lagunas, de Torre Blanca, de Vistaflorida y de San Juan de Lurigancho, y los marqueses de Corpa, de Casa-Dávila, de Montealegre y de Villafuerte, aquel a quien Bolívar humilló tanto el 12 de abril de 1826, día siguiente al en que fue ajusticiado en la plaza de Lima el vizconde de San Domas. Referiré el lance a vuela pluma.

El Libertador había conferido al marqués de Villafuerte título de coronel y destinádolo entre sus ayudantes de campo. Bolívar daba aquella tarde un convite en la Magdalena, y viendo a su ayudante preocupado y que no menudeaba las libaciones, le dijo:

—Muy calladito está usted, señor marqués. ¿Acaso lo entristece el saber que la aristocracia hizo ayer mal papel en la plaza?

A lo que dicen que el marquesito limeño contestó:

—Señor excelentísimo, aristócratas y plebeyos, todos somos iguales ante la ley y ante el verdugo.

Consigno el hecho, excuso comentarlo para ahorrarme peloteras, y sigo con el conde de la Vega.

Limeños mazamorreros fueron los diez títulos de Castilla que suscribieron el acta de emancipación; mas sus opiniones políticas no eran motivo bastante para romper vínculos do amistad o sangre con el resto de la nobleza, que permanecía fiel a la causa del rey. Así, cuando algún hidalgo recalcitrante criticaba al de la Vega del Ren, respondía éste muy sereno:

—¡Hombre! Tan malos son los chapetones en el gobierno como los mozos que han venido y la chamuchina que vendrá después. No he hecho más que variar de guiso, que ya el otro de puro viejo no lo podía digerir. Estoy por potaje nuevo, aunque se me vuelva ponzoña entre las tripas. Por lo demás, conde nací, conde me quedo: conque ni gano ni pierdo.

¡Cuánto se equivocaba su señoría! Verdad es que él no podía adivinar que la República, que por entonces andaba en problema, vendría a hacer tabla rasa de escudos nobiliarios, dando a los pergaminos menos valor que al papel de estraza.

Fue el de la Vega casado con la hermana del conde de Sierrabella y marqués de San Miguel, que mandaba un batallón patriota en la desgraciada campaña de Intermedios en 1823. Después del desastre se embarcó el marqués en el puerto de Ilo, con muchos de los dispersos, a bordo de un transporte, el cual fue apresado por un corsario español que probablemente naufragó o se incendió en alta mar, pues hasta hoy no ha vuelto a tenerse noticia de él ni de sus tripulantes. Como el de Sierrabella era soltero, heredó su hermana, la esposa del de la Vega, títulos y mayorazgos. De su matrimonio tuvo don José Matías solo una hija, la cual casó con don José de Santiago Concha, natural de Chile, y murió en 1881, dejando tres hijos y cuatro hijas.

El conde de la Vega del Ren fue uno de los fundadores de la aristocrática orden del Sol; creada por el ministro Monteagudo para robustecer el principio monárquico, y perteneció a la camarilla secreta que el 24 de diciembre de 1824 firmara el pliego de instrucciones a que debía sujetarse García del Río para traernos de Europa un príncipe que conviniera en echarse a cuestas el petardo de ser nuestro amo y señor.

Cuando quedó la República acentuada como forma definitiva de gobierno, el de la Vega del Ren no tuvo más que inclinar la cabeza y seguir la corriente; y aunque a principios de 1824 la causa de la independencia estuvo punto menos que perdida, su señoría no desesperó, imitando a muchos de sus nobles amigos que después de haber gritado hasta enronquecer «¡viva la patria!» voltearon casaca gritando con toda la fuerza de sus pulmones «¡viva el rey!»

Nuestro conde fue del número de los que emigraron de Lima para no caer en manos de Rodil o de Ramírez, que de seguro lo habrían sin muchos preámbulos enviado al mundo de donde no se vuelve. Por eso en el listín de una corrida de toros que en aquel año dieron los realistas, bautizando cada bicho con el nombre de algún título afiliado bajo el pabellón insurgente, dedicaron a nuestro paisano esta redondilla o banderilla, que allá va todo:

Es animal bien extraño
el torazo quenquí llega:
Colmilludo de la Vega;
su divisa. Desengaño.

Después de la batalla de Ayacucho no volvió el conde a meterse en belenes de política, y murió (cuando le roncó la olla) muy cristiana y tranquilamente, si bien algo desencantado de la patria, de los patriotas y de los patrioteros.

II

Aquí exhibido ya mi principal personaje, podía dar principio a la tradición; pero no me conviene desperdiciar esta oportunidad de poner al lector en relación con dos matronas, que nacieron predestinadas para santas y que están en vía de ocupar nicho en los altares.

El segundo conde de la Vega del Ren, nacido en Lima en 1675, es decir, once años antes de que la señora Zorrilla de la Gándara alcanzara título de Castilla, fue muy joven a Chile, en calidad de capitán de lanzas. Mucho debió el mancebo distinguirse en la frontera araucana; porque cuando apenas contaba veinticinco eneros, se lo confirió el importantísimo cargo de gobernador de Valparaíso que, con general satisfacción, desempeñó hasta 1706, en que regresó al Perú, donde entró más tarde en posesión del muy honorífico y no menos lucrativo cargo de almirante del mar del Sur. Este conde casó en Chile con doña Catalina Iturgoyen y Lisperguer, de la familia de aquella famosísima Quintrala que mataba a latigazos a sus criados, que envenenó a su padre y a sus amantes y que cometió crímenes tan horrendos e inauditos, que artículo de fe es creerla en el infierno sirviendo de regocijo a los demonios. ¡Contrastes humanos! Su deuda, la esposa del condesito limeño, fue el reverso de la medalla; y tanto, que sus paisanos la llaman la Santa Rosa de Chile, pues diz que se propuso imitar, si no exceder en santidad y virtudes, a la Rosa de Lima. Cronistas antiguos y contemporáneos que de ella se ocuparon dicen sin discrepar que desde niña fue una santita, que por martirizarse se arrancó las pestañas, comió guindas confitadas con acíbar, bebió mate en calavera de cristiano, se untó miel en el rostro para que las moscas se regalasen y a guisa de caramelo se introdujo en la boca un hueso de muerto. No me cae en gracia esto de hermanar la suciedad con la virtud. Hacíase llamar Catalina del Sacramento, y con mucha seriedad contaba que San José fue su padrino de matrimonio, y que para no complacer a su esposo (como está obligada a hacerlo toda mujer que no aspira a santidad) que la rogaba asistiese a la representación de una comedia, se restregó los ojos con pimientos y habría cegado si la Santísima Virgen, que la favorecía con frecuentes visitas personales, no la hubiese curado con algunas gotas del néctar de su castísimo seno. Añaden los dichos borroneadores de papel que no usaba medias, que andaba puerca y desgreñada, que dormía entre sábanas de jerga y que de cada azotaina que se arrimaba en el carabanchel de popa, sacaba del purgatorio un celemín de ánimas benditas. ¡Deliciosa, por mi fe, debió ser la vida del esposo de tal dama! Envídiesela otro, que no yo. Quien se sienta picado de curiosidad por saber algo más, no tiene sino echarse a leer un librito de 130 páginas que en 1821 hizo imprimir en Lima su biznieto el sexto conde de la Vega del Ren. Titúlase este librejo: Breve noticia de la vida y virtudes de la señora doña Catalina Iturgoyen y Lisperguer, condesa de la Vega del Ren, y escribiolo el doctor don José Manuel Bermúdez, canónigo magistral de la catedral de Lima.

Hija de esta (no diré si loca o santa) y nacida también en Chile, fue doña Rosa Catalina Vázquez de Acuña y Velasco de Peralta, abuela del desgraciado patriota marqués de Torre-Tagle y tía abuela de nuestro revolucionario conde de la Vega. Murió doña Rosa Catalina en Lima por los años de 1810, y tan en olor de santidad como la madre que la dio a luz. Sobre ambas se envió a Roma expediente para beatificación y canonización. Que se active el proceso, y habrá dos santas chilenas en el almanaque, y se nos acabará el orgullo a nosotros, los cándidos limeños, que tan orondos vivimos con nuestra santa Rosa.

En su testamento dispuso doña Rosa Catalina que la casa que habitó, situada a pocos pasos del que hoy es Palacio de Justicia y casi contigua a la morada del conde de la Vega del Ren, se transformase en beaterio y casa de ejercicios espirituales; y para que ello fuese pronta realidad, dejó los necesarios caudales. En dos años y medio estuvo terminada la fábrica; y en 1813 el arzobispo Las Heras bendijo la capilla, que mide veintisiete varas de largo por nueve de ancho y cuyo altar mayor está en el mismo sitio que servía de oratorio a la fundadora.

Y ahora sí que se acabó la tela y entro con formalidad en la tradición.

III

En don Juan José Vázquez de Acuña, Morga y Sosa, natural de Lima, había recaído el patronato del convento agustino y de su capilla del Santo Cristo de Burgos. A la muerte de éste y de su esposa doña Josefa Zorrilla de la Gándara, pasaron título y patronato a su hijo don Matías José Vázquez de Acuña, gobernador que fue de Valparaíso, sucediendo a éste como tercer conde de la Vega del Ren su hijo don José Jerónimo, casado con una prima o sobrina del célebre inquisidor de Lima Román de Aulestia, de la casa y familia de los marqueses de Montealegre.

El cuarto conde de la Vega fue don Juan José Vázquez de Acuña y Aulestia, que murió sin sucesión, pasando su título y patronato a su hermano don Matías, padre del sexto conde de la Vega del Ren, que es el personaje de nuestra tradición.

En su calidad de patrones, disfrutaron los condes de la Vega de especialísimos privilegios, confirmados por reales cédulas, no solo en el templo de San Agustín, sino en el que hoy se denomina de San Pedro.

Veamos el origen de este segundo patronato.

Doña María Renjifo, mujer del oidor de Charcas don Francisco de Sosa, había heredado de su padre el patronato del colegio de San Pablo. El difunto Renjifo fue tan gran favorecedor de los jesuitas que, no solo los ayudó con su influencia y caudales, sino que les cedió casi todo el terreno para la fábrica de iglesia y convento. Las armas de los Renjifo eran un león de azur en campo de oro, bordura de plata con ocho aspas de azur.

Por casamiento del nieto de doña María con la primera condesa de la Vega quedó el patronato del colegio de San Pablo anexo al título, y tal fue la importancia que daban los de la Vega del Ren a sus prerrogativas de patrones, que pusieron la grita en el quinto cielo cuando, expulsados los jesuitas, los clérigos de la Congregación de San Felipe Neri, que los sustituyeron, intentaron desconocer algunas de esas prerrogativas. Empezaron por consultar al arzobispo si debían o no seguir recibiendo al conde con repique de campanas en cierta festividad, y el sagaz prelado contestó que por repique más o menos no debía haber cuestión. Más tarde vino otra quisquilla grave sobre asiento y precedencia. Entiendo que este litigio se suscitó en 1798, cuando hacía solo tres años que nuestro protagonista estaba en posesión del título. Dedúzcolo así del siguiente documento que, entre otros de la materia, existe en el Archivo Nacional, códice 199.

«Yo, Justo Mendoza y Toledo, escribano del rey nuestro señor y público del número de esta capital, certifico y doy fe en cuanto puedo y ha lugar en derecho: Que habiendo concurrido en los años de 1795, 1796 y 1797 a la fiesta que en la iglesia de San Pablo, del Oratorio de San Felipe Neri, se celebra el domingo de Carnestolendas, observé que al tiempo de entrar en dicha iglesia el señor don José Matías Vázquez de Acuña, actual conde de la Vega del Ren, hubo en la torre del convento repique de campanas, y le salió a recibir toda la comunidad, y el padre Prepósito le dio el agua bendita, después de cuyo acto fue conducido hasta el lugar donde se ponen los asientos para la comunidad, que es antes del presbiterio al lado del Evangelio, en que fue sentado, presidiendo a toda la comunidad, en una silla de terciopelo que allí estaba puesta con un cojín de lo mismo en el suelo, y al tiempo del Evangelio le fue a dicho señor conde presentado un cirio, y concluido esto fue incensado por uno de los acólitos, y al tiempo de la paz se le dio a besar a dicho señor una patena. Certifico también que el asiento solo fue puesto en el sitio insignado en los años de 95 y 96; pero que en el de 97 le fue puesta la silla y cojín al lado del presbiterio, al lado de la Epístola, y en lo demás de ceremonias no hubo variación alguna, haciéndose todo como en los demás años. Certifico asimismo que con motivo de haber asistido diariamente a la casa del conde, aun en tiempo que vivía su señor padre y tío, observé que en la víspera del indicado día domingo de Carnestolendas fue el reverendo padre Prepósito a convidar para la asistencia a la fiesta, y cónstame que iguales ceremonias se observaban antes de la expatriación de los padres jesuitas, siendo colegial real el señor don Juan José de Acuña, tío carnal del actual señor conde, sentándose este señor siempre arriba del presbiterio, al lado del Evangelio, estando como estoy instruido y cerciorado de que todas las prerrogativas son concedidas en fuerza de que el sucesor en el condado es patrón de dicho colegio de San Pablo. Es cuanto puedo certificar, en virtud de lo prevenido al escrito presentado a fojas 64; y para que obre los efectos que haya lugar en derecho, doy la presente en los Reyes del Perú a 19 de enero de 1798 años. JUSTO DE MENDOZA Y TOLEDO, escribano de su majestad.»

Los padres filipenses perdieron el pleito, y hasta que se juró la independencia siguió el conde oyendo repiques en la fiesta de Carnaval, y sentándose al lado del Evangelio y a la cabeza de la comunidad, como era de antigua costumbre.

IV

Ocho días después de haber dictado el Congreso la ley aboliendo en el Perú los títulos de Castilla, fue un escribano a notificarle al de la Vega una providencia judicial en un proceso sobre intereses domésticos. El notificado tomó la pluma, y ya iba a firmar la notificación estampando como hasta entonces había acostumbrado El conde de la Vega del Ren, cuando el escribano le detuvo la mano, diciendo:

—Dispense usted, señor don José Matías; pero la ley me prohíbe autorizar esa firma.

—¡Cómo! ¡Cómo! ¿Qué? ¿No soy el conde de la Vega del Ren?

—No, señor mío: ya no hay condes ni marqueses: cata la ley.

Su señoría se quedó como petrificado; mas recobrando al fin la calma, dijo:

—¿Conque ya no soy hijo de mi padre? Corriente y ¡viva la patria! Venga la pluma.

Y firmó: José Matías.

El escribano le instó para que añadiese su apellido Vázquez de Acuña; pero no hubo forma de convencer al ex conde.

—Al quitarme el condado me han quitado el Vázquez de Acuña, y no me queda más que el nombre de cristiano, y ese usaré en adelante, si es que también no me lo quitan los noveleros.

Y hasta su muerte no volvió a firmar carta o documento y ni aun su disposición testamentaria, sino con esta firma: José Matías.

V

Pero el privilegio verdaderamente original de que disfrutaban los condes de la Vega del Ren, y del cual nunca habían querido hacer uso, estaba consignado en su patronato sobre los agustinos. Fue el conde que vivió en el siglo actual el único que se vio en el caso de hacerlo valer.

Parece que en una festividad del año 1801 dispensaron los frailes al marqués de Casa-Concha ciertas atenciones que hirieron el amor propio del de la Vega.

El marqués de Casa-Concha tenía también justos títulos para merecer el afecto de los agustinos, pues uno de sus antecesores había costeado la fábrica de la sacristía y de un altar. Los padres, en muestra de gratitud, quisieron colocar en la sacristía el retrato de su benefactor; pero resistiose a esto el marqués y dijo a los conventuales: «Pues se empeñan sus reverencias en que haya aquí algo permanente y que les recuerde mi nombre, haré que el arquitecto labre sobre el pórtico una concavidad en forma de concha marina.

Y el lector que convencerse quisiera, enderece sus pasos a la sacristía de los agustinos, y admirará una curiosidad artística.

El conde de la Vega tragó por el momento saliva en la fiesta de 1801, y para humillar a los frailes, tratándolos como patrón, decidió hacer uso de un derecho consignado en las actas de fundación y en la real cédula aprobatoria del patronato.

A las siete de la noche del Jueves Santo de 1802, hora en que todo Lima se congregaba en San Agustín alrededor del paso de la Cena, entró en el templo el señor conde de la Vega del Ren. Precedíanlo cuatro negros, vestidos con la librea de su casa solariega, llevando gruesos cirios en las manos.

Arremolinado el pueblo, le abría calle y lo miraba pasar por la nave central de la iglesia con arrogantísimo aire, que por entonces era su señoría muy gallardo mozo, aunque con dientes grandes y torcidos colmillos.

La multitud estaba estupefacta, como quien presencia algo de maravilloso o inusitado. Y lo cierto es que aquella estupefacción del pueblo tenía su razón de ser.

El noble conde de la Vega del Ren, luciendo el manto de los caballeros de Santiago, espada al cinto, calzadas espuelas de oro y sombrero puesto, avanzó hasta las gradillas del monumento, se descubrió, se puso de rodillas, rezó o no rezó una estación, volvió a cubrirse, y salió del templo con la misma altivez, haciendo resonar las baldosas con el roce de las espuelas.

Los agustinos estaban que escupían sangre, y su orgulloso provincial fray Manuel Terón se mordía de cólera las uñas.

Toda protesta era absurda. El señor conde había estado en su perfecto derecho para entrar en el templo con sombrero puesto y espuelas calzadas.

Esta escena, que fue el tópico de general conversación entre la nobleza de Lima y motivo de escándalo para el devoto pueblo, llegó a oídos de la santa doña Catalina, fundadora del beaterio, que no pudo menos de exclamar muy compungida:

—¡O es hereje o está loco!

—Ni hereje ni loco, tía —la contestó el conde, que entraba a la sazón en la sala de la ilustre anciana.

Y la explicó lo sucedido, y la obligó a ponerse las gafas y a leer la real cédula en que el monarca español y su Consejo de Indias le acordaban la prerrogativa de entrar en San Agustín con sombrero y espuelas, siempre que no estuviese descubierto el Santísimo.

La noble señora, aunque era de las que decían «santo y bueno» a todo lo que llevara el sello real, no acalló del todo sus escrúpulos; porque, devolviendo el pergamino a su sobrino-nieto, le dijo:

—Así convendrá al bien de la religión y de la monarquía, y a los vasallos el respeto nos ata la lengua, que no es de leales murmurar de los mandatos de su majestad. Sin embargo, sobrino, y Dios me perdone lo que voy a decirte, podrás haber estado en tu derecho... pero... pero...

Y acercando sus labios a la oreja del conde, concluyó la frase, diciendo muy quedito:

> Cosas tiene el rey cristiano
> que parecen de pagano.

La venganza de un cura

I

Entre los baños termales de Lircay y el gigantesco cerro de Carhua-rasu (nevado amarillento), en la provincia de Lucanas, hay un pueblo habitado solo por indígenas, que en la carta geográfica del departamento de Ayacucho se conoce con el nombre de Chipán, voz que probablemente es una corrupción del chipa (cesto), quechua.

Vicario del partido y juez eclesiástico era por los años de 1843, don Agustín Guillermo Tincope de Quisurucu, que a la sazón contaba nada menos que ciento veinte navidades. Este fenómeno de longevidad, a quien vestido de cordellate, sus feligreses sacaban a tomar el Sol, conservaba gran energía de espíritu y en perfecto estado sus facultades mentales. Insigne latinista, pasaba de vez en cuando, en la lengua de Cicerón, tremendas catilinarias a los curas de su jurisdicción, excitándolos al cumplimiento de sus deberes evangélicos. A esa edad no usaba anteojos y tenía completo el aparato de masticación. Decía que era deudor de tan larga vida a la costumbre de conservar siempre abrigadas las extremidades y no beber sino chicha de maíz.

don Agustín Guillermo, que era indio puro y descendiente de caciques, entró en la carrera eclesiástica a la edad de cuarenta y seis años en que enviudó. La difunta le dejaba dos hijas y tres muchachos. Después de casar a las doncellas, hizo ordenar de clérigos a los tres varones, y hasta hace pocos años era su hijo don Manuel Tincope de Quisurucu párroco de Huacaña.

La guerra civil tenía por entonces conflagrada la República. El general Castilla había en el Sur lanzado el grito de rebelión contra el gobierno dictatorial del general Vivanco, grito que halló eco en el departamento de Ayacucho. En la provincia de Lucanas, sobre todo, no hubo cura que no fuera castillista, y entre los más exaltados encontrábase don Mauricio Gutiérrez, cura de Chipán, al cual su vicario, el macrobio don Agustín Guillermo, no se cansaba de decir:

—Calma, compañero. Ni tan adentro del horno que te quemes, ni tan afuera que te hieles.

Don Mauricio Gutiérrez, sin atender a consejo, organizó una montonera o partida de guerrilleros, cuyo mando confió a su hermano Félix. Pero éste, lejos de ser feliz, como su nombre auguraba, en la primera escaramuza dio posada en la barriga a una bala vivanquista, y a revienta-caballo pudo llegar moribundo a la casa parroquial, donde apenas tuvo tiempo para decirle a don Mauricio:

—Véngame hermano, y mata vivanquistas.

—Muere tranquilo, que serás vengado —le contestó el cura.

Y Félix, con este consuelo, entró en agonías y se fue al otro mundo.

II

Pocos días después llegaban una tarde a Chipán treinta soldados al mando de dos oficiales. Precisamente era la tropa contra la que se había batido el infortunado Félix.

El cura Gutiérrez salió a recibir a los huéspedes, y los comprometió a que descansasen en el pueblo hasta el día siguiente. Alojó en su casa a los oficiales, les dio una opípara cena, se fingió ante ellos más vivanquista que el mismo Supremo Director, y brindó por que el diablo se llevase cuanto antes a Castilla y la junta de gobierno. Enseguida convidó a los oficiales y tropa para una pachamanca o almuerzo de despedida en las afueras del pueblo, convite que ellos aceptaron gozosos, por aquello de que el buen militar debe llevar siempre un sueldo, una comida y un sueño adelantados.

Los vecinos del pueblo se escandalizaron por tan repentino cambio de opinión en su pastor, y un indio que cerca, de éste ejercía los oficios de pongo y cocinero, contole la murmuración pública.

don Mauricio Gutiérrez dejó vagar por sus labios una sonrisa infernal, y dijo a media voz:

—¡Brutos!

—Eso mismo les he dicho yo —añadió el pongo—. Brutos, que quieren saber más que el taita cura y que no adivinan que cuando él festeja a los vivanquistas, lo hace con su segunda.

El cura se aproximó al indio, y le deslizó al oído algunas palabras.

El pongo anduvo aquella noche por el campo, y en la madrugada volvió a la casa parroquial, en cuya puerta lo esperaba Gutiérrez.

—¿Traes eso? —le preguntó el cura.

—Sí, taita —contestó el indio, sacando de debajo del poncho un manojo de floripondios encarnados (huar-huar) y unas ramitas de hierba parecida al perejil.

Y sin hablar más palabra, cura y criado entraron en la cocina.

III

A las ocho de la mañana los oficiales y la tropa, antes de continuar la marcha, almorzaban pachamanca condimentada por don Mauricio y su pongo.

El cura dio por excusa para no comer con ellos que a las nueve tenía obligación de celebrar; y terminado el desayuno abrazó a todos y los acompañó algunas cuadras fuera del pueblo.

Pocas horas después aquellos infelices llegaban, sufriendo horribles dolores de estómago, a otro pueblo vecino, donde la médica o curandera les dijo, tras breve examen, que estaban intoxicados; pero que ella poseía un eficaz contraveneno. Dioles a beber no sé qué brebaje, aplicoles al vientre un cui negro, hízoles aspirar humo de lana de carnero mocho, y les aseguró que sanarían como por ensalmo.

Solo cuatro o cinco de los envenenados tuvieron la dicha de salvar, y los restantes fueron al hoyo.

IV

Algunas semanas pasó el cura Gutiérrez oculto en una cueva del empinado Carhua-rasu, y volvió al pueblo cuando tuvo noticia de la caída del Directorio.

Sabido es que todo revolucionario triunfante se hace de la vista gorda sobre los excesos y crímenes de sus partidarios, y el general Castilla no quiso ser la excepción de la regla.

Hablábase un día, delante del eterno vicario don Agustín Guillermo Tincope de Quisurucu, de cómo el cura Gutiérrez había encontrado en el nuevo gobierno valedores que echaran tierra sobre el envenenamiento. Uno de los murmuradores sostuvo que solo en estos excomulgados tiempos de la República quedaban impunes los delitos, doctrina que sacó de sus casillas al buen anciano; porque interrumpiendo al maldiciente, dijo:

—En todo tiempo, así en los del rey como en los de la patria, el que no tiene padrino se queda moro; y si no, oigan ustedes lo que presencié en Lima, en el primer año de este siglo decimonono y bajo el gobierno del virrey inglés:

«Oidor de la Real Audiencia era el doctor Mansilla, quien entre sus esclavos tenía un negrito chamberí, al cual mimaba más de lo preciso. El engreído muchacho, conocido en Lima por el apodo de Aguacero, se hizo un corta-caras, chuchumeco y ratero famoso; y aunque cada mes, por lo menos, tenía trabacuentas con la justicia, salía bien librado, porque el señor oidor interponía su influencia y respetos.

»Una noche fue pillado in fraganti delito de robo con escalamiento de paredes, en unión de otros cinco traviesos; y después que cantaron de plano el mea culpa, el juez de la causa sentenció a todos a ser azotados en la plaza pública, atados a la picota o rollo que vecino a la horca existía frente al callejón de Petateros.

»Llegada la hora de que saliesen los reos, su señoría el oidor se apeó de la calesa en la puerta de la cárcel, y le dijo al juez:

»—Oiga usted, mi amigo: lo que es a mi negrito, ni usted ni nadie lo azota, que su amo soy, y solo yo tengo derecho para corregirlo cuando cometa alguna travesura.

»El juez, que no tenía calzones para indisponerse con todo un oidor de la Real Audiencia, torció la vara de la justicia; y los cinco pobres diablos que no tuvieron cristiano que por ellos se interesase, fueron atados al rollo.

»El verdugo Pancho Sales, armado de rebenque, gritaba al descargar cada ramalazo sobre las espaldas del paciente prójimo:

»—Quien tal hace, que tal pague.

»Uno de los vapuleados se fastidió de oír la moraleja del carnifex, y contestó:

»—Dé usted fuerte, bien fuerte, ño Panchito, que yo no tengo espalda, y la que usted azota es ajena; que si espalda tuviera, como el negrito Aguacero, no me vería en este trance.

»Conque apliquen ustedes el cuento y no me vengan con que estos son mejores o peores que aquellos tiempos, que en el Perú todos lo tiempos son uno; pues el ser blandos de carácter y benévolos con el pecador, lo traemos en la masa de la sangre; y el que la echa de más enérgico e intransigente, puesto a la prueba, se torna un papanatas. Conque callar y callemos, y que la justicia siga su curso, como en los tiempos del oidor Mansilla. He dicho.»

—Y ha hablado usted como un libro —murmuró el sacristán.

Y el respetable vicario don Agustín Guillermo Tincope de Quisurucu puso fin a la plática, como yo lo pongo a esta tradición, añadiendo solo que la escena entre el verdugo y el azotado la refiere también Córdova y Urrutia en sus Tres épocas.

Los escrúpulos de Halicarnaso

I

No hay antiguo colegial del Convictorio de San Carlos en quien el nombre de Halicarnaso no despierte halagüeños recuerdos de los alegres, juveniles días.

¡Halicarnaso!... ¿Era esta palabra apodo o apellido? No sabré decirlo, porque los colegiales jamás se cuidaron de averiguarlo.

Halicarnaso era un zapatero remendón que tenía establecidos sus reales en un tenducho fronterizo a la portería del colegio, tenducho que, allá por los tiempos de rectorado del ilustre don Toribio Rodríguez de Mendoza, había sido ocupado por aquel vendedor de golosinas a quien el poeta Olmedo, colegial a la sazón, inmortalizó en esta décima:

A las diez llegó Estenós,
muy peripuesto y ligero,
y le dijo al chinganero:
Déme usted, ño Juan de Dios,
medio de jamón, en dos
pedazos grandes, sin hueso;
y no le compro a usted queso
porque experimento tal de metal,
que no me alcanza para eso.

Halicarnaso tenía vara alta con los carolinos.

En la trastienda guardaba los tricornios y los comepavo, vulgo fraques, con que el domingo salían los alumnos hasta la portería, y de cuyas prendas se despojaban en la vecindad cambiándolas por el sombrero redondo y la levita.

El zapatero disfrutaba del privilegio de tener, a las horas de recreo, entrada franca al patio de Naranjos, al patio de Jazmines y al patio de Chicos, nombres con que desde tiempo inmemorial fueron bautizados los claustros del Convictorio.

En cuanto al patio de Machos, ocupado por los manteístas y copistas o externos, era el lugar donde nuestro hombre se pasaba las horas muertas, alcanzando a aprender de memoria algunos latinajos y dos o tres problemas matemáticos.

Halicarnaso desempeñaba con puntualidad las comisiones que los estudiantes le daban para sus familias; los proveía, a espaldas del bedel, de frutas y bizcochos; y tal era su cariño y abnegación por los futuros ciudadanos, que se habría dejado hacer añicos en defensa del buen nombre de San Carlos.

En las procesiones y fiestas oficiales a que concurrían los alumnos del Convictorio, con su rector y profesores, luciendo éstos la banda azul, colmo de las aspiraciones de un joven, era de cajón la presencia de Halicarnaso.

Las tapadas pertenecientes a las feligresías del Sagrario, San Sebastián y San Marcelo sostenían el tiroteo de agudezas y galanterías con los carolinos, y las muchachas de Santa Ana y San Lázaro militaban bajo la bandera de los fernandinos.

¡Ah tiempos aquellos! La boca se me hace agua al recordarlos.

Los colegiales no formábamos meetings políticos, ni entrábamos en clubs eleccionarios, ni pretendíamos dar la ley y gobernar al gobierno. Estudiábamos, cumplíanlos o no cumplíamos con el precepto por la cuaresma, y los domingos nos dábamos un hartazgo de muchacheo o mascadura de lana.

En muchas de las travesuras o colegialadas de los carolinos tomó parte Halicarnaso como simple testigo; pero al referirlas en el vecindario, dábase por actor en ellas y llenábase los carrillos diciendo: «Nosotros, los colegiales, somos unos diablos. El otro día entre Pancho Moreira, Cucho Puente, Pepe Aliaga, Bachito Correa, Manongo Morales, el curcuncho Navarrete y yo, hicimos torería y media en la huerta del Noviciado».

En lo único que jamás consiguieron los colegiales utilizar los servicios y el afecto de Halicarnaso, fue en hacerlo correvedile cerca de sus Dulcineas. Por ningún interés divino o humano quiso el zapatero usurpar sus funciones a Mercurio, Halicarnaso era en este punto de una moralidad a toda prueba.

Pero lo que no alcanzaron los colegiales, lo consiguió en tres minutos una limeña vivaracha, de esas que el teólogo inventor de los tres enemigos del alma colocó tras del mundo y del demonio. Ahí verán ustedes.

II

Los estudiantes de Derecho canónico, o sea de último año de leyes, eran conocidos con el nombre de cónsules, y gozaban de la prerrogativa de salir a pasear los jueves desde las tres o cuatro de la tarde hasta las siete de la noche.

Una tarde, jueves por más señas, presentose en la puerta del zapatero una tapada de saya y manto que, a sospechar por el único ojo descubierto, lo regordete del brazo, las protuberancias de oriente y occidente, el velamen y el patiteo, debía ser una limeña de rechupete y palillo.

—Maestro —le dijo—, tenga usted buenas tardes.

—Así se las dé Dios, señorita —contestó Halicarnaso inclinándose hasta dar a su cuerpo la forma de acento circunflejo.

—Maestro —continuó la tapada—, tengo que hablar con un cónsul que vendrá luego. Tome usted 4 pesos para cigarros y déjeme entrar en la trastienda.

Halicarnaso, que hacía mucho tiempo no veía 4 pesos juntos, rechazó indignado las monedas, y contestó:

—¡Niña! ¡Niña! ¿Por quién me ha tomado usted? ¡Vaya un atrevimiento! Para tercerías busque a Margarita la Gata, o a la Ignacia la Perjuicio. ¡Pues no faltaba más!

—No se incomode usted, maestrito. ¡Jesús y qué genio tan cascarrabias había usted tenido! —insistió la muchacha sin desconcertarse—. Como yo lo creía a usted amigo de don Antonio..., por eso me atreví a pedirle este servicio.

—Sí, señorita. Amigo y muy amigo soy de ese caballerito.

—Pues lo disimula usted mucho, cuando se niega a que tenga con él una entrevista en la trastienda.

—Con mi lesna y mi persona soy amigo del colegial y de usted, señorita. Zapatero soy, y no conde de Alca ni marqués de Huete. Ocúpeme usted en cosas de mi profesión, y verá que la sirvo al pespunte y sin andarme con tiquis miquis.

—Pues, maestro, zúrzame ese zapato.

Y en un abrir y cerrar de ojos, la espiritual tapada rompió con la uña la costura de un remonono zapatico de raso blanco.

Como no era posible que Halicarnaso la dejase pisando el santo suelo, sin más resguardo que la media de borloncillo, tuvo que darla paso libre a la trastienda.

Por supuesto que el galán se apareció con más oportunidad que fraile llamado a refectorio.

El zapatero se puso inmediatamente a la obra, que le dio tarea para una horita.

Mientras palomo y paloma disertaban probablemente sobre si la Luna tenía cuernos y demás temas de que, por lo general, suelen ocuparse a solas los enamorados, el buen Halicarnaso decía, entre puntada y puntada:

—En ocupándome en cosas de mi arte... nada tengo que oponer... Conversen ellos y zurza yo, que no hay motivo de escrúpulo.

Y luego al clavar estaquillas canturreaba:

> La pulga y el piojo
> se quieren casar:
> por falta de trigo
> no lo han hecho ya.

Estos escrúpulos de Halicarnaso nos traen a la memoria los del conquistador Alonso Ruiz, a quien tocó buena partija en el rescate de Atahualpa, y que hizo barbaridad y media con los pobres indios del Perú, desvalijándolos a roso y belloso. Vuelto a España, con cincuenta mil duros de capital, asaltole el escrúpulo de si esa fortuna era bien o mal habida, y fuese a Carlos V y le expuso sus dudas, terminando por regalar al monarca los cincuenta mil. Carlos V admitió el apetitoso obsequio, concedió el viso del Don a Alonso Ruiz, y le asignó una pensión vitalicia de 1.000 ducados al año, que fue como decirle: «Come, que de lo tuyo comes».

Los veinte mil godos del obispo

El franciscano don fray Hipólito Sánchez Rangel, nombrado obispo de Mainas en 1806, fue, puede decirse, el fundador de esta diócesis; pues, aunque erigida en 1802, su primer prelado el señor Navia Bolaños, electo en 1804, no alcanzó a tomar posesión de ella.

Secretario del señor Rangel era un clérigo, natural de la isla de Cuba, llamado don José María de Padilla y Águila, el cual le tenía sorbido el seso al franciscano, a punto que era el secretario y no el obispo el que hacía y deshacía de la diócesis. Ítem el señor Padilla disfrutaba renta como secretario, como canónigo y como cura de Moyobamba, que era su merced absorbente como una trompa sucesoria. De ello y de su predominio sobre el mitrado murmuraba el coro de canónigos, compuesto de dos clérigos de misa y olla; y tan destemplados debieron andar en la murmuración, que llegó a oídos del obispo. El señor llamó a su secretario y le dijo:

—¿Sabes que tus compañeros murmuran que yo soy un estafermo y tú mi don Preciso?

—Déjelos su señoría, que con quemarles la boca se acabarán las murmuraciones —contestó Padilla.

—Santo remedio, hijo. Age liberrime, repuso el obispo —y no volvió a ocuparse de hablillas y chismografía de subalternos.

Entretanto, los dos canónigos no se mordían la lengua y continuaban desollando vivos a Rangel y a su secretario.

Una mañana en que debía celebrarse fiesta solemne en la iglesia, díjole Padilla al obispo:

—Ilustrísimo señor, esos bellacos siguen por camino torcido, y de hoy no pasa sin que, con la venia de su señoría, les queme la boca.

—Age liberrime —murmuró el señor Rangel.

En la misa y cuando llegó el momento de dar la paz, el canónigo secretario sacó de la sacristía una crucecita de plata y acercose con ella a sus enemigos. Ambos canónigos estamparon el ósculo en la cruz y a la vez dieron un brinco como si les hubiera mordido viborezno.

La crucecita había sido puesta al fuego por el sacristán.

«Santo remedio», como decía el señor Rangel. Desde el día en que el secretario les quemó la boca, se acabaron las murmuraciones de los canónigos.

Proclamada la independencia del Perú, el señor Sánchez Rangel, que era godo de los de tuerca y tornillo, predicó mirabilia contra los pícaros y herejes insurgentes, excomulgándolos a roso y belloso y poniendo en entredicho a los jóvenes que se declarasen en favor de los corrompidos viejos de Susana, que era el mote con que su señoría había bautizado a los caudillos de la revolución.

Tenemos a la vista una pastoral del señor Rangel que termina con estos conceptos: «A cualquiera de nuestros súbditos que jurase la escandalosa independencia, lo declaramos excomulgado vitando, y mandamos que sea puesto en tablilla, y si fuere eclesiástico lo declaramos suspenso, lo ponemos en entredicho local y personal y mandamos consumir las especies sacramentales y cerrar la iglesia hasta que se retractare y jure de nuevo ser fiel al rey. Y si alguno de vuestros hijos oyere misa de sacerdote insurgente o recibiere sacramentos, lo declaramos también excomulgado vitando, por cismático o cooperador del cisma político y religioso».

Paréceme que esto era hablar gordo.

Pero como cada día las cosas iban poniéndose más turbias para los partidarios del rey, decidiose el señor obispo a liar los bártulos y volver a España, no sin que su secretario se opusiese al viaje, diciéndole:

—Quédese, ilustrísimo señor, que estamos en la baticola del mundo y tiempo habrá corrido para cuando vengan por acá los patriotas, si es que llegan a venir y el virrey no da cuenta al diablo de San Martín y de sus desalmados.

Pero el señor Rangel, que no se halagaba con ilusiones y veía claro el desenlace de la lucha, resolvió a fines de 1821 tomar la vía de Tarapoto y embarcarse en el Huallaga con rumbo al Pará. Padilla quedó gobernando la diócesis; mas a poco persuadiose también de que la causa de la monarquía era causa perdida, y no queriendo cambiar de casaca o de sotana, dirigiose a la metrópoli.

El viaje del señor Sánchez Rangel fue fatalísimo, y gracias que libró de morir ahogado. La embarcación que lo conducía volcose en uno de los pongos que existen entre Tarapoto y Yurimaguas. Su ilustrísima llevaba 20.000 pesos godos encerrados en zurroncitos de cuero. Por más diligencias y trabajos que se emprendieron para sacarlos del fondo del río, nada pudo conseguirse, y el obispo llegó a España pobre de solemnidad. Allí lo agració el rey con la gran cruz de Isabel la Católica y diole posesión de la mitra de Lugo. El señor Rangel murió casi octogenario y después de 1840.

¡Cuán cierto es aquello de que nadie sabe para quién trabaja! En 1867 y por uno de esos cambios de curso que suelen tener los ríos, quedó en seco el sitio donde medio siglo antes naufragara su ilustrísima.

Los pescadores del distrito de Chasuta se dedicaron por algunos días a la mejor pesca posible, pues pescaron los veinte mil godos del obispo. Como patriotas y de la patria nueva, esos muchachos no dieron cuartel a los enemigos, haciendo de ellos chichirimico y no guardando siquiera uno prisionero.

De esos veinte mil godos hemos visto algunos, que como reliquias enseñaba un honrado comerciante de Moyobamba.

La soga arrastra

El pueblo tiene algunas supersticiones que los hechos se encargan de justificar. Dice el crédulo pueblo que un asesino no escapa de dar en manos de la justicia siempre que la víctima no haya caído de bruces, y es del pueblo también esta frase: lo arrastró la soga, aplicada a los criminales que, a la larga, llegan a expiar su delito.

A propósito de tal frase, lean ustedes el siguiente verídico relato de un suceso casi contemporáneo.

I

En 1842 la guerra civil traía al Perú más revuelto que casa de solterón, más enredado que madeja de hilo en poder de un falderillo, y más perdido que conciencia de judío cambista.

El general don Juan Crisóstomo Torrico, representante del partido liberal, había echado la zancadilla a don Manuel Menéndez, que en su carácter de presidente del Consejo de Estado, era, conforme a la Constitución, el llamado a regir los destinos de la patria, por gloriosa muerte en la batalla de Ingavi del generalísimo don Agustín Gamarra. Don Manuel Menéndez el Chancaquero, como lo llamaba el pueblo, era un entendido y rico agricultor, un magnífico paterfamilias, un bonus vir en la extensión de la palabra. En política no veía más allá de sus narices, y la situación era harto oscura para ser regidos por miope.

En el Sur, el general don Francisco Vidal, vicepresidente del Consejo de Estado, era para los conservadores, principistas o constitucionales, el representante de la autoridad legítima, y toda la gente doctrinaria se afilió bajo su bandera.

Ambos caudillos eran prestigiosos.

Torrico, por su ilustración y cultura, y hasta por razones de provincialismo, era el ídolo de la juventud limeña, a la que también pertenecía, pues aún no alcanzaba a contar treinta y seis años. La causa de Torrico simbolizaba para la juventud fantástica, soñadora, impetuosa y novelera, el aniquilamiento del pasado y las halagüeñas promesas del porvenir.

Vidal tenía en su favor antecedentes heroicos en la guerra de la independencia. Quien conocerlos quiera, échese a leer las memorias de Lord Cochrane, y hallará que el noble conde de Dundonald, tan avaro para encomiar a sus subalternos, es pródigo en elogiar la bravura del alférez Vidal.

Pero ahí verán ustedes lo que son las contradicciones de la naturaleza humana, y una prueba palmaria de que la heroicidad depende del estado de los nervios, es decir, del maldito cuarto de hora. En la batalla de Agua Santa, si hizo fiasco el porvenir, no menor fiasco hizo el pasado. Ni Torrico, el bravo del combate de Matucana, ni Vidal, el denodado asaltador de fortalezas, estuvieron como valientes a la altura de su fama. Aquel día no se sintieron con humor de hacer proezas. ¡Pícaros nervios! Torrico se dio por derrotado, sin saber cómo ni por quién, y Vidal casi fusila al emisario que a doce leguas del campo le dio noticia de la victoria. Apenas rotos los fuegos, ambos caudillos espolearon sus caballos para no oler el humo de la pólvora. El pueblo los bautizó con los nombres de Vapor del Sur y Vapor del Norte.

Pero no es historia de la guerra civil lo que me he propuesto escribir, sino extractar un proceso. No hace, pues, falta este capítulo, que servirá solo para refrescar los recuerdos del lector. Pico punto.

II

Acantonados en Jauja se hallaban en 1842 los batallones «Pichincha» y «6.º de línea».

Muchos argentinos, de los que emigraron al Perú huyendo de la tiranía de Rosas, y no pocos de los chilenos que después de la batalla de Yungay se quedaron en Lima, aficionados a la sopa boba, que en nada se parece al sistema de látigo bobo implantado por don Diego Portales, tomaron partido en favor del elegante y simpático general Torrico.

Entre los oficiales del Pichincha se hallaba el teniente Ontaneda, hijo del mismo Chile (Santiago). Comisionado un día para llevar pliegos de importancia al coronel del batallón «Mecapaca», acantonado en Concepción, diéronle para que le sirviese de guía en el camino un pobre indio, vecino de esos andurriales.

Quiso la mala suerte de éste que tuviera que pasar a inmediaciones de su choza, y que su mujer le saliera al encuentro para darle coca, maíz tostado u otro tente en pie. Ontaneda, viendo que el guía se apartaba de la ruta para platicar con su costilla, púsose más furioso que un tigre, desenvainó la espada y atravesó con ella al infeliz. La mujer empezó a clamorear sin consuelo; y el teniente, a quien fastidiaban jeremiadas, envainó también en el cuerpo de ella la espada, tinta con la sangre del marido.

El doble asesinato tuvo por testigos acudieron a muchos indios vecinos que pusieron el grito en el cielo y acudieron a las autoridades. Éstas, para calmar la justa indignación popular, sometieron a juicio al cobarde asesino, y mientras se proseguía, el reo pasó arrestado al cuartel del batallón «6.º de línea».

La causa marchaba con pies de plomo. Entretanto, habiendo escasez de oficiales en el batallón, consiguió Ontaneda que en calidad de supernumerario o agregado se le habilitase para hacer servicio en el cuartel.

En aquellos tiempos de anarquía y desbarajuste confiaba Ontaneda en que, días más, días menos, cambiaría el cuerpo de Cantón, y se echaría tierra sobre el proceso antes de que éste llegara a estado de sentencia. «Y quién sabe —pensaba para sí—, que de menos nos hizo Dios, si soplándome un poquito la fortuna, concluyo la campana con charreteras de coronel, y entonces ¿qué juez me tose ni qué escribano me notifica?»

III

El ejército de Vidal, bajo las órdenes del general La-Fuente, avanzaba en busca del de Torrico; y éste, preparándose para abrir campaña y salir al encuentro del enemigo, recorría el departamento de Junín, donde estaban escalonados algunos batallones.

Una noche alojose Torrico en casa del cura de Concepción, y allí se le presentó el teniente Ontaneda.

—¿Qué dice el señor oficial? —le preguntó Torrico, que era un jefe que trataba a los subalternos con llaneza y cortesía.

—Digo, excelentísimo señor, que hace dos meses que estoy prestando mis servicios como supernumerario en el «6.º de línea», y que, habiendo en él vacante, desearía ser destinado en plaza efectiva.

—Me parece justo y no veo inconveniente —contestó con afabilidad el general—. Pero ¿cómo ha ido usted a ser supernumerario en ese cuerpo, y habiendo vacante no lo ha propuesto su coronel?

—Le diré a vuecencia —respondió tartamudeando el pretendiente—. Yo fui al cuartel en condición de preso... por una calumnia, señor... por una calumnia... A nadie le faltan malquerientes..., y ni un santo está libre de verse envuelto en papel sellado...

—¡Ah! —le interrumpió Torrico—. Esos son otros cantares, mi teniente. Vaya usted tranquilo, que todo se arreglará.

Apenas se retiró Ontaneda cuando Torrico se informó minuciosamente de la alevosía del oficial, y supo que, aunque la causa estaba concluida, el juez no había creído conveniente todavía notificar la sentencia.

—Que se me presente ahora mismo el juez con el cartapacio —ordenó el general; y pocas horas después juez, escribano y autos estaban ante la autoridad suprema. Torrico se hizo leer las principales piezas del proceso.

—¿Y la sentencia? —preguntó.

—Escúchela vuecencia... «Fallo que debo condenar y condeno a que sea pasado por las armas...»

—¡Basta! —interrumpió el mandatario—. Pluma y tintero.

Y el general don Juan Crisóstomo Torrico puso de su puño y letra, al pie del justificado fallo: Cúmplase seis horas después de puesto en capilla el reo, y estampó su rúbrica.

IV

Era la del alba cuando entraba en Jauja uno de los ayudantes del general Torrico conduciendo un pliego para el coronel don Pablo Salaverry, que aún no se había levantado de la cama. Éste, después de leerlo, hizo llamar al capitán del cuartel y le dijo lacónicamente:

—Ponga usted en capilla al oficial arrestado y fusílelo, a las once de la mañana, en la puerta del cuartel.

Era el caso que ya nadie se acordaba de que Ontaneda estaba en el batallón en condición de preso, pues no solo prestaba servicio militar, sino que tenía puerta franca. Entretanto en el cuarto de banderas llevaba ya algunas horas de arresto el teniente Romero, por el venialísimo pecado de ser incorregible jugador.

El capitán de guardia se le acercó y le dijo, después de despertarlo:

—Lo siento, hermano, pero el que manda manda.

—Y ¿a qué viene ese preámbulo? —preguntó el teniente dando un bostezo de a cuarta.

—Viene a que tengo orden de ponerte en capilla.

—¡Jesucristo! —exclamó Romero desplomándose sobre la almohada.

—No era el lance para menos. Estar en lo mejor del sueño y ser despertado para recibir a quemarropa tan terrible escopetazo... se lo doy al más guapo.

Vuelto, en fin, de la sorpresa y trasladado a la improvisada capilla, donde ya lo esperaba el capellán del cuerpo, preguntó Romero:

—Pero, padre, ¿por qué van a fusilarme?

—No lo sé, hijo. Supongo que será por jugador.

—Pues, padre, seré el primero a quien por eso fusilan en mi tierra. Y sobre todo, si el gobierno quiere hacer un ejemplar, ¿por qué me ha escogido a mí, que soy un jugadorcillo de escaleras abajo, y no ha empezado por algún pájaro gordo? Si de esta escapo, créame su reverencia, no vuelvo en los días de mi vida a jugar ni cascaritas.

El fraile empezaba ya a exhortarlo para que arreglase cuentas con la conciencia, cuando sonaron las nueve de la mañana. El coronel acababa de levantarse e iba a montar a caballo para una excursión a dos leguas de distancia, cuando oyó a su asistente que conversaba con una rabona sobre el próximo fusilamiento del teniente Romero, que era un muchacho muy simpático y querido de sus camaradas y de la tropa.

La casualidad puso al coronel en camino de enmendar la equivocación en que había incurrido el capitán de cuartel, equivocación debida en gran parte, a que cuando comunicó la orden lo hizo con el laconismo del hombre embargado aún por los vapores del sueño.

Sin la charla del asistente, el coronel galopaba por la pampa, daban las once de la mañana, y el teniente Romero iba a ver la cara a Dios que lo crió.

Entretanto, Ontaneda paseaba libremente por el cuartel, compadeciéndose con los demás oficiales del tristísimo fin que esperaba a Romero. No hubo que hacerlo buscar, y dos horas después el asesino purgaba su delito y la vindicta pública quedaba satisfecha.

V

Y aquí viene a pelo, por vía de moraleja, lo que dice el pueblo: «La soga arrastra».

Si Ontanteda no se hubiera presentado a solicitar colocación efectiva, acaso no habría tenido el general Torrico por qué saber que tal pícaro comía pan, ni impuéstose del proceso, ni por consecuencia de la lectura, ejecutando un acto de estricta justicia y que redundaba en desagravio de la moral militar.

Hasta la equivocación de la capilla pudo salvarlo, pues dispuso de cuatro horas para ponerse en fuga.

Pero está visto, y no tiene vuelta de hoja: la soga arrastra.

Las balas del Niño Dios (Al señor general don Juan Buendía)

He aquí, mi general y amigo, una tradición en la cual dos vivos son los protagonistas: usted y el cura L...

No se ofenda usted porque a guisa de antigualla ha caído bajo el dominio de mi pluma, dada a sacar a luz historias rancias. Trátase de una bella página en la vida de usted, página que ojalá, en el porvenir de nuestra patria, encuentre muchos plagiarios. A Dios gracias, no es usted siquiera ministro o candidato a más sabrosos bocados: está usted arrinconado en la sacristía como efigie de santo después de la procesión. Puedo, pues, dedicarle este relato sin correr peligro de que digan que lo adulo y lisonjeo, yo que nunca cometí el feo pecado de dedicar prosa ni verso a los que están peldaño arriba en la escalera política. A lo sumo dirán que he cogido el plumero para limpiar del santo polvo y telarañas. Si lo dicen que lo digan, que con ello ni nos dan ni nos quitan.

Esto va, pites, de amigo a amigo. Y para dedicatoria suficit.

I

Después del desastre de Ingavi, el general Magariños, al mando de la segunda división del ejército boliviano, se apoderó de Tacna, en diciembre

286

de 1841, sin resistencia del inerme vecindario. Inmediatamente hizo marchar sobre Tarapacá una columna de cien soldados a órdenes del coronel don José María García y del comandante don Luis Mostajo.

Llegados los invasores a Chamisa el 1.º de enero, dispuso el coronel García que el teniente don Hilario Ortiz entrase de incógnito en Tarapacá; y para que en caso de ser descubierto pudiera asumir carácter de parlamentario, lo proveyó de un pliego en el cual se intimaba a la autoridad peruana la rendición de la provincia.

El subprefecto de Taracapá don Calixto Gutiérrez de La-Fuente sorprendió al espía y lo puso preso, contestando a García por una nota que protestaba contra la invasión; que abandonaba la capital por encontrarse sin elementos para resistir (pues entre todos los vecinos no había podido reunir más armas que tres pistolas, dos sables y cinco escopetas), y que se llevaba prisionero al teniente Ortiz, quien no se había presentado con las formalidades de parlamentario.

El coronel García tomó posesión de Tarapacá el 3 de enero, convirtió la casa del Cabildo en cuartel y dirigió a los tarapaqueños una proclamita notable por la cortedad, pues toda ella se reducía a esta originalísima frase: «Los bolivianos traemos en una mano la paz y en la otra el olivo». Por lo visto su señoría no era hombre fuerte en antítesis ni metáforas, salvo que se nos diga lo que en la Biblia para aclarar los conceptos oscuros: y en esto hay sentido que tiene sabiduría, explicación con la que se queda uno tan en tinieblas como antes.

Enseguida dirigió otro oficio a La-Fuente, que a revienta caballo se había encaminado a Iquique, oficio que con otros comprobantes de este relato histórico encontramos impreso en El Peruano, periódico oficial de Lima correspondiente al 22 de enero de 1842.

Decía así el coronel: «Seguramente está usted creyendo que soy un recluta ignorante de mis deberes, pues me dice en su nota que el oficial Ortiz no fue con las formalidades correspondientes a un parlamentario. Dígame usted, señor mío, ¿qué ejército tiene o qué batalla va a presentarme para exigirme formalidades? Si en contestación a ésta no me manda usted al teniente Ortiz, yo en represalia enviaré a mi república familias enteras de las más notables que tenga la provincia. Y no le digo a usted más».

Poco y al alma. Esto era hablar crudo, como carne en mesa de inglés y clarito como agua de arroyuelo.

Pero en mala madriguera se había metido el coronel boliviano. ¡En Tarapacá! ¡En la cuna de los mariscales Castilla y La-Fuente! ¡Precisamente en el único pueblo del Perú que no se asustó con la vitalicia de Bolívar y que tuvo bríos para protestar contra ella! ¡Digo, si tendrán colmillos los tarapaqueños!

¡Y venirles en 1842 con amenazas un coronelito del codo a la mano!

II

En la noche del 2 de enero llegó a Iquique don Calixto de La-Fuente y conferenció con el sargento mayor don Juan Buendía sobre lo crítico de la situación.

Buendía, soldado audaz y entusiasta, opinó que era preciso combatir para que los bolivianos no se la llevasen tan de bóbilis-bóbilis; y tres días después, el 5 de enero, púsose en marcha sobre Tarapacá acompañado de veintidós mozos del pueblo, armados con escopetas, fusiles y lanzas.

La empresa era de locos.

En el trayecto hasta la capital de la provincia se les unieron seis paisanos más, uno de los cuales, llamado Mariano Ríos, llevaba por única arma una corneta.

A las once de la noche del 6 de enero el grupo de combatientes organizado por Buendía llegaba sigilosamente a la esquina de la casa del Cabildo, y con toda cautela para no ser sentidos por el enemigo improvisaban en la bocacalle una barricada con los muebles de un vecino.

Pocos minutos después, el corneta Mariano Ríos empezó a tocar ataque y degüello y los expedicionarios rompieron el fuego.

El jefe boliviano, a quien la densidad de la noche no permitía darse cuenta del número y condición de los que atacaban, creyó prudente en cerrarse en Cabildo y que la tropa, parapetada tras de las ventanas, contestase el tiroteo.

Entretanto, al estruendoso resonar de la corneta despertaron los vecinos, y gritando «¡viva el Perú!», corrieron a engrosar las filas del arrogante mayor Buendía.

Una hora después eran poco más de treinta los fusiles y escopetas que hacían fuego sobre los cien soldados del coronel García. A las cuatro de la mañana la victoria pareció inclinarse a favor de los bolivianos, pues los disparos de sus adversarios disminuían y la corneta había cesado de resonar.

El músico acababa de caer muerto y a los asaltantes se les iba agotando el número de cartuchos a bala. Tenían algunos tarros de pólvora, pero ni una libra de plomo para fundir proyectiles.

Media hora más de combate y... después de ella la fuga. ¡Lindo por venir!

El bravo mayor Buendía se encontraba en la misma tremenda situación de Ricardo III cuando dijo: «¡Mi reino por un caballo!»

Para Buendía algunas libras de plomo valían más que un reino, eran la dignidad nacional salvada, eran su nombre de soldado y sus juveniles aspiraciones de gloria.

¡Plomo! ¡Plomo! ¿De dónde conseguirlo? En Tarapacá no había siquiera tubos de cañería.

Buendía comenzaba a desesperar. Tenía en perspectiva la derrota y acaso la insegura condición del prisionero.

De pronto un joven eclesiástico, hijo de Tarapacá, que vagaba entre los combatientes auxiliando a los heridos y moribundos, se acercó y le dijo:

—No hay que desmayar; voy a traer plomo.

Y entrando en su habitación se detuvo ante un retablo que representaba el divino misterio de Belén.

Téngase presente que esto pasaba en la noche del 6 de enero, día de la Adoración de los Reyes Magos.

El devoto clérigo tenía en su casa un precioso nacimiento... y el Niño Jesús era... de plomo.

Vivo está (y aún creemos que con residencia en Lima) el sacerdote que en aras de la patria supo hacer el sacrificio de sus escrúpulos y sentimientos religiosos.

Gracias a él los peruanos tuvieron balas para continuar el combate a la luz del Sol.

Aquellas balas hicieron maravillas sobre la tropa enemiga.

Háganse ustedes cargo... ¡Eran balas del Niño Dios!

A las seis de la mañana el coronel García cayó mortalmente herido, y llamando a su segundo le dijo:

—Comandante Mostajo, bátase hasta quemar el último cartucho.

—Muera usted tranquilo, mi coronel, que el honor militar quedará a salvo.

Y a las siete de la mañana, agotadas ya sus municiones, aquellos valientes soldados de Bolivia se rindieron a discreción.

—¡Hurra por los vencidos y por los vencedores!

La victoria premió la audacia del mayor Buendía y el patriótico entusiasmo de los tarapaqueños, que casi sin armas ni organización, se lanzaron contra una aguerrida columna militar.

Libros a la carta

A la carta es un servicio especializado para

empresas,

librerías,

bibliotecas,

editoriales

y centros de enseñanza;

y permite confeccionar libros que, por su formato y concepción, sirven a los propósitos más específicos de estas instituciones.

Las empresas nos encargan ediciones personalizadas para marketing editorial o para regalos institucionales. Y los interesados solicitan, a título personal, ediciones antiguas, o no disponibles en el mercado; y las acompañan con notas y comentarios críticos.

Las ediciones tienen como apoyo un libro de estilo con todo tipo de referencias sobre los criterios de tratamiento tipográfico aplicados a nuestros libros que puede ser consultado en Linkgua-ediciones.com.

Linkgua edita por encargo diferentes versiones de una misma obra con distintos tratamientos ortotipográficos (actualizaciones de carácter divulgativo de un clásico, o versiones estrictamente fieles a la edición original de referencia).

Este servicio de ediciones a la carta le permitirá, si usted se dedica a la enseñanza, tener una forma de hacer pública su interpretación de un texto y, sobre una versión digitalizada «base», usted podrá introducir interpretaciones del texto fuente. Es un tópico que los profesores denuncien en clase los desmanes de una edición, o vayan comentando errores de interpretación de un texto y esta es una solución útil a esa necesidad del mundo académico.

Asimismo publicamos de manera sistemática, en un mismo catálogo, tesis doctorales y actas de congresos académicos, que son distribuidas a través de nuestra Web.

El servicio de «libros a la carta» funciona de dos formas.

1. Tenemos un fondo de libros digitalizados que usted puede personalizar en tiradas de al menos cinco ejemplares. Estas personalizaciones pueden ser de todo tipo: añadir notas de clase para uso de un grupo de estudiantes,

introducir logos corporativos para uso con fines de marketing empresarial, etc. etc.

2. Buscamos libros descatalogados de otras editoriales y los reeditamos en tiradas cortas a petición de un cliente.

www.ingramcontent.com/pod-product-compliance
Lightning Source LLC
Chambersburg PA
CBHW030647020726
47493CB00006B/1919